CATHERINE SIMON

# Bitterer Calvados



GOLDMANN
Lesen erleben

Catherine Simon

# Bitterer Calvados

Der dritte Fall
für Kommissar Leblanc

GOLDMANN

Personen und Handlung dieses Romans sind frei erfunden. Ähnlichkeiten mit lebenden Personen sind rein zufällig.



Dieses Buch ist auch als E-Book erhältlich.

FSC www.fsc.org MIX Papier aus verantwortungsvollen Quellen FSC® C014496

Verlagsgruppe Random House FSC® N001967

4. Auflage
Originalausgabe Februar 2017

Gestaltung des Umschlags und der Umschlaginnenseiten:
UNO Werbeagentur München

Redaktion: Regina Carstensen
BH · Herstellung: Str
Satz: IBV Satz- und Datentechnik GmbH, Berlin
Druck und Bindung: GGP Media GmbH, Pößneck
Printed in Germany
ISBN: 978-3-442-48540-6
www.goldmann-verlag.de

Besuchen Sie den Goldmann Verlag im Netz

# EINS

Hier in der ersten Etage, Madame, befindet sich das größte Büro des Kommissariats, vom Foyer einmal abgesehen. Es könnte für eine Lesung infrage kommen. Aber das hängt davon ab, mit wie vielen Zuhörern Sie rechnen. Sie entscheiden, ich habe Ihnen freie Auswahl zugesichert.«

Kommissar Jacques Leblanc sah von seinem Computer auf und blickte fragend zu seiner Kollegin Nadine hinüber. Nadine zuckte mit den Schultern, um anzudeuten, dass sie von dem Besuch nichts wusste. Beiden war die näselnde Stimme bekannt, die vom Flur in ihr Büro drang. Bevor Leblanc eine Bemerkung entschlüpfen konnte, klopfte es fast unhörbar an die Tür, gerade mit so viel Nachdruck, als wolle jemand zeigen, dass er der Höflichkeit Genüge tat, aber eigentlich rechtmäßig befugt wäre, den Raum ohne Ankündigung zu betreten. Unmittelbar darauf wurde die Tür geöffnet, und das runde, leicht gerötete Gesicht des Bürgermeisters von Deauville erschien im Türrahmen. Schon schob Monsieur Fabius seinen schmalen, aber in der Bauchgegend nach vorn drängenden Körper über die Schwelle und trat beiseite, um einer Frau Platz zu machen, die ihn um mehr als einen Kopf überragte. Vom Treppensteigen noch außer Atem, wandte er sich an seine Begleiterin.

»Sie befinden sich hier gewissermaßen in der Schalt- und Gedankenzentrale unseres Kommissariats, Madame Colbert. Darf ich Ihnen Kommissar Leblanc vorstellen? Und das ist seine Kollegin Nadine Liard. Sie kennen Kommissar Leblanc vielleicht aus der

Presse. Es wurde viel über ihn berichtet, er hat einige bedeutende Fälle bravourös gelöst.«

»Ich habe von Ihnen gehört, Monsieur.«

Die Dame schenkte Leblanc ein kurzes Lächeln, dann wurde ihre Miene wieder ernst. Gegensätzlicher konnten zwei Menschen kaum aussehen als der Bürgermeister und seine Begleiterin. Er klein, von zartem Körperbau, aber mit Bauchwölbung, sie knochig und groß, gut ein Meter achtzig, schätzte Leblanc. Er machte keine Anstalten aufzustehen. Sie würde auch ihn überragen, wenn er neben ihr stünde. Als wolle sie den Eindruck der Strenge, den ihre hagere Gestalt hervorrief, noch unterstreichen, hatte sie ihre braunen Haare straff nach hinten gebürstet und zu einem Knoten gedreht. Eine runde Hornbrille verlieh ihren Augen etwas Eulenhaftes.

»Madame Colbert ist eine der Organisatorinnen des Festivals des Kriminalromans *Mord am Meer*«, erklärte der Bürgermeister. »Sie wissen ja Bescheid.«

Leblanc dachte an die Plakate, die ihm seit zwei Wochen in Deauville und Trouville auf Schritt und Tritt begegneten, Plakate, auf denen markant in Pose gesetzte Schriftsteller und Schriftstellerinnen angekündigt wurden, die aus ihren »mörderischen Werken« lesen würden.

»Ich unterrichte Literatur hier am Lycée André Maurois und bin seit drei Jahren Mitglied des Festivalkomitees«, erklärte Madame Colbert. »*Mord am Meer* findet zum fünften Mal in Deauville statt, der Erfolg ist ermutigend. Im letzten Jahr haben wir zum ersten Mal Krimiautoren aus aller Welt einladen können. Das setzen wir in diesem Jahr fort. Da wir ständig auf der Suche nach neuen Leseorten sind, haben wir uns ans Rathaus gewandt. Eine Lesung in einem Kommissariat, das wäre sensationell, haben wir gedacht. Und Monsieur Fabius hat gleich zugesagt. Wir sind Ihnen sehr dankbar, Herr Kommissar, dass Sie uns einen Raum zur Verfügung stellen wollen.« Ihr Lächeln galt nun zu gleichen Teilen Leblanc und dem Bürgermeister.

»Leider haben wir nichts davon erfahren, sonst hätten wir uns auf Ihren Besuch und Ihr Anliegen natürlich besser vorbereitet. Einen Kaffee können wir Ihnen aber anbieten.« Leblanc konnte seinen Ärger darüber, dass über seinen Kopf entschieden und er nicht einmal informiert worden war, nicht ganz verhehlen.

»Sie sind nicht benachrichtigt worden?«, fragte der Bürgermeister etwas kleinlaut. »Wir haben selbstverständlich die Präfektur in Caen informiert und um Zustimmung gebeten. Die kam prompt, aber irgendwie sind Sie wohl vergessen worden.«

Sein Bedauern über dieses Versäumnis hielt nicht lange an und wurde sogleich durch freudigen Optimismus ersetzt. »Ein hoffentlich verzeihlicher Fehler, dann erfahren Sie es eben jetzt – zugegeben, ein wenig kurzfristig. Aber es geht ja nur um einen Raum, und das dürfte doch kein Problem sein. Sie sind mit mir sicher einer Meinung, dass es sich bei diesem Festival um eine unterstützenswerte Unternehmung handelt. Ich denke, es ist eine ausgezeichnete Idee, einen Schriftsteller, der Verbrechen erfindet, an den Ort zu bringen, an dem Verbrechen aufgeklärt werden. Und die Zuhörer bekommen einen Eindruck von den tatsächlichen Gegebenheiten eines Kommissariats.«

Nach diesem erhellenden Vortrag, der möglichen Widerspruch im Keim erstickte, wartete der Bürgermeister auf eine Reaktion. Aber Leblanc schwieg. Er behielt seine Zweifel für sich. Eine öffentliche Lesung würde eine Menge Unruhe mit sich bringen. Der Raum musste ausgeräumt, Stühle müssten herbeigeschleppt werden. Zusätzlich zu den Polizisten, die Bereitschaft hatten, würden weitere Kollegen gebraucht, um die Besucher zu empfangen und in den ersten Stock zu bringen. Der Unmut spiegelte sich in seinen Gesichtszügen. Um zu vermeiden, dass ihrem Chef eine unbedachte Äußerung entfuhr, mit der er sich beim Bürgermeister unbeliebt, die Entscheidung aber nicht rückgängig machen würde, ergriff Nadine das Wort.

»Natürlich sind wir dabei, das wird sicher ein großartiges Ereignis. Wann soll denn die Lesung stattfinden? Und wissen Sie schon, welcher Schriftsteller aus seinem Buch vortragen wird?«

Leblanc durchschaute die wohlgemeinte Strategie seiner Kollegin und zwang sich zu einem Nicken. Die Knotenfrau, wie er Madame Colbert bei sich nannte, nahm Nadines Fragen zum Anlass, sie über das Krimi-Festival aufzuklären.

»Ich vermute, Sie haben unser Programm nicht bekommen.« Sie nahm ein paar Broschüren aus ihrer Tasche und legte sie auf den Tisch. »Ich lasse Ihnen einige Programmhefte da, darin finden Sie alle teilnehmenden Schriftsteller, die Lesungen und Leseorte. Das Festival beginnt morgen Abend mit der spektakulären Eröffnung im Theatersaal des Casinos. Wir konnten den Bestsellerautor Jean-Paul Picard gewinnen, die Karten sind längst ausverkauft. JPP ist Ihnen sicher ein Begriff, seine Kriminalromane sind in siebzehn Sprachen übersetzt und sogar verfilmt worden. JPP wird auch an der Diskussionsveranstaltung am Samstagabend teilnehmen, wo Autoren und Kritiker über die gegenwärtige Popularität des Kriminalromans debattieren. Die Veranstaltung hier im Kommissariat haben wir auf Freitag, achtzehn Uhr angesetzt. Im Programm ist noch kein Raum angegeben, das heißt, wir müssen im Foyer eine Tafel zur Orientierung für die Besucher anbringen. Vorgesehen für diese Lesung ist die Schriftstellerin Esther Badiou, die ihren neuen Roman *Wenn der Hahn kräht, bist du tot* vorstellen wird, eine Persiflage auf die immer beliebter werdenden regionalen und dörflichen Kriminalromane. Wir würden uns natürlich freuen, wenn Sie beide anwesend wären.«

Lebhaft, fast leidenschaftlich trug Madame Colbert ihre Ausführungen vor. Ihre großen Hände bewegten sich, als wollte sie ein Orchester dirigieren, die Finger tanzten auf und ab, und sie verlor dabei ihre strenge Lehrerinnen-Ausstrahlung. Leblancs Fantasie setzte die begonnene Verwandlung fort: Der Knoten öffnete sich, und die braunen Haare fielen auf die Schultern, die Brille verschwand, die hohen Wangenknochen kamen zur Geltung, den Mund betonte ein dunkler Lippenstift, statt des biederen Faltenrocks trug sie enge Jeans und eine seidene Bluse, die einen Blick auf die zimtfarbene Haut des Dekolletés zuließ. Eine Modelfigur, so schlank und langbeinig, wie sie war.

»Wir kümmern uns darum, dass der Raum übermorgen entsprechend hergerichtet wird, nicht wahr, Chef?«

Leblanc nickte erneut. Er war gerade woanders. Diese gedanklichen Abschweifungen passierten ihm gelegentlich, auch wenn sie bei der Person, die sie auslöste, zu gar nichts führten. Die reine Vorstellung belebte ihn und versetzte ihn in einen angenehmen Erregungszustand. Irgendetwas in ihm führte ein Eigenleben. Er zwang sich zur Aufmerksamkeit.

»Ja, natürlich, das machen wir.«

»Ich wusste, dass Sie Feuer und Flamme für dieses Projekt sein würden«, kommentierte der Bürgermeister die Zustimmung des Kommissars. »Unsere Stadt ist stolz darauf, dass wir neben dem mittlerweile legendären Festival des amerikanischen Films nun auch das Festival des Kriminalromans vorweisen können, das sich zu einem einschlägigen, großartigen Event entwickelt.«

»Ich freue mich über Ihre Kooperation«, unterbrach Madame Colbert den Bürgermeister. »Zur Organisation würde ich vorschlagen, dass Sie den Raum bis spätestens sechzehn Uhr geräumt haben. Wir lassen Stühle hertransportieren und aufstellen, darum müssen Sie sich nicht kümmern. Einen Schreibtisch können Sie für die Autorin stehen lassen. Wir werden natürlich darauf hinweisen, dass es der Original-Arbeitsplatz eines wirklichen Kommissars ist.« Madame Colberts Lächeln machte die Runde vom Bürgermeister über Leblanc bis zu Nadine. »Die Lesung wird etwa eineinhalb bis zwei Stunden dauern, danach sind alle Zuhörer verschwunden, und Sie können sich wieder Ihrer Arbeit widmen.«

»Falls Sie Ihr Büro am Freitagabend überhaupt noch benötigen. Wir gehen davon aus, dass sich die Verbrechen in den nächsten Tagen nur auf dem Papier abspielen.« Der Bürgermeister lächelte über seinen Scherz. »Leblanc, dieses Festival liegt uns sehr am Herzen. Die Hotels, und nicht nur die vor Ort, sind komplett ausgebucht. Nationale und internationale Presse hat sich angemeldet«, setzte Monsieur Fabius nach.

»Das habe ich mir gedacht.«

»Gut. Ich verlasse mich auf Sie und erwarte einen reibungslosen Ablauf.«

»Im Namen des Festivalkomitees möchte ich mich ganz herzlich für Ihre Mitarbeit bedanken. Als kleine Entschädigung für Ihre Mühe habe ich Ihnen zwei Karten für den Eröffnungsabend morgen mit JPP im Casino mitgebracht, die werden schon auf dem Schwarzmarkt gehandelt, wie gesagt, die Veranstaltung ist längst ausverkauft.«

Die Knotenfrau legte die Eintrittskarten für JPPs begehrte Lesung auf Leblancs Schreibtisch. Dann verabschiedeten sich die beiden Besucher.

»Was die sich wieder ausdenken! Vor allem ohne uns zu fragen«, schimpfte Leblanc, als draußen kein Geräusch mehr zu hören war.

»Tja, so läuft das«, erwiderte Nadine, »der Präfekt kriegt eine Anfrage, sagt zu und vergisst, die Sache weiterzuleiten. Das ist jetzt etwas kurzfristig, zwei Tage vor der Veranstaltung, aber eigentlich finde ich die Idee gar nicht schlecht. Und Karten für JPP! Ich würde wahnsinnig gerne zu der Lesung gehen. Aber morgen Nachmittag habe ich frei, und leider habe ich versprochen, meine Mutter und meine Tante zu meiner Großmutter zu bringen. Sie hat Geburtstag, und wir kommen erst spät zurück. Schade, ich habe alle seine Bücher verschlungen. Aber Sie sollten unbedingt hingehen. Nehmen Sie doch Ihre … äh, ich meine, eine Freundin mit.«

Das Klingeln seines Handys bewahrte ihn davor, etwas sagen zu müssen. Es war seine Tante Amélie, deren Anrufe er fürchtete. Sie meldete sich immer dann, wenn sie sich über seine Mutter beklagen wollte. Maman wohnte nämlich, seit sein Vater gestorben und sie aus Kamerun zurück war, bei ihrer Schwester in Versailles. Eine Zeit lang hatte es heftige Streitereien gegeben, weil seine Mutter sich nicht so verhielt, wie die streng katholische und auf Tradition bedachte Amélie es für angemessen hielt. In den letzten Monaten war es allerdings ruhig gewesen, und Leblanc wähnte sich in Sicherheit, einer trügerischen, wie er jetzt merkte, denn sein Magen zog sich zusammen, und alle Antennen waren auf Alarm ausgerichtet.

»Na, Tante Amélie, wie geht's?« Er bemühte sich, möglichst unverkrampft zu klingen. Damit war es aber in der nächsten Sekunde vorbei.

»Deine Mutter«, brüllte Amélie mit größter Verachtung ins Telefon.

»Was ist mit Maman? Ihr habt euch doch so gut verstanden in letzter Zeit«, versuchte Leblanc zu retten, was nicht zu retten war.

»Sie ist mehrere Nächte nicht nach Hause gekommen. Ich glaube, sie hat einen Liebhaber. Jacques, stell dir das nur vor, mit Anfang siebzig.« Amélies Empörung machte sich Luft.

»Woher weißt du das denn? Hat sie es dir gesagt?«

»Nein, hat sie nicht, sie redet nicht mit mir darüber. Sie verschwindet einfach und kehrt erst am Morgen oder am Nachmittag zurück.«

»Jede Nacht?«

»Nein, nicht jede Nacht, aber es ist schon einige Male vorgekommen.«

»Amélie, Maman ist erwachsen, sie kann ihre Nächte verbringen, wo sie will. Außerdem ist das mit dem Liebhaber doch gar nicht sicher.«

»Ha, ich sage dir, meine Nase trügt mich nicht. Wie sie sich in letzter Zeit aufdonnert. Sie trägt diese merkwürdigen bunten Kleider aus Kamerun. Das müsstest du mal sehen!«

»Was soll ich tun, Amélie? Ich werde Maman sicher nicht davon abhalten können. Du weißt doch, wenn sie sich etwas in den Kopf gesetzt hat …«

»Nicht in meinem Haus, Jacques! Dann hol sie zu dir, wenn du dieses gotteslästerliche Leben billigst. Entweder du redest mit ihr, oder ich setze sie in den nächsten Zug.«

»Amélie …« Leblancs Beschwichtigungen zeigten keinen Erfolg. Seine Tante fiel ihm ins Wort.

»Nein, nein. Ich hätte sie schon damals, als sie mit dem Drogenhandel anfing, vor die Tür setzen sollen. Sie kann sich einfach nicht in eine zivilisierte Gesellschaft einfügen. Dann soll sie doch nach Afrika zurückgehen.«

»Na, Drogen ist doch etwas übertrieben. Es handelt sich um eine Wurzel, die irgendwie zur Ausübung ihrer Religion gehört …«

»… und die hier verboten ist, das weißt du genau. Spiel das jetzt bloß nicht runter«, unterbrach ihn Tante Amélie.

»Gut, ich rede mit ihr.« Leblanc sah keinen anderen Ausweg, als Amélie nachzugeben. Er stieß schnaubend Luft aus, nachdem er das Gespräch beendet hatte.

»Schlechte Nachrichten, Chef?«, fragte Nadine.

»Hm«, brummte Leblanc. Er redete nicht gern über seine Familie, er war es auch nicht gewohnt, denn bis zum letzten Sommer, bis zur Rückkehr seiner Mutter nach Frankreich, hatte er gar keine Familie gehabt. Der Kontakt zu seinen Eltern in Kamerun hatte sich auf ein Minimum beschränkt, alle paar Jahre mal ein Brief. Wieso sollte er sich jetzt um eine Mutter kümmern, die er kaum kannte. Auf jeden Fall musste er verhindern, dass Tante Amélie ihre Schwester auf die Straße setzte. Er fuhr sich mit einer Hand durch die dicken grauen Haare.

»Wenn Sie möchten, dass ich mit zu der Lesung gehe, sage ich meiner Mutter ab, sie wird es schon verstehen.« Mit diesem nicht ganz uneigennützigen Angebot hoffte Nadine Leblanc aufzuheitern.

Aber er wehrte ab. »Nein, danke, ich weiß selbst noch nicht, ob ich mir diesen Monsieur Bestseller ansehe.«

»Er hat Ähnlichkeit mit George Clooney.«

»Ein Grund mehr, nicht hinzugehen.«

# ZWEI

Als Leblanc an diesem 21. März um Viertel vor sechs das Kommissariat verließ, stand die Sonne schon tief, aber es war noch nicht dunkel. Die Tage blieben jetzt merkbar länger hell. Pünktlich zu seinem Beginn bescherte der Frühling der normannischen Kanalküste einen dieser Tage von unübertrefflicher Schönheit, mit stahlblauem Himmel, der sich gegen Abend ins Violette verfärbte, mit einer Sonne, die um die Mittagszeit kräftig wärmte und die Leute nach draußen lockte, und mit dem ersten Grün der Blätter, die vorsichtig ihre Spitzen hervortrieben. Gegen Abend sanken die Temperaturen wieder, aber nicht so sehr, dass ein Spaziergang unangenehm gewesen wäre. Leblanc schätze es, dass der Winter vorbei war. Die Luft beflügelte ihn so sehr, dass er gegen seine Gewohnheit beschloss, auf den Planches am Strand eine Runde zu drehen, bevor er seinen Freund Lulu im Bistro aufsuchte, um ein Sandwich zu essen. Er bummelte durch die Rue Désiré le Hoc, schlenderte am Casino vorbei, wo sich die Plakate mit der Ankündigung des Festivals *Mord am Meer* häuften, und blieb vor einem stehen, das einen Mann zeigte, der tatsächlich Ähnlichkeit mit George Clooney hatte, allerdings mit einem George Clooney vor zehn Jahren, noch nicht so grau und ohne Bart. Unter dem Foto waren nur drei fett gedruckte Buchstaben zu sehen: »JPP«. Das war also der Erfolgsautor. Leblanc musste sich eingestehen, dass der Mann eine Aura besaß. Er strahlte etwas Siegessicheres aus, als würde alles, was er anfasste, zu einem Erfolg, alles, was aus seiner Feder floss, zu einem Verkaufsschlager werden. Oder war es umgekehrt? Hatte er diese Ausstrahlung erst bekommen, weil sich seine Bücher millionenfach verkauften? Leblanc beschloss, sich einen Roman von diesem JPP zu besorgen. Normalerweise las er nur die alten Kriminalromane von Georges Simenon mit Kommissar Maigret gerne. Die eigentümliche, biedere Häuslichkeit dieses Kommissars war ihm völlig fremd, aber mit welchem Gespür für Menschen und Milieus er die Fälle löste, das, fand er, hatte Simenon genial beschrieben. Ob er zu der Lesung morgen gehen sollte? Eigentlich hatte er keine Lust, sich einen vor Selbstbewusstsein strotzenden Schriftsteller anzusehen, der von seinen Fans, wahrscheinlich vorwiegend weiblichen, angehimmelt wurde. Vielleicht sollte er Marie anrufen und fragen, ob sie mitkommen würde. Marie traute er genug Besonnenheit und Kritikvermögen zu, um nicht in Lobeshymnen auszubrechen. Er würde es sich überlegen. Inzwischen war er auf dem Holzplankenweg am Strand angelangt. Der Frühlingsabend hatte einige Spaziergänger ins Freie gelockt, noch warm verpackt mit Mützen und Schals. Leblanc fröstelte leicht in seinem Wollmantel, durch den jetzt der Wind blies, der sich vom Meer erhob. Als er an einem Café vorbeikam, auf dessen Veranda Heizpilze die Sitzenden wärmten, beschloss er, sich einen Moment niederzulassen. Er nahm an einem der Tische Platz und bestellte einen Calvados. Am Nebentisch nippten zwei Frauen, von den Heizspiralen dazu verführt, die Reißverschlüsse ihrer Daunenjacken zu öffnen, an farbenfrohen Cocktails. Die Lautstärke ihrer Unterhaltung zwang Leblanc, das Gespräch mit anzuhören. Es waren Besucherinnen des Festivals, die, vom schönen Wetter verleitet, einen Tag früher ans Meer gefahren waren. Sie fieberten der Eröffnung mit JPP entgegen.

»Einmal, vor fünf Jahren, habe ich ihn in Paris gesehen, im Théâtre de l'Odéon. Da hat er aus seinem damals gerade erschienenen Roman *Der Managermörder* gelesen. Unglaublich intensiv und spannend! Als ich nach Hause ging, habe ich mich dauernd umgesehen, als ob der Mörder hinter mir her wäre, obwohl ich nun wirklich keine Managerin bin. Der Mann ist ein Phänomen, seine Krimis stehen sofort bei Erscheinen auf den Bestsellerlisten an Nummer eins. Und wie er aussieht!«, sagte die eine mit vor Begeisterung überschnappender Stimme.

Die andere pflichtete ihr bei und sah versonnen in das pinkfarbene Mixgetränk, das im Ton zu ihrer Jacke passte. »Ja, fantastisch. Seine Lesungen sind genial.«

»Und leider immer sofort ausverkauft. Es gibt Fans, die verbringen die Nacht vor der Verkaufsstelle, um eine Karte zu ergattern. Den Internetverkauf kannst du vergessen, da dringt man gar nicht durch.«

»Bin ich froh, dass meine Schwester in einer Ticketagentur arbeitet. Sonst hätten wir die Karten hier nicht so leicht bekommen«, raunte die mit der Pink Lady und nahm den Strohhalm zu Hilfe, um die letzten Reste der Flüssigkeit aus ihrem Glas zu saugen.

Die andere setzte ihre Lobeshymne auf den Bestsellerautor fort. »JPP ist unübertroffen. Mir gefallen auch andere Krimis, aber seine sind einfach um Klassen besser, die Themen immer brisant und aktuell.«

Dass für Schriftsteller in ähnlicher Weise geschwärmt wurde wie für Popstars, wunderte Leblanc. Offenbar musste ein Autor heute nicht nur gut schreiben können, sondern auch attraktiv aussehen und ein Talent zum Entertainment besitzen. Er trank seinen Calvados aus, der ihm das Gefühl gab, von innen gewärmt zu werden, und brach auf.

In Lulus Bistro hatte sich Leblanc länger aufgehalten als beabsichtigt, und nun war er auf dem Heimweg. Ein Glas Wein zu viel benebelte seine Gedanken. Egal, dann würde er vielleicht einschlafen können. Oft lag er stundenlang wach oder, wenn er gerade eingedämmert war, plagten ihn Albträume. Mit Lulu hatte er über seine Mutter und die Drohung Tante Amélies, sie auf die Straße zu setzten, sprechen können. Lulu hatte ihn beruhigt. »Wer sagt denn, dass deine Mutter überhaupt zu dir ziehen will«, hatte Lulu gesagt. »Sie sollte sich 'ne eigene Bude suchen und sich aus den Klauen ihrer Schwester befreien. Nichts gegen deine Tante, sie ist eine reizende alte Dame, ich habe sie ja Weihnachten kennengelernt. Aber, weißt du, wenn ich mir vorstelle, jemand mäkelt dauernd an mir rum – Lulu, tu dies nicht, Lulu, bleib heute zu Hause, Lulu, trink nicht so viel –, ich würde verrückt werden.«

In Gedanken an diese tröstlichen Worte schritt Leblanc durch die stillen Straßen Deauvilles. Der Geruch der Hyazinthen in den Vorgärten stieg ihm in die Nase und rief in ihm das beglückende Gefühl hervor, dass es mit dem Winter endgültig vorbei war. Morgen würde er Marie anrufen. Warum sollte er sich diesen Schriftsteller nicht mal ansehen. Marie würde ihn bestimmt gern begleiten, und vielleicht ergab sich hinterher noch etwas. Wenn sie nur ein bisschen lockerer wäre. Er merkte, dass sie ihn noch immer mochte, aber sie ließ sich auf nichts ein und wirkte angespannt. Diese Gemengelage brachte ihn manchmal in Verlegenheit. Er hätte nichts dagegen, an die gemeinsame Zeit in Paris anzuknüpfen. Aber Marie … Warum mussten Frauen so kompliziert sein? Statt den Moment zu genießen, dachten sie an Zukünftiges, statt Freiheit wollten sie Verbindlichkeiten und Festlegungen. Ach, was wusste er.

Er nahm den Fahrstuhl, um in den fünften Stock zu seiner Wohnung zu kommen. Als er um die Ecke bog, blieb er wie angewurzelt stehen. Ihm stockte der Atem. Auf dem Boden im Flur, gegenüber seiner Wohnungstür, mit dem Rücken an die Wand gelehnt, kauerte ein Etwas, ein Jemand. Der Kopf des Wesens lag auf den Knien, und eine Wolke blonden, lockigen Haares ergoss sich über die angewinkelten Beine. Das Gesicht war nach unten gerichtet, ein Zittern lief durch den Körper, ließ die schmalen Schultern erbeben. Leblanc näherte sich so langsam, wie ein Jäger sich an einen Rehbock heranpirscht. Keinesfalls wollte er die auf dem Boden kauernde Frau erschrecken. Auch wenn das Gesicht verborgen war, wusste Leblanc doch sofort, wer ihm da vor die Füße gefallen war: Liliane, die, seit er sie das erste Mal gesehen hatte, seine Gedanken beflügelte. Liliane, die ihm wie ein Engel erschienen war und sein Herz in einen Zustand ungekannter Sehnsucht versetzt hatte. Liliane, die seinem Nachbarn René angehörte und von der er sich fernzuhalten hatte. Leblanc atmete schwer. Er stand jetzt so nah vor ihr, dass sie seine Schuhe bemerken musste. Er sollte etwas sagen.

»Li-liane?«

Sie hob ganz langsam den Kopf und sah ihn an, als käme sie gerade von einem anderen Planeten. Tränen liefen ihr über das Gesicht, die Haut hatte ihren samtenen Schimmer verloren, die Augen waren gerötet. Aber selbst diese unvorteilhafte Veränderung ihrer Physiognomie konnte nicht verhindern, dass Leblanc dahinschmolz wie eine brennende Wachskerze. Der Engel weinte. Der Engel war traurig. Sein Herz floss über vor Mitleid. Ihre Stimme krächzte, als sie die Worte hervorbrachte:

»Monsieur Leblanc … ich meine, Jacques …«

»Was ist passiert?«

»Er hat mich rausgeworfen und will mich nicht mehr sehen.«

»Wer? René? Warum?«

Sie begann schon wieder zu schluchzen. »Weil ich gewonnen habe.«

»Gewonnen? Was? Du kannst hier nicht auf dem Flur sitzen bleiben. Komm mit zu mir! Ich habe noch eine Flasche Wein. Dann erzählst du mir, was passiert ist, ja?«

Leblancs Hand gehorchte ihm nicht, als er seine Wohnungstür aufschließen wollte. Er fand das Schlüsselloch nicht auf Anhieb und ließ den Schlüssel fallen. Beim zweiten Versuche klappte es. Liliane machte zunächst keine Anstalten, sich zu erheben. Er streckte ihr die Hand hin. Sie ergriff sie und ließ sich hochziehen. Wie ein Kind ließ sie sich aufs Sofa setzen und putzte sich die Nase. Leblanc holte die letzte Flasche von dem Jura-Wein, den ihm Lulu geschenkt hatte, aus dem Kühlschrank, öffnete sie und stellte ein Glas vor Liliane auf den Tisch. Sie trank einen Schluck, und ohne dass Leblanc erneut nachfragen musste, brach es aus ihr hervor.

»René und ich, wir haben beide an dem Wettbewerb zum besten französischen Pâtissier in Paris teilgenommen. In den letzten drei Jahren hat René regelmäßig den Titel gewonnen. Ich wollte mich erst gar nicht anmelden, bin ja noch nicht so lange in dem Metier, aber er hat mich ermutigt. Na ja, dann habe ich mich beworben und war tatsächlich unter den elf Finalisten. Wir mussten verschiedene Torten und Schokoladenobjekte gestalten, und dann bekamen wir von der Jury die Aufgabe, einen Ispahan herzustellen.«

Sie nahm noch einen Schluck Wein und gewann langsam ihre Fassung zurück.

»Wissen Sie, ach, Entschuldigung, für mich bist du immer noch der Herr Kommissar, ich muss mich an das Du erst gewöhnen. Also, weißt du, der Ispahan wurde von dem Meisterpâtissier Pierre Hermé kreiert – Hermé ist mein großes Vorbild –, ein Rosenmacaron mit frischen Himbeeren und einer Creme aus Himbeeren, Litschis und Rosen. In der Pâtisserie Charlotte hat René bisher immer die Ispahans gemacht, die Herstellung bedarf schon einiger Kunstfertigkeit.«

Leblanc saß in seinem Sessel und starrte sie an. Ihre Worte schwirrten wie farbenprächtige Kolibris um seinen Kopf, er vermochte sie nicht festzuhalten, verstand nur »Wettbewerb« und »Himbeeren«. Er war froh, dass er nichts sagen musste. Liliane kam jetzt richtig in Fahrt.

»Leichte Variationen vom Grundrezept waren erlaubt, und ich habe eine Prise gemahlenen Bockshornkleesamen in die Creme gegeben. Das darf nur ein Hauch sein, sonst wird der Geschmack zu nussig. Aber dieser Hauch bringt das Aroma der Himbeeren wunderbar zur Geltung. Die Jury hat das überzeugt, und ich habe den Titel gewonnen. Ich kann es immer noch nicht fassen, dass ich die beste Pâtissière Frankreichs sein soll. Mir würden jetzt alle Türen offen stehen, aber ich habe mich entschieden, bei René zu bleiben. Wir haben überlegt, von Charlotte wegzugehen und eine eigene Pâtisserie aufzumachen.«

Ihre Tränen waren versiegt, blau wie das Meer im Sommer strahlten die Augen Leblanc an. Er versank in ihnen. Schlagartig verfinsterte sich ihr Gesicht wieder.

»Heute hat er mir gesagt, dass er nicht mit mir arbeiten kann und mit mir leben auch nicht. Er könne einfach keine Frau an seiner Seite ertragen, die besser sei als er. ›Und du bist besser, ich gebe es ja zu‹, hat er gesagt. Und dass er sich eine andere Stelle suchen wolle und dass es ihm leidtue. Es tut ihm leid! Das muss man sich mal vorstellen! Wir hatten doch gemeinsame Pläne. Hätte ich bloß nicht an diesem dämlichen Wettbewerb teilgenommen.«

Da begann Liliane wieder zu weinen. Hilflos zog Leblanc ein Papiertaschentuch aus einem Päckchen und reichte es ihr.

»Er beruhigt sich bestimmt wieder«, sagte Leblanc. Seine Wünsche dagegen, einmal losgelassen und aus der Tiefe seines Herzens hervorgebrochen, ließen sich nicht mehr bändigen und flüsterten auf ihn ein: »Wenn er verschwindet, ist Liliane frei.« Er fand, dass René seine Loyalität nun nicht mehr verdient hatte.

»Wenn du willst, kannst du hierbleiben. Ich schlafe auf der Couch und überlasse dir mein Bett.«

»Danke, du bist sehr nett, aber ich möchte lieber nach Hause. Morgen muss ich sehr früh aufstehen.«

»Ich bringe dich«, beeilte sich Leblanc zu erwidern. Sein Vorstoß mit dem Übernachtungsangebot hatte ihn selbst überrascht.

»Wirklich? Das nehme ich gerne an.« Für den Moment hatte Liliane ihren Kummer samt René vergessen. »Weißt du«, fuhr sie fort, »dass morgen Abend im Casino JPP auftritt. Ich finde seine Bücher sensationell und hätte ihn wahnsinnig gern mal auf der Bühne erlebt. Er sieht cool aus, ein bisschen wie George Clooney.«

Leblanc unterdrückte ein Seufzen. Sie sprach weiter:

»René hat versprochen, Karten zu besorgen. Hat er natürlich vergessen, jetzt ist alles ausverkauft. Na ja, ist auch egal, er würde sowieso nicht mehr mit mir hingehen.«

Leblancs Wünsche triumphierten: Jetzt spiel das Ass schon aus!

»Ich habe zwei Karten. Wenn du mit mir gehen willst …« Wo war die Abneigung gegen den smarten Schriftsteller geblieben, wo die Absicht, Marie einzuladen, wo das Unbehagen, unter einer Meute JPP-begeisterter Anhängerinnen zu sitzen?

»Echt?«

Wie diese Augen leuchten konnten! Und das strahlende Lächeln!

»Ja, wirklich«, bekräftigte er. Das Leuchten und Strahlen sollte nicht aufhören.

»Natürlich komme ich mit. Super. Ich kann es gar nicht fassen.«

»Gut, ich hole dich morgen Abend ab. Und jetzt los, ich fahre dich nach Hause, sonst gibt es morgen bei Charlotte keine Croissants. Wo wohnst du denn?«

»Avenue des Pins 3, oben bei der Kirche Notre Dame.«

# DREI

Als Jean-Paul Picard am Nachmittag des 22. März mit seinem silbergrauen Bentley Mulsanne vor dem Hôtel Royal Plage hielt, waren gleich zwei Bedienstete in Hoteluniform – schwarze Hose, rote Jacke – zur Stelle. Einer ergriff seine zwei Hartmann-Aluminium-Koffer, um sie in die Empfangshalle des Hotels zu tragen, der andere erbat den Autoschlüssel, um den Bentley in die Tiefgarage zu fahren. Jeder, der geglaubt hätte, der JPP auf den Plakaten wäre eine beschönigte Variante des echten, hervorgegangen aus einer sorgfältigen Fotoretusche, hätte sein Urteil im Moment von JPPs Erscheinen revidieren müssen. Das Foto reichte in puncto Attraktivität kaum an die Gestalt heran, die nun in der Lobby vom Empfangschef begrüßt wurde. JPP war ein auffallend gut aussehender Mann: schlank, schmal in den Hüften, athletisch, etwa ein Meter fünfundachtzig groß, mit kurz geschnittenen, dichten schwarzen Haaren, in die sich nur wenige graue mischten. Das Interessanteste an ihm aber war sein Gesicht. Die markanten Gesichtszüge – hohe Wangenknochen und eine ausgeprägte Nasolabialfalte – erhielten durch die braunen, ein wenig umschatteten Augen etwas Weiches, was von den nach oben weisenden Mundwinkeln noch unterstützt wurde. Es schien, als würde er immer lächeln. Seine Kleidung konnte man als elegant und zugleich sportlich bezeichnen: Zur Jeans trug er ein weißes Hemd und ein hellgraues Kaschmirjackett, um seinen Hals schlang sich locker ein Seidenschal, ein Mantel in einem etwas dunkleren Grau als das Jackett hing über seinem Arm. JPP war eine Erscheinung, anders konnte man das nicht nennen. Der Empfangschef händigte ihm die Chipkarte für seine Suite aus.

»Wir kümmern uns um Ihr Gepäck, Monsieur, haben Sie sonst noch Wünsche?«

»Ja, lassen Sie mir eine Flasche vom besten Calvados aufs Zimmer bringen.«

»Wir hätten da einen dreißig Jahre alten aus dem Hause Roger Groult. Wäre Ihnen der recht?«

»Ja, gut, sehr gut.«

Nachdem JPP die Eincheck-Formalitäten erledigt hatte, näherten sich ihm zwei Damen vom Festivalkomitee. Die eine hielt eine Mappe mit Informationen zum Ablauf des Festivals in den Händen, wie sie jedem Teilnehmer bei seiner Ankunft überreicht wurde. Die andere war Madame Colbert, die für ihre Verhältnisse überschwänglich ihre Freude zum Ausdruck brachte, den berühmten Schriftsteller zu Gast zu haben.

»Wir haben eine Suite mit Meerblick für Sie ausgesucht, Monsieur Picard. Sie sollen sich bei uns wohlfühlen.«

Wenn die Organisatorinnen Anerkennung erwartet hatten für den finanziellen Kraftakt, den die Anmietung der Suite – die anderen Teilnehmer mussten sich mit Zimmern begnügen – das Komitee gekostet hatte, wurden sie enttäuscht. JPP zeigte keine Reaktion, was darauf schließen ließ, dass er die Unterbringung für selbstverständlich hielt, wie es eben einem Bestsellerautor gebührte. Madame Colbert fuhr fort, ohne sich die Enttäuschung anmerken zu lassen.

»Sicher möchten Sie sich nach der Fahrt ausruhen.«

JPP zog die prägnanten Augenbrauen ein wenig in die Höhe.

»Mesdames, ich danke für den Empfang, aber ich komme aus Paris, nicht aus Übersee. Es wäre mir lieber, wenn ich direkt mit dem Aufbau der Projektoren in dem für die Lesung vorgesehenen Saal beginnen könnte. Ist der Techniker, um den ich Sie gebeten habe, vor Ort? Und der Beamer, den ich angefordert habe?«

»Den Techniker rufen wir sofort an, er kann in zehn Minuten hier sein. Er wollte sich auch um die Projektoren kümmern.«

»Gut, dann werde ich mein Zimmer beziehen und mich dann in den Theatersaal des Casinos begeben. Mein Credo ist Perfektion, wissen Sie.«

Bei dem letzten Satz zog JPP seine Mundwinkel nach oben, sodass sein Permanentlächeln an Intensität gewann.

Eine halbe Stunde später war der erklärte Perfektionist im Theatersaal damit beschäftigt, den Aufbau der Projektoren und der Musikanlage zu überprüfen und dem Techniker Anweisungen für den Auftritt am Abend zu geben. Auf seinem Laptop hatte er das Videomaterial gespeichert, das während seiner Lesung auf Leinwände projiziert werden sollte. Der Techniker, ein älterer Herr, der normalerweise bei den Vorträgen im Tourismusbüro die Diaanlage bediente und mit den neuen Geräten nicht vertraut war, hatte Mühe, die Geräte miteinander zu verbinden. Was JPPs Unwillen hervorrief.

»Wo hat man Sie denn ausgegraben! Professionalität nenne ich etwas anderes«, brüllte er.

»Entschuldigen Sie«, stammelte der überforderte Mann, »ich …«

»Nehmen Sie Ihre Finger weg, ich mache das selbst. Und wenn Sie sich heute Abend auch nur einen Patzer erlauben, dann können Sie sich eine neue Arbeit suchen. Das garantiere ich Ihnen.«

Als JPP auf der Bühne stand, um die Lautstärke der Musik zu prüfen, ertönte von unten aus dem Zuschauerraum eine Stimme.

»Na, Jean-Paul, Probleme mit dem Personal?«

»Marc Charpentier, das hätte ich mir denken können. Ich habe gesehen, dass du auch an dieser Veranstaltung teilnimmst. Hat es bei dir endlich mal wieder zu einem Buch gereicht? Nach wie vielen Jahren? Fünf?«

JPP erwog einen dynamischen Sprung von der Bühne in den Zuschauerraum, entschied sich aber wegen der Höhe und der damit verbundenen Sturzgefahr für ein Hinabgleiten vom Bühnenrand. Marc Charpentier wartete mit seiner Antwort, bis JPP sein Manöver beendet hatte und neben ihm stand.

»Vier Jahre, Jean-Paul, nach vier Jahren ist gerade ein Roman von mir erschienen. Mit deinem Tempo kann ich nicht mithalten. Aber du scheinst meine Veröffentlichungsquote ja genau zu verfolgen. Übrigens, das ist Marie Bertaux, man hat mich in ihrem Gästehaus einquartiert.«

Erst jetzt bemerkte JPP, dass Marc Charpentier nicht allein war, aus seinem Schatten trat eine Frau hervor, brünett, schulterlange Haare, schmal, nicht mehr ganz jung, aber hübsch. Reflexhaft überlegte er, ob sich eine Investition lohnte. Noch unentschlossen, aber um nichts zu versäumen, gab er seinem Blick eine wärmere Note und seiner Stimme einen samtenen Ton.

»Bonjour, Madame, enchanté.«

Was sich hinter JPPs Stirn abspielte, dauerte kaum länger als eine Sekunde. Aber Marie spürte, dass sie taxiert wurde. Kühler als beabsichtigt, ganz entgegen ihrer Vorfreude, den bekannten Schriftsteller, dessen Romane sie schätzte, von Nahem zu sehen, fiel ihre Begrüßung aus.

»Es freut mich, Ihre Bekanntschaft zu machen.«

Ihre Zurückhaltung wiederum schien JPP nicht entgangen zu sein. Er war in der Regel mehr Enthusiasmus gewohnt, und sein Interesse erlahmte, bevor es entfacht wurde. Er wandte sich wieder dem Kollegen zu, den er um fast zwanzig Zentimeter überragte. Marc Charpentier machte sich nichts aus sportlicher Betätigung, er ließ seinen schmalen Körper in Ruhe altern.

»Du solltest ein bisschen mehr für dich tun, Marc, mehr Werbung, mehr Präsentation, einfach mehr Styling. So, wie du aussiehst, wirst du keinen Erfolg haben. Ich kann dir einen guten Coach empfehlen, der macht aus dir … na ja, zu einem Shooting-Star wird es nicht reichen, die Gelegenheit hast du verpasst. Aber er könnte dich etwas aufpeppen. Sieh mich an, alle Welt will JPP. Du musst eine Marke werden, Marc. Ha, was für ein Wortspiel: die Marke Marc.«

Für gewöhnlich ließ sich der bedächtige, zögerliche Marc Charpentier nicht aus der Ruhe bringen. Er war alles andere als ein spritziger Gesprächspartner. Aber durch JPPs Sticheleien fühlte er sich zu einer treffenden Replik herausgefordert. »Deine Romane schreibst du aber selbst, oder hast du mittlerweile einen Ghostwriter?«

Fast unmerklich versteinerte sich Picards Miene, bevor er in Lachen ausbrach.

»Nur kein Neid, Marc, nur kein Neid. Glaub mir, du brauchst einen PR-Berater, alles andere kommt von selbst.«

»Die Ideen wohl kaum.«

»Auch die. Wenn du auf den Flügeln des Erfolgs durch die Lüfte segelst, streckst du einfach die Hand aus, und schon hast du hier einen Einfall am Wickel, schnappst dir da eine prickelnde Inspiration.«

»Du bist ein Idiot, Jean-Paul, zweifellos ein erfolgreicher, aber ein Idiot.«

Marie fühlte sich bei dem Schlagabtausch der beiden Schriftsteller unbehaglich. Die Beleidigungen drohten zu eskalieren.

»Ich gehe schon mal nach draußen, Marc, und warte dort.«

Als hätte Maries Entscheidung JPPs Jagdinstinkt neu entfacht, vielleicht auch, um dem Konkurrenten zu beweisen, dass der große JPP nur mit dem Finger schnippen muss, um eine Frau erfolgreich zu erobern, rief er Marie zu:

»Nehmen Sie nachher, vor meiner Lesung, einen Aperitif mit mir, Marie? Ich möchte den schlechten Eindruck, den Sie von mir gewonnen haben müssen, wiedergutmachen. Um neunzehn Uhr in der Bar vom Royal Plage?«

Und Marie, die selbst nicht recht wusste, was sie antrieb, sagte, ohne zu überlegen: »Warum nicht! Ich werde da sein«, und verließ den Theatersaal.

Als sie vor dem Casino in der Sonne stand, bereute sie ihre spontane Zustimmung bereits, verstand nicht mehr, was da über sie gekommen war. Und als Marc Charpentier sich nach nicht allzu langer Zeit zu ihr gesellte, fühlte sie sich genötigt, eine Erklärung abzugeben.

»Eigentlich wollte ich …«

»Sie brauchen sich nicht zu rechtfertigen. JPP ist eine ungewöhnliche, eine schillernde Persönlichkeit und zieht jeden in seinen Bann. Ich kenne keinen anderen Menschen, der so meisterhaft die Fähigkeit beherrscht, in seinem Gegenüber den Wunsch zu wecken, ihm nahezukommen, hinter die Maske zu blicken. Denn jeder glaubt, dass jenseits der Öffentlichkeitsmaske ein ganz anderer JPP zum Vorschein käme. Diese Wirkung übt er übrigens nicht nur auf Frauen aus, auch Männer fangen an, ihn verstehen zu wollen. Das gehört zu seinem mehr oder weniger bewussten Spiel. Aber machen Sie sich nur selbst ein Bild, treffen Sie ihn, sprechen Sie mit ihm.«

Marie war erst noch unentschieden, aber je mehr Marc Charpentier über JPP redete, desto stärker wurde der Reiz, ihn kennenzulernen. Was sollte ihr schon passieren. Sie innerhalb einer halben Stunde zu verführen? Das hätte selbst Casanova kaum geschafft, und das würde auch JPP nicht gelingen. Marie kicherte.

»Ja, ich werde ihn mir aus Interesse einmal ansehen.«

Marc Charpentier lächelte sanft.

»Ich hole Sie zur Lesung um kurz vor acht in der Hotelbar ab. Oder soll ich Ihnen die Karte geben, wollen wir uns im Saal treffen?«

»Nein, nein, kommen Sie nur in die Bar. Danke, Marc.«

# VIER

Unkonzentriert könnte man den Zustand Leblancs nennen, in dem er seine Arbeit im Kommissariat erledigte. Eigentlich hätte der Bericht über den Unfall mit Todesfolge und anschließender Fahrerflucht, der sich letzte Woche ereignet hatte, längst fertig sein sollen. Den Fahrer hatten sie inzwischen gefasst. Aber die Sätze entglitten ihm, er wusste auf einmal nicht mehr, was er schreiben wollte. Mehrmals sah er von seinem Computer auf und starrte versonnen aus dem Fenster. Er verlor auch kein Wort mehr über die am nächsten Tag anstehende Lesung im Präsidium. Nadine warf ihm besorgte Blicke zu.

»Ist was, Chef?«

»Nein, was soll sein?«

»Haben Sie jemanden gefunden, der Sie zu der Lesung heute Abend begleitet? Oder soll ich …?«

»Nein, äh ja, ich habe jemanden. Ich will mir diesen Bestsellerautor doch mal anhören. Vor allem, was er über die Kriminalpolizei schreibt. Könnte interessant sein.«

»Aha.« Das war alles, was Nadine zum Sinneswandel ihres Chefs zu sagen hatte.

Der Tag wollte nicht enden. Sogar das Mittagessen im Restaurant Central, das sonst zu Leblancs Lieblingsbeschäftigungen gehörte, schien sich endlos hinzuziehen. Die Makrelen in Senfsahnesauce mit Salzkartoffeln, die es als Mittagsmenü gegeben hatte, hatten es nicht verdient, ohne jede Würdigung hinuntergeschlungen zu werden. Aber Leblanc schmeckte nichts. Er hörte und sah nichts. Er fieberte dem Abend entgegen und wünschte nur, dass er nicht zu einem Einsatz gerufen wurde.

Sein Wunsch wurde erhört. Bis zum Abend passierte nichts Außergewöhnliches.

Nachdem Leblanc sich zu Hause geduscht und umgezogen hatte – frisches Hemd, gelbes Einstecktuch fürs Jackett –, stieg er gegen sieben in seinen Wagen, um Liliane abzuholen. Er brauchte keine fünf Minuten bis zu ihrer Wohnung. Jetzt konnte er sich das Haus eingehender betrachten als in der Nacht. Restauriertes normannisches Fachwerk mit Giebel und Balkon, halbhohe Lage, Blick aufs Meer. Wie hieß sie eigentlich mit Nachnamen? An der Klingel fand er ein Schild mit der Aufschrift »L. Rossi«, das musste sie sein. Aber Rossi? Das klang doch italienisch. Wie das? Sie sah nicht italienisch aus, jedenfalls nicht so, wie er sich eine Italienerin vorstellte, und ihr Französisch besaß nicht den Hauch eines Akzents. Er würde sie fragen. Kaum hatte er den Klingelknopf gedrückt, wurde im ersten Stock das Fenster geöffnet, und die Erwartete rief ihm zu:

»Ich komme sofort runter.«

Leblanc musste sich eingestehen, dass er aufgeregt war, ja, sogar unsicher. Wenn er Raucher wäre, hätte er sich jetzt eine Zigarette nach der anderen angezündet. Seine Aufgeregtheit behagte ihm nicht, er wäre lieber Herr der Lage gewesen. Er hatte kaum Zeit, über seinen ungewohnten Seelenzustand nachzudenken, da erschien sie, in einem schlichten dunkelblauen Kleid, darüber ein heller Mantel. Die blonden Locken umzüngelten ungebändigt Schultern und Oberarme. Nie hatte er etwas Schöneres gesehen. Und schon wieder dieses Lächeln! Vor Glück, weil sie ihren Lieblingsschriftsteller gleich erleben würde. Er war nur der Vermittler dieses Glücks.

»Ich bin so gespannt auf JPP. Bin ich froh, dass ich dich gestern Abend getroffen habe!«

Das Du kam ihr heute schon leichter über die Lippen.

»Ich auch«, sagte Leblanc. »Ich meine, ich freue mich, dass du mich begleitest.« Er versuchte, möglichst unbefangen zu erscheinen. »Ich dachte, wir trinken noch einen Aperitif in der Casino-Bar.«

»Wenn es dir nichts ausmacht, wäre mir ein Espresso in einem Café lieber.«

»Macht mir gar nichts aus.« Das war die Wahrheit. Eigentlich konnte er dieser angesagten O2 Sofa Bar im Casino nichts abgewinnen. Wenn er mit Isabelle ausging, schleppte sie ihn immer dorthin. Die schöne Isabelle mochte die mondäne Atmosphäre. Liliane, das hatte er schon bemerkt, bevorzugte das Einfache. Nur wenn es um ihre Törtchen ging, konnte es nicht ausgefallen genug sein.

Es war noch so warm, dass sie im Café de Paris in Deauville draußen Platz nehmen konnten. Am liebsten hätte Leblanc die ihm gegenübersitzende Liliane stumm angesehen. Aber das ging nicht, er musste etwas sagen. Also fragte er sie, warum ihr Name italienisch sei.

»Mein Großvater war Italiener, Sizilianer, genauer gesagt. Von ihm habe ich wahrscheinlich die Leidenschaft fürs Süße, er besaß nämlich eine Pasticceria in Taormina. Ich erinnere mich, dass ich als Kind die leckeren Dolci kosten durfte: Marzipan und Cannoli, Cassata und Zitronentorte. Mein Vater hat mir jedenfalls nichts in dieser Hinsicht vererbt, er ist Ingenieur geworden, nach Frankreich gegangen, hat meine Mutter kennengelernt, und da bin ich nun. Leider ist mein Großvater vor drei Jahren gestorben. Er hätte sich gefreut zu sehen, was aus mir geworden ist.«

»Du hast gar nichts Italienisches an dir, blonde Haare, blaue Augen. Ich stelle mir Italiener dunkelhaarig vor.«

Liliane lachte. »Auf Sizilien gibt es viele Blonde, ein Erbe der Normannen, die die Insel im 11. Jahrhundert erobert haben.«

»Ach, das wusste ich gar nicht. Dass die Normannen es so weit in den Süden geschafft haben! Ich hätte sie für sesshafter gehalten.« Er schwieg, es entstand eine Pause. Dann sagte er: »Bist du heute eigentlich René begegnet?« Die Frage war ihm herausgerutscht. Das wollte er gar nicht fragen, wie dumm. Aber Liliane antwortete unbefangen, wenn auch mit leiser Trauer in der Stimme: »Nein, er hat Urlaub genommen. Wahrscheinlich sucht er sich tatsächlich eine neue Stelle. Er ist sehr konsequent in seinen Entscheidungen.«

»Aha.« Mehr fiel Leblanc nicht ein.

Überhaupt war er in der Unterhaltung ziemlich einsilbig. Normalerweise konnte er, wenn er mit Frauen ausging, auf ein ordentliches Repertoire amüsanter Geschichten zurückgreifen, die er mit ausladenden Gesten unterstrich. Er brachte ganze Gesellschaften zum Lachen. Ernst sein konnte er nicht gut. Und jetzt saß er da, verstummt, die Quelle seiner Einfälle versiegt. Wie gut, dachte er, dass Liliane nichts von seinen Fähigkeiten wusste. Sie müsste ihn ja für einen Versager halten, dass er ausgerechnet bei ihr wie ein Mönch mit Schweigegelübde auftrat.

Aber Liliane tat nichts dergleichen. Sie genoss ihren Café Crème und die Wärme des Frühlingstags, der langsam in den Abend überging, und war erfüllt von Dankbarkeit, dass das Schicksal, nachdem es ihr René so plötzlich genommen hatte, ihr nun das Erlebnis der Lesung ihres Lieblingsschriftstellers schenken sollte.

Um Viertel vor acht standen Leblanc und Liliane in der Schlange vor dem Casino. Er erkannte die Knotenfrau wieder, die am Eingang die Karten kontrollierte. Sie ihn auch.

»Herr Kommissar, wie schön, dass Sie die Einladung angenommen haben. Ihre nette Kollegin hatte wohl keine Zeit?«

»Nein«, antwortete Leblanc, dem dieser Hinweis unpassend erschien, »hatte sie nicht.«

Die Knotenfrau wünschte einen spannenden Abend.

Die beiden Plätze befanden sich in der zweiten Reihe. In der ersten Reihe, direkt vor Leblanc, saß der Bürgermeister. Leclerq, der Journalist vom *Ouest-France*, hatte den Platz am Rand der Reihe eingenommen und sprang ständig auf, um das einströmende Publikum zu fotografieren. Die anderen Sitze waren für weitere VIPs reserviert, Presseleute, Schriftsteller, Honoratioren.

»Wow«, sagte Liliane, »so nah an der Bühne.«

Dass er zu den VIPs gehören sollte, amüsierte Leblanc. Plötzlich hörte er hinter sich eine wohlvertraute Stimme.

»Jacques, was machst du denn hier?«

Er drehte sich um. Marie war gerade im Begriff, sich zu setzen, schräg hinter ihn. Marie! Warum zum Teufel musste ausgerechnet sie hier auftauchen? Und wer war der Mann an ihrer Seite? Sie war offensichtlich nicht allein gekommen. Neben ihr ließ sich ein kleiner Mann mit Brille nieder, der ihr etwas zuflüsterte. Sie antwortete mit leiser Stimme, unterbrach dann aber das Gespräch mit ihrem Begleiter, dessen Gesicht mit einem Netz von feinen Falten überzogen war, was ihm etwas Zerknittertes gab. Durchdringend und nach einer Antwort heischend sah sie Leblanc an.

»Ein Geschenk des Festivalkomitees, weil morgen im Kommissariat eine Lesung stattfindet«, antwortete er so knapp wie möglich, konnte seine Neugier dann aber nicht zügeln: »Und du?«

»Marc hat mich mitgenommen. Er ist Schriftsteller und wohnt bei mir im Gästehaus. Er wird morgen aus seinem Roman lesen.«

Marc, aha, dachte Leblanc, die sind sich wohl schon nähergekommen. Dann besann er sich darauf, dass er auch nicht allein gekommen war. Als müsse er eine Erklärung abgeben, wandte er sich an Liliane:

»Eine Bekannte.«

Sie nahm seine Worte kaum wahr, starrte auf die Bühne, auf der in der Mitte ein Lesepult stand, das weiträumig von Leinwänden umgeben war. Ihm war klar, dass ihre Anspannung nicht auf seiner Gegenwart beruhte. Der Ort, die Situation, die Leute, all das versetzte sie in Aufregung. Zum ersten Mal fiel ihm auf, wie jung sie war, bestimmt noch keine dreißig. Sie strahlte etwas Mädchenhaftes aus, etwas, was er manchmal an jungen Frauen beobachtet hatte, die noch nicht tiefgehend enttäuscht worden waren.

»Kennst du hier jemanden?«, fragte er sie.

In ihr »Nein, niemanden« platzte ein schriller Ruf. Er vernahm seinen Namen. »Jacques, huhu, Jacques!« War er gemeint? Er sah in die Richtung, aus der der Ruf kam. Links auf dem Gang, einen Platz in der vierten Reihe suchend, gestikulierte eine kleine ältere Frau mit pechschwarzem Haar in einem grellbunten afrikanischen Gewand wild herum, indem sie die Arme in die Höhe warf und mit den Händen wedelte. Der Afrikaner neben ihr, ebenfalls in traditioneller Kleidung, die Farben allerdings etwas dezenter in Braun und Gelb, überragte sie um einiges. Schon wieder erscholl ihr »Ja-acques«. Er kannte diese Frau nicht, die seinen Namen rief. Eine Verwechslung, dachte er und wollte sich schon wieder zur Bühne umdrehen, als ein schrecklicher Verdacht in ihm hochstieg. Angestrengt fixierte er die farbenfrohe Erscheinung. Das konnte nicht sein! Es war völlig unmöglich, aber er musste der furchtbaren Wahrheit ins Auge sehen. Die fremde Frau war seine Mutter. Sie stand immer noch am Anfang der Sitzreihe und winkte. Bevor sie wieder seinen Namen rief, winkte er zurück. Das Ganze hier wuchs sich zu einem Albtraum aus. Was machte seine Mutter in solch einer lächerlichen Aufmachung auf diesem Festival? Wieso hatte sie ihre Haare schwarz gefärbt? Wer war der Afrikaner an ihrer Seite? Inzwischen hatten die beiden ihre Plätze eingenommen, zwei Reihen hinter ihm. Er hielt sein Winken für erklärungsbedürftig und raunte Liliane zu:

»Eine Bekannte meiner Mutter.«

»Interessante Leute«, bemerkte Liliane.

Im gleichen Moment drang von hinten Maries Stimme an sein Ohr.

»Ist das nicht deine Mutter? Sie sieht verändert aus.«

»Ich glaube nicht, nein, bestimmt nicht«, gab er über die Schulter hinweg zurück.

Wie peinlich ihm das alles war! Liliane, Marie, seine Mutter, wie kam er aus dieser Schräglage wieder heraus? Er würde Liliane sagen, ihm sei schlecht, er müsse leider die Veranstaltung vorzeitig verlassen. Er würde die Toilette aufsuchen und sich dann davonschleichen. Bevor er seine Überlegungen in die Tat umsetzen konnte, versank der Saal im Halbdunkel. Das Geraune der Gespräche verstummte, die letzten Zuschauer nahmen ihre Plätze ein. Auf der Bühne erschien die Knotenfrau und kündigte, wie sie sagte, »den Star an, auf den die Welt warte«.

Unter Jubel und Applaus seiner Anhänger trat nun JPP ins gedämpfte Scheinwerferlicht. Sein Jackett hängte er über die Stuhllehne. In Jeans und kurzärmeligem, enganliegendem weißem T-Shirt, das den athletischen Körper perfekt zur Geltung brachte, wartete er geduldig, bis das Publikum wieder zur Ruhe gekommen war. Mehr als den Satz, er würde aus seinem neuen Roman *Der Skalpierer* lesen, gab er zunächst nicht von sich. Das Licht wurde noch weiter heruntergedimmt, und ein Ton wie aus einem Didgeridoo erklang, breitete sich aus, wurde langsam lauter und versetzte den ganzen Saal in Vibrationen. Jetzt wurden auf die Leinwände alte dokumentarische Fotos projiziert, die den Vorgang des Skalpierens darstellten oder Indianer zeigten, die einen Skalp vor sich in Händen hielten. In diese Bilder mischten sich nach einer Weile Aufnahmen der Börsen von New York und London, überblendeten die Abbildungen der Skalpierungen. Der vibrierende Ton hatte sich fast bis zur Unerträglichkeit gesteigert, bis er abgelöst wurde von einer spannungsgeladenen Melodie. Auf der Leinwand erschien über den Börsenfotos eine Schrift: »Scalping – das schnelle Geld«. Dann stoppte die Sound-und-Licht-Maschine, nur die vier Worte blieben im Hintergrund stehen. Im Saal herrschte atemlose Stille.

In diese Stille hinein erhob JPP seine Stimme und begann, aus seinem Roman zu lesen. Nein, nicht zu lesen – JPP zelebrierte seinen Text. Wie ein Schauspieler präsentierte er die Szenen, effektvoll setzte er seine Stimme ein, machte Pausen, um die Spannung zu steigern. Und das Publikum hing gefesselt an seinen Lippen. Auch Leblanc ließ sich mitreißen und vergaß zwischenzeitlich seine missliche Lage. Liliane starrte wie gebannt mit offenem Mund und weit geöffneten Augen auf den Schriftsteller. Dann war die Show zu Ende. Viel zu früh, wenn es nach den Zuschauern ging. Es schien kaum eine Viertelstunde vergangen zu sein, aber der Blick auf die Uhr bewies, dass sie neunzig Minuten wie in Trance verbracht hatten. Tosender Applaus erhob sich, der nicht enden wollte, aber JPP ließ sich nicht mehr blicken.

# FÜNF

Das Brummen seines Handys riss Leblanc aus einem quälenden Schlaf. Es war halb acht, er hatte den größten Teil der Nacht wach und schwitzend im Bett gelegen und war erst gegen Morgen in einen unruhigen Schlaf gefallen. Das Telefon lag neben Hemd und Hose auf dem Boden. Er machte sich nicht die Mühe, aufs Display zu sehen.

»Ja, hier Kommissar Leblanc«, krächzte er.

Es war seine Kollegin Nadine.

»Chef, Sie müssen sofort kommen. JPP ist in seiner Hotelsuite vom Servicepersonal tot aufgefunden worden.«

Noch schläfrig stammelte er: »Was? Der Schriftsteller JPP?« Blöde Frage, wie er sofort merkte.

»Ja, klar, einen anderen gibt es nicht.«

Die Nachricht katapultierte Leblanc in einen Zustand hellster Wachheit.

»Wo? Im Royal Plage? Ich komme, bin schon unterwegs.«

Er verzichtete aufs Duschen, auf den Kaffee ebenfalls und nahm seinen eigenen Wagen, um zum Hotel zu fahren. Er dachte daran, wie er es gestern Abend geschafft hatte, seiner Mutter und Marie zu entwischen und Liliane sicher aus dem Saal nach draußen zu schleusen. Die Menge hatte ihn vor möglichen Übergriffen seitens seiner Mutter geschützt. Er hatte sich nicht umgesehen und war damit der Gefahr entgangen, auf nochmaliges Winken reagieren zu müssen. Die Augen stetig auf den Boden geheftet, Liliane vor sich herschiebend, hatte er sich im Menschenstrom nach draußen spülen lassen. Und auch dort, kein Verharren vor dem Eingang, gleich ins Auto und ab. Zum Glück hatte Liliane kein Interesse an einem Barbesuch im Casino gezeigt, leider aber auch keins daran, mit ihm zu Lulu oder in ein anderes Bistro zu gehen. Sie wollte nach Hause – er wisse ja, sie müsse früh aufstehen – und hatte während der Autofahrt ununterbrochen von der unglaublichen Vorstellung geschwärmt, die sie soeben mit eigenen Augen gesehen habe. So etwas Spannendes sei ihr noch nie im Leben begegnet. Sie hatte sich überschwänglich bei Leblanc bedankt und ihm, was ihn sehr irritiert hatte, zum Abschied die Hand gereicht. Eigentlich hatte er sich den restlichen Abend anders vorgestellt, fügte sich aber wortlos Lilianes Vorgaben, an denen nicht zu rütteln war, wie er instinktiv spürte.

Zu einem Besuch bei Lulu hatte er keine Lust mehr gehabt und war stattdessen, wie er es manchmal tat, mit dem Auto in der Gegend herumgefahren, die Küstenstraße entlang Richtung Honfleur, hatte angehalten, die Lichter im Hafen von Le Havre betrachtet. Wie eine Erscheinung hatte sich Lilianes Bild vor die Hafenkulisse geschoben, ihr Lächeln, ihr Strahlen, ihre Jugend. Jetzt fiel ihm ein, an wen sie ihn erinnerte. An ein Gemälde von Botticelli, das er in Paris einmal auf einem Ausstellungsplakat gesehen hatte, die dem Meer entsteigende Venus, so schön, so unschuldig, so mild. Er wollte mit Liliane zusammen sein, sie ansehen. Aber kaum hatte er diesen Wunsch ausgesprochen, gruben sich die Zähne des Zweifels in sein Herz. Was sollte das werden? Er war nicht geeignet für eine Ehe, dazu die Unbeständigkeit, die sein Beruf mit sich brachte. Sie war jung, wollte geordnete Verhältnisse, eine Familie, Kinder, eine eigene Pâtisserie. Eine komplizierte Sachlage. Ohne Aussicht auf eine Lösung war er nach Hause gefahren.

Und jetzt gab es einen Toten. Nicht nur irgendeinen Toten, sondern JPP. Den Schriftsteller JPP, den er gestern noch sehr lebendig auf der Bühne gesehen hatte. Vielleicht hatte das Personal sich geirrt, vielleicht die Zimmernummer verwechselt. Natürlich wusste er, dass das Unsinn war. Jeder kannte JPP. Er konnte sich jetzt schon die Reaktionen vorstellen. Der Hoteldirektor würde Umsatzeinbußen durch fortbleibende Gäste befürchten, und der Bürgermeister würde an den Skandal denken, aber insgeheim hoffen, dass der Bekanntheitsgrad des Festivals dadurch gesteigert würde. Ihm selbst, das musste er zugeben, kam ein neuer Fall nicht ungelegen, die Arbeit würde ihn aus seiner Liliane-Mutter-Marie-Bredouille herausholen. Aber erst einmal abwarten, ob es überhaupt einen Fall geben würde. Vielleicht war JPP eines natürlichen Todes gestorben, Schlaganfall oder plötzlicher Herztod. Nadine hatte nichts über die Umstände gesagt.

Er war vor dem Hotel angekommen und stellte seinen Wagen hinter den geparkten Polizeiautos ab. Der Portier verwies ihn an den Hotelmanager, der mit besorgter Miene unruhig in der Empfangshalle auf und ab lief. Leblanc stellte sich vor und kam ohne Umschweife zur Sache.

»Ich bin Kommissar Leblanc. Wo finde ich den Toten?«

»Schrecklich«, sagte der Direktor erwartungsgemäß und verzog pikiert den Mund, als hätte ihn jemand persönlich beleidigt. »Warum musste das ausgerechnet bei uns passieren? Und dann noch eine derart berühmte Persönlichkeit. Könnten Sie das …«

»… so diskret wie möglich handhaben? Natürlich, wir tun, was wir können. Aber zunächst müssen wir die Todesumstände untersuchen. Holen Sie bitte das gesamte Personal, das gestern und heute Morgen Dienst hatte, zusammen. Zuerst möchte ich mit demjenigen sprechen, der den Toten gefunden hat.«

»Selbstverständlich, ich kümmere mich darum. Monsieur Picards Suite befindet sich im fünften Stock. Der Fahrstuhl ist dort rechts.« Der Direktor wies mit der Hand in die entsprechende Richtung.

Von einer Suite hatte Leblanc andere Vorstellungen. Wegen eines

Drogendelikts hatte er einmal Untersuchungen im Pariser Hôtel Ritz durchgeführt. Die Suite, die er dort betreten hatte, war größer, luxuriöser, verspielter, mit Spiegeln und Gemälden und Louis-seize-Sesseln ausgestattet gewesen, irgendwie französischer. Diese hier bestand aus zwei Zimmern, war sachlich-nüchtern in Blau gehalten und möbliert mit einem großen Bett, dessen zerwühlte Laken halb auf dem Boden hingen, und einem kleinen Schreibtisch in dem einen Raum, einer Sitzgruppe mit Sofa, Sesseln und Tisch im angrenzenden anderen. Dort vor dem Sofa, auf dem hellgrauen Teppich lag, in einen dunkelroten Seidenmorgenmantel gehüllt, der Schriftsteller reglos auf der Seite. An manchen Stellen war der Morgenmantel verrutscht und ließ erkennen, dass der Tote darunter nackt war. Drei Kollegen von der Spurensicherung waren bereits dabei, die Zimmer zu untersuchen und zu fotografieren. Leblanc streifte sich Schutzfolie über die Schuhe und zog Handschuhe an. Er trat an Nadine heran, die sich über den Toten gebeugt hatte.

»Auf den ersten Blick ist keine Gewaltanwendung festzustellen. Serge müsste gleich da sein, dann wissen wir mehr.«

»Vielleicht ist er an einem Herzinfarkt gestorben. Wäre mir allerdings ein Rätsel, bei der körperlichen Verfassung. Der war fit wie ein Zwanzigjähriger«, gab Leblanc zu bedenken.

»Riechen Sie nichts, Chef?«, fragte Nadine.

»Nein, wieso?«

»Also ich würde sagen, es riecht nach Bittermandel, und zwar aus diesem Glas hier, Bittermandel vermischt mit Calvados.«

»Zyankali, meinst du? Ich gehöre zu den siebzig Prozent der Menschen, die den Geruch nicht wahrnehmen können. Demnach hätte JPP sich umgebracht?«

»Oder er ist vergiftet worden«, meinte Nadine.

»Das klären wir später, ich sehe mir erst mal die Leiche an. Guten Morgen, Kollegen.« Serge, der Rechtsmediziner, war eingetroffen.

Der sportliche Vierzigjährige schob den Tisch ein wenig zur Seite, um sich neben den Toten knien zu können.

»Bonjour, Serge. Nadines Nase meint, es sei Blausäure im Spiel.«

Serge schnüffelte an dem Glas auf dem Tisch, in dem sich noch ein Rest Calvados befand.

»Würde meine Nase auch sagen.« Der Rechtsmediziner drehte den toten JPP auf den Rücken. »Die Haut ist zwar nicht sehr stark gerötet, aber …«, er sah in den halb geöffneten Mund des Toten, »… die Schleimhaut zeigt eine hellrote Färbung. Das deutet tatsächlich auf eine Blausäure-Vergiftung hin.«

»Kannst du schon etwas über den Todeszeitpunkt sagen?«, fragte Leblanc.

»Nach Körpertemperatur und Totenstarre zu urteilen, würde ich sagen, der Tod trat vor sechs bis acht Stunden ein, also zwischen Mitternacht und zwei Uhr morgens. Aber das vorerst ohne Gewähr. Keine äußere Gewaltanwendung, das kleine Hämatom an der Schulter könnte er sich beim Fallen zugezogen haben.«

»Wie schnell wirkt denn das Gift, wenn man es zu sich genommen hat?«

»Bei einer Dosis von etwa hundertfünfzig Milligramm schon nach ein paar Sekunden, maximal zwei Minuten. Das Kaliumzyanid reagiert mit der Magensäure und verhindert, dass die roten Blutkörperchen Sauerstoff aufnehmen. Die Folge ist inneres Ersticken, Krämpfe, Bewusstlosigkeit, Herzstillstand.«

»Er macht einen ganz friedlichen Eindruck, nicht so, als hätte er Krämpfe gehabt.«

»Das liegt an der erschlafften Muskulatur, die Krämpfe sieht man dem Toten nicht mehr an.«

»Könnte er sich das Gift selbst verabreicht haben?«, fragte Leblanc weiter.

»Hätte er theoretisch können, glaube ich aber nicht. Das restliche Gift im Glas lässt eher etwas anderes vermuten. Wenn sich jemand umbringen wollte, würde er eine Zyanidkapsel schlucken. Kaliumzyanid ist sehr gut in Wasser löslich, aber nicht in Alkohol. Das heißt, hier muss sich jemand die Mühe gemacht haben, das Pulver in Wasser aufzulösen und dann in den Calvados zu schütten.«

»Hätte er das nicht riechen müssen?«, fragte Nadine.

»Nicht, wenn er wie Jacques zur überwiegenden Mehrheit der Bevölkerung zählt.«

»Aber den bitteren Geschmack hätte er doch bemerken müssen«, hakte Nadine nach.

»O ja, selbst in Calvados oder einem anderen hochprozentigen Getränk würde man das Beißend-Bittere herausschmecken. Aber ehe man das realisiert, ist der Schluck im Magen und tut seine Wirkung. Zumal, wenn derjenige schon ein paar Gläser intus hatte.« Serge deutete auf den Pegel des Calvados in der Flasche hin. »Wie viel Alkohol er im Blut hatte, kann ich euch erst nach der Obduktion sagen.«

»Also, wenn ich dich richtig verstanden habe, Serge, ist die Wahrscheinlichkeit größer, dass ihm das Gift verabreicht wurde, als dass er es sich selbst zugeführt hat?«

»Würde ich vermuten. Jedenfalls solltet ihr in diese Richtung ermitteln, solange die Spuren noch heiß sind.«

»Hast du schon mit dem Mann vom Servicepersonal gesprochen, der die Leiche gefunden hat?« Leblanc wandte sich an Nadine.

»Der Mann ist eine Frau, ich habe nur ganz kurz mit ihr gesprochen. Sie steht unter Schock. Daniel hat sie nach unten zum Empfangschef gebracht. Der kümmert sich um sie.«

»Ich habe darum gebeten, das gesamte Personal zusammenzutrommeln, das gestern und heute früh Dienst hatte. Mach mit deinem Tablet ein Foto von JPPs Gesicht und komm dann mit, wir nehmen die Aussagen auf. Habt ihr eigentlich einen Ausweis von ihm gefunden?«

»Ja, hier. Jean-Paul Picard, geboren am 7. Oktober 1960 in Rabat, Marokko, wohnhaft 159 Rue de la Pompe in Paris, 16. Arrondissement.« Nadine hielt Leblanc das Dokument hin.

»Demnach ist er schon fünfundfünfzig! Hätte ich nicht gedacht, ich hätte ihn auf Mitte vierzig geschätzt.« Ein delikates Thema. Leblanc war gerade einundfünfzig geworden, ein Alter, in dem man, so glaubte er, anfing, sich Gedanken zu machen. Er wusste nicht genau, worüber, verglich sich aber häufiger mit jüngeren oder älteren Männern. Sahen die jüngeren älter aus, löste das bei ihm Erleichterung aus, machten die älteren aber einen jüngeren Eindruck, beschloss er sofort, Maßnahmen zur Stählung seines Körpers zu ergreifen, was allerdings nur eine begrenzte Zeit anhielt. »Wir müssen ermitteln, ob er Angehörige hat, Eltern, Frau, Kinder«, fuhr er fort.

»Kriege ich raus, Chef.«

»Hat er einen Abschiedsbrief hinterlassen? Irgendetwas, was eine Suizidabsicht beweisen könnte?«

»Nichts, also jedenfalls lag hier kein Brief. Vielleicht hat er seinen Laptop dazu benutzt. Oder er hat seine Absicht werbewirksam ins Internet gestellt. Das würde den Verkauf seiner Bücher noch mal ordentlich anheizen.«

»Das wäre ziemlich makaber, außerdem hätte er nichts mehr davon.«

»Stimmt, nur sein Verleger«, fügte Nadine hinzu.

Leblanc wollte von Bernard, dem Leiter der Spurensicherung, wissen, was sie bisher gefunden hatten.

»Jede Menge Material für DNA-Analysen. Der Mann hat vor seinem Tod Sex gehabt. Spermaspuren und Körperflüssigkeiten im Bett, Haare, die nicht von ihm stammen, Lippenstiftschlieren, Fingerabdrücke auf einem Sektglas, eine angebrochene Flasche Champagner auf dem Nachttisch. Abgesehen von der Flasche Calvados, dem Glas mit dem Restalkohol und einem Wasserglas auf dem

Tisch. An der Zimmertür haben wir auch außen Fingerabdrücke entdeckt. Der Bodenscanner ist noch im Einsatz. Den Laptop nehmen wir zur Auswertung mit, ebenso das Handy.«

»Vergesst seine Kleidung und sein Gepäck nicht.«

»Okay. Sollen wir uns seinen Wagen vornehmen? Der steht in der Tiefgarage«, fragte Bernard.

»Hat vorerst keine Priorität, es sei denn, JPP ist gestern Abend noch unterwegs gewesen. Aber das erfahre ich sicher vom Portier.«

»Gut, Jacques, wir sammeln hier alles ein und machen uns dann an die Auswertung.«

# SECHS

Als Leblanc und Nadine im Foyer aus dem Fahrstuhl stiegen, schallte ihnen aufgeregtes Stimmengewirr entgegen, darunter auch russische Laute. Der gestresste Hotelmanager war von einer Gruppe Menschen umringt, Gäste, die irgendwie – so etwas sprach sich schnell herum – von dem Vorkommnis gehört hatten und Aufklärung, zumindest zuverlässige Informationen verlangten. Leblanc bahnte sich einen Weg zu dem hilflos wirkenden Direktor, dessen Beschwichtigungsversuche erfolglos im Raum verhallten.

»Lassen Sie mich mal mit den Leuten reden«, sagte er zu ihm und erhob seine Stimme.

»Ich bitte einen Moment um Aufmerksamkeit! Sie haben von dem Unglücksfall gehört. Ja, es stimmt, heute Nacht ist hier ein Mann zu Tode gekommen. Ich bin Kommissar Leblanc von der Polizei Deauville. Wir untersuchen die Umstände seines Ablebens. Es gibt noch keine Ergebnisse oder Hinweise, die ein eindeutiges Urteil erlauben würden. Also bitte bewahren Sie Ruhe. Wir verlassen das Hotel, sobald unsere Arbeiten abgeschlossen sind, heute Abend werden Sie außer einer versiegelten Zimmertür nichts mehr von dem Vorfall bemerken. Eine Sache noch: Wer von Ihnen irgendetwas beobachtet hat, was im Zusammenhang mit dem Toten steht, der meldet sich bitte bei meiner Kollegin, die dort am Empfangstresen steht. Sie zeigt Ihnen ein Foto des Mannes und wird Ihre Aussage aufnehmen. Alles ist wichtig, ob er in Begleitung war oder allein, wo Sie ihn gesehen haben, alles. Vielen Dank.«

Nach dieser Ansprache ebbte die Aufregung im Foyer ab. Die meisten Gäste begaben sich in den Frühstücksraum.

»Kann ich jetzt mit dem Personal sprechen?«, fragte Leblanc den Hotelmanager.

»Es sind noch nicht alle da. Sie warten im Personalaufenthaltsraum. Ich bringe Sie zu Sévérine, sie hat den Toten gefunden.«

Die junge Frau saß bleich und mit verweinten Augen in einem Sessel und nippte an einer Tasse Tee. Leblanc stellte sich vor. Sofort fing sie an zu schluchzen.

»Es war schrecklich. Ich bin so erschrocken, als ich den Mann auf dem Boden liegen sah.«

»Erzählen Sie mal der Reihe nach. Weshalb sind Sie in die Suite von Monsieur Picard gegangen?«

»Ich wollte gar nicht in die 514. Die Gäste von 520 hatten Frühstück aufs Zimmer bestellt. Ich habe den Aufzug nach oben genommen, und auf dem Weg zur 520 bin ich an der 514 vorbeigekommen. Die Tür stand einen Spalt offen. Das ist ungewöhnlich. Ich dachte, entweder hat der Gast vergessen, sie zu schließen, oder jemand von uns, vom Service, hat sie versehentlich offen gelassen. Jedenfalls wollte ich dem Gast Bescheid sagen. Ich habe das Frühstückstablett auf den Boden gestellt und geklopft, aber keine Antwort erhalten. Dann bin ich hineingegangen und habe gerufen: ›Monsieur, Entschuldigung, Ihre Tür ist offen.‹ Wieder keine Antwort. Als ich das Zimmer betrat, habe ich ihn auf dem Boden liegen sehen. Zuerst dachte ich, er hätte da vielleicht geschlafen, dann kam mir der Gedanke, er könnte zusammengebrochen sein und Hilfe brauchen. Ich berührte ihn an der Schulter, und da merkte ich, dass er …« Überwältigt von der Erinnerung an den Leichenfund begann die junge Frau wieder zu schluchzen. »… dass er tot war. Ich habe vorher noch nie einen Toten gesehen.«

»Ist schon gut, beruhigen Sie sich. Haben Sie sonst irgendwas angefasst?«

»Ich weiß nicht, ich glaube nicht. Ich bin in Panik nach unten gerannt zu Monsieur Guillaume, dem Empfangschef. Der hat den Rettungsdienst und die Polizei benachrichtigt.«

»Im Zimmer war keine weitere Person anwesend?«

»Nein, aber ich habe nicht ins Schlafzimmer oder ins Bad geschaut.«

»Auf dem Flur ist Ihnen nichts weiter aufgefallen?«

»Nein, nichts.«

»Sie haben alles richtig gemacht, Madame. Wenn Ihnen noch etwas einfällt, rufen Sie mich bitte an. Jedes kleinste Detail ist wichtig für uns.« Leblanc hielt ihr eine Karte entgegen. »Und ich muss Sie bitten, so schnell wie möglich das Polizeipräsidium aufzusuchen, die Adresse steht auf der Karte. Wir müssen Ihre Fingerabdrücke nehmen.«

»Fingerabdrücke? O Gott …«

»Keine Sorge, das geschieht nur, um die Abdrücke auf der Tür abzugleichen.«

»Er hat … er hat seinem Leben selbst ein Ende gesetzt, nicht wahr? Das war kein Herzinfarkt, oder?«

»Das kann ich Ihnen nicht sagen. Unsere Untersuchungen haben gerade erst begonnen. Lassen Sie sich heute frei geben, Ihr Chef hat bestimmt Verständnis dafür.«

Nadine hatte inzwischen die Befragung der Gäste abgeschlossen und gewartet, bis Leblanc wieder im Foyer erschien.

»Das hat nicht viel gebracht, Chef. Ein russischer Gast hat JPP gestern Abend gegen zehn in der Bar gesehen. Er war in Gesellschaft eines Mannes, den der Gast als groß, korpulent, mit Brille und Vollbart beschrieb. Über die Unterhaltung konnte er, obwohl er am Nebentisch saß, keine Aussage machen, er versteht nicht genug Französisch. Der Russe will übrigens abreisen, ein Toter im Haus bringt Unglück, meinte er.« Dieser Aberglaube entlockte Nadine ein Grinsen, das ihre Grübchen zum Vorschein brachte. Dann wurde sie wieder ernst. »Wir sollten vielleicht auch die anderen Hotelgäste befragen.«

»Ja, aber erst mal das Personal, sie warten alle im Aufenthaltsraum. Der Barkeeper müsste sich doch erinnern. Sprich du mit ihm, ich übernehme den Portier.«

Nach einer Stunde trugen Leblanc und Nadine die Ergebnisse der Befragung zusammen. Immerhin hatten sie jetzt einige Eckdaten, die ein grobes Muster für JPPs Aufenthalt ergaben: Eingetroffen im Hotel war er gegen sechzehn Uhr (der Portier). Bei seiner Ankunft hatte er eine Flasche Calvados geordert, die ihm in seine Suite gebracht worden war, zehn Euro Trinkgeld (der junge Mann vom Zimmerservice). Nach einem kaum fünfzehnminütigen Aufenthalt in seiner Suite hatte er das Hotel wieder verlassen (der Portier). Gegen neunzehn Uhr war er mit einer weiblichen Person – Anfang vierzig, schmal, hübsch, braune Haare – in der Bar gesehen worden, dann erst wieder um zweiundzwanzig Uhr mit einem Begleiter – groß, korpulent, Vollbart, Brille – ebenfalls in der Bar, die beiden Herren hätten sich aber nach einer halben Stunde schon wieder getrennt. Beide Male habe der Schriftsteller nur einen Espresso getrunken (der Barkeeper). Kurz nach halb elf hatte er eine Flasche Champagner aufs Zimmer geordert und dort entgegengenommen. Offensichtlich war er zu diesem Zeitpunkt noch allein (der Zimmerservice). Danach war er nicht mehr gesehen worden. Ob JPP Besuch bekommen habe, hatte Leblanc gefragt. Daraufhin hatte ihn der Empfangschef über die Gepflogenheiten eines Hotels der obersten Kategorie aufgeklärt.

»Diskretion ist unser höchstes Gebot. Unsere Gäste sind für die Dauer ihres Aufenthalts bei uns im Besitz einer Chipkarte für ihre Zimmertür. Die Zeit der Schlüssel, die am Empfang ausgehändigt werden, ist vorbei, Monsieur le Commissaire. Ob die Gäste Besuch bekommen? Wir kontrollieren nicht, wer sich mit dem Fahrstuhl in die oberen Etagen begibt. Hier gehen Hunderte von Menschen täglich ein und aus. Auch wenn wir uns bemühen, wir können uns nicht alle Gesichter merken. Wenn also ein Besucher oder eine Besucherin nicht gerade nach der Zimmernummer oder dem Namen des Gastes fragt, nehmen wir von ihm oder ihr kaum Notiz.«

Leblanc wiederholte die Worte des Portiers, als er mit Nadine zusammen in seinem Wagen ins Präsidium fuhr.

»Das öffnet doch der Prostitution Tür und Tor«, meinte Nadine missmutig.

»Schwierig nachzuweisen. Wenn Prostituierte Zimmer im Hotel mieten oder in der Lounge auf Kundenfang gehen und ihre Dienste anbieten, dann kann man eingreifen. Aber so? Immerhin verbietet das Gesetz zur gewerbsmäßigen Zuhälterei, dass die Hotelangestellten Prostitution fördern, indem sie entsprechende Telefonnummern weitergeben oder sonst irgendwie den einschlägigen Wünschen von Gästen nachkommen.«

»JPP hätte sich selbst ein Callgirl aufs Zimmer bestellen können, den Portier hätte er gar nicht fragen müssen.«

»Ja, hätte er, aber es muss nicht unbedingt eine Prostituierte gewesen sein. Wenn du gesehen hättest, wie ihn die vorwiegend weiblichen Zuschauer im Theater gestern Abend angeschmachtet haben …«

»Ach, ja, die Lesung. Wie fanden Sie denn JPP?«, wollte Nadine wissen.

»Ein absoluter Profi, der nichts dem Zufall überlässt. Die Lesung war eine perfekte Show. Er kam mir vor wie einer dieser Hypnotiseure, weißt du, die Massen in Trance versetzen können. So ein Talent muss man erst mal haben.«

»Wie wollen wir denn jetzt weiter vorgehen, Chef?«

Inzwischen waren sie im Präsidium angekommen.

»Bevor wir uns eine Strategie überlegen, brauche ich einen Kaffee und wenn möglich auch etwas zu essen.«

»Ich gehe zum Bäcker und hole Croissants. Machen Sie Kaffee?«

Als Nadine mit einer Tüte Gebäck das Büro betrat, roch es nach Espresso.

»Gerade habe ich beim Festivalkomitee angerufen und denen gesagt, dass wir unter diesen Umständen heute Nachmittag nicht auf unser Büro verzichten können und dass sie die Lesung an einen anderen Ort verlegen müssen«, informierte sie Leblanc.

»Soll denn das Festival überhaupt fortgesetzt werden?«

»Am Telefon war nur eine Aushilfskraft. Ich habe sie gebeten, Madame Colbert – das ist die Lehrerin, die gestern hier war …«

»… ja, ich weiß …«

»… Madame Colbert zu benachrichtigen und ihr auszurichten, dass sie sich sofort bei uns melden soll.«

»*Mord am Meer* – dass der Titel auf diese Weise Wirklichkeit geworden ist, wird die Organisatoren schockieren.

»Wenn es Mord war.«

»Ja, wenn es Mord war. Zumindest deutet die offen stehende Tür darauf hin. Kein Mensch würde die Zimmertür öffnen und sich dann umbringen. Das macht keinen Sinn. Allenfalls bei Suizidversuchen, die eine Signalwirkung haben sollen: Rette mich und kümmere dich um mich. Aber in diesem Fall …«

»Du hast recht. Wer Zyankali nimmt, will nicht gefunden werden. Die offene Tür ist ein Indiz für Mord. Der Mörder war entweder nach der Tat in Eile, oder er wollte, dass JPP schnell gefunden wird.«

Leblanc hatte in der Zwischenzeit auch die neue Staatsanwältin in Lisieux angerufen. Ihr Vorgänger, Monsieur Cantel, hatte sich, was zu erwarten gewesen war, in den vorzeitigen Ruhestand versetzen lassen. Leblanc bedauerte das, weil er mit Monsieur Cantel vertrauensvoll und problemlos zusammengearbeitet und von dem guten Verhältnis zwischen dem Staatsanwalt und dem Untersuchungsrichter in Caen profitiert hatte. Madame Than, die neue und sehr junge Staatsanwältin, bestand darauf, dass immer der Untersuchungsrichter eingeschaltet wurde. Rechtlich gesehen war das der vorgeschriebene Weg, obwohl es eine öffentliche Debatte und Kritik am Amt des juge d'instruction gegeben hatte und sich einige Untersuchungsrichter bewusst zurückhielten. Madame Than jedenfalls verwies Leblanc an Monsieur Bertrand in Caen, und diese Pflicht hatte er ebenfalls absolviert. Der Untersuchungsrichter hatte angekündigt, in den nächsten Tagen im Präsidium in Deauville zu erscheinen, um sich ein Bild von der Lage zu machen. Es handle sich schließlich um einen Fall öffentlichen Interesses.

Die Bemerkung erinnerte Leblanc augenblicklich daran, dass die Medien sich auf den Tod des berühmten Schriftstellers stürzen würden. Fernsehen, Presse, insbesondere die Boulevardzeitungen, würden Berichte mit reißerischen Schlagzeilen bringen. Er würde eine Pressekonferenz abhalten müssen, sobald erste Untersuchungsergebnisse vorlagen.

Aber jetzt brauchte er etwas zu essen. Kaffee und Croissant belebten Leblanc auf angenehme Weise.

# SIEBEN

Eine Stunde später glich das Polizeipräsidium einem Hexenkessel. Das Telefon klingelte ununterbrochen, sodass Leblanc einen Kollegen beauftragte, die Anrufer zu notieren, damit er später zurückrufen konnte. Madame Colbert war persönlich erschienen, der Bürgermeister wollte informiert werden, und dann warteten auf dem Flur die zwei Hotelangestellten vom Servicepersonal, das Zimmermädchen Séverine und der junge Mann, der JPP den Calvados und den Champagner gebracht hatte, um ihre Fingerabdrücke einscannen zu lassen. Nadine kümmerte sich um die beiden und wehrte die Presse ab. Den Bürgermeister vertröstete Leblanc auf später, und mit der völlig verstörten Madame Colbert – heute in Jeans und Bluse, mit offenen Haaren, nur die Brille betonte noch das Lehrerinnenhafte – zog er sich in ein ruhigeres Büro im Erdgeschoss zurück. *Knotenfrau* nahm er insgeheim zurück, sie war alles andere als das.

»Sie verstehen, dass wir unter diesen Umständen nicht auf unser Büro verzichten können«, begann Leblanc die Unterredung.

Madame Colbert hielt sich nicht lange beim Raumproblem auf, ihre Bedenken waren grundsätzlicherer Art.

»Ich weiß überhaupt nicht, was wir tun sollen. Wäre es nicht pietätlos, wenn wir das Festival nach diesem Todesfall fortsetzen würden? Auf der anderen Seite: Die Leute haben ihre Hotels gebucht, Tickets für die Lesungen gekauft. Wir müssten ihnen eine Entschädigung zahlen, wenn wir jetzt alles absagen würden. Was das für ein Aufwand wäre! Wir werden uns gleich mit allen Mitgliedern des Festivalkomitees zusammensetzen und beschließen, wie es weitergeht. Eine furchtbare Sache! Warum nur hat JPP seinem Leben ein Ende gesetzt? Und warum ausgerechnet hier?«

Zu diesen Hypothesen gab Leblanc keinen Kommentar ab. »Ich habe noch Fragen wegen JPP«, setzte er an. »Hatten Sie gestern mit ihm zu tun? Wann haben Sie mit ihm gesprochen?«

»Meine Kollegin, Madame Masson, und ich haben im Hotel auf seine Ankunft gewartet. Er traf gegen sechzehn Uhr ein. Als wir ihn vor einem halben Jahr für die Lesung engagierten, hat er betont, wie wichtig ihm Aufbau und Funktion der technischen Geräte im Saal seien und dass er seine Teilnahme nur zusagen würde, wenn das gewährleistet sei. Und er bestand auf einem versierten Techniker. Wir haben das natürlich organisiert, und Monsieur Picard äußerte gestern gleich nach seiner Ankunft den Wunsch, sich sofort in den Theatersaal zu begeben. Er hat nicht viele Worte gemacht. Ich bin dann um kurz vor fünf selbst in den Saal gegangen, um mich zu überzeugen, dass alles zu seiner Zufriedenheit abläuft.«

»Und, tat es das?«

»Leider nicht. Er war mit dem Techniker unzufrieden und teilte ihm das auf eine nicht sehr höfliche Weise mit.«

»Aha. War außer dem Techniker noch jemand im Theater?«

»Mir sind zwei Schriftsteller begegnet, Marc Charpentier und Erik Bressot. Ich glaube, sie wollten sich den Saal anschauen.«

»Können Sie mir sagen, wo ich die beiden finde?«

»Erik Bressot wohnt im Hôtel de la Paix, Marc Charpentier im Gästehaus Bertaux.«

Bei Marie – fuhr es Leblanc durch den Kopf. Das musste der Schriftsteller sein, mit dem sie gestern während der Lesung hinter ihm saß. Genau, er erinnerte sich, »Marc hat mich mitgenommen«, hatte sie gesagt. »Haben Sie JPP danach noch einmal gesehen?«

»Nur auf der Bühne, gesprochen habe ich ihn nicht mehr.«

»Eine Frage noch: Was für einen Eindruck machte JPP auf Sie? Ich meine als Person?«

Madame Colbert zögerte.

»Als Person? Ein Star eben, mit Ansprüchen, nicht besonders entgegenkommend, nicht besonders freundlich. Er äußerte seine Wünsche und erwartete, dass sie erfüllt wurden, und zwar auf der Stelle. Ich fand ihn nicht sympathisch.« Sie hielt erschrocken inne. »Was sage ich da über einen Toten? Das tut man doch nicht, schlecht über Tote reden.« Dann fuhr sie fort. »Er ist wirklich ein Sonderfall, normalerweise sind die Schriftsteller, die wir einladen, sehr nett und freuen sich über die Möglichkeit einer Lesung. Es ist ja schließlich Werbung für ihre Bücher. JPP hatte das natürlich nicht nötig.«

»Danke, das ist erst mal alles. Rufen Sie mich an, wenn das Komitee über die Fortsetzung des Festivals entschieden hat. Ach, da fällt mir noch etwas ein. Ein großer, korpulenter Mann mit Brille und Vollbart, der mit JPP gesehen wurde. Können Sie sich jemanden vorstellen, auf den diese Beschreibung zutrifft?«

»Ja, ich denke, das ist sein Verleger, Monsieur Dufour, von der Edition Ombre. Es sind übrigens einige Verleger vor Ort. So ein Festival bietet sich natürlich an, um neue Autoren zu entdecken oder abzuwerben.«

»Wo finde ich Herrn Dufour?«

»Ich sehe in der Liste nach, in welchem Hotel er untergebracht ist, und rufe Sie dann an.«

»Bitte faxen Sie mir doch die ganze Liste mit den Hotels, in denen die Schriftsteller wohnen. Haben Sie vielleicht auch deren Telefonnummern? Das wäre sehr hilfreich für uns.«

»Die Nummern sind auf der Liste vermerkt. Ich faxe sie Ihnen sofort.«

»Vielen Dank, Madame.«

Vom Fenster aus sah Leblanc Madame Colbert nach, wie sie das

Präsidium verließ. Auf dem Gehweg wurde sie von einer jungen blonden Frau mit Pferdeschwanz und Brille empfangen, die offensichtlich auf sie gewartet hatte. Die junge Blonde schlang ihre Arme um die Erwartete und küsste sie auf den Mund. Madame Colbert erwiderte den Kuss, und Hand in Hand gingen sie davon. Wie man sich täuschen kann, dachte Leblanc.

Als er in sein Büro zurückkehrte, hatte sich der erste Ansturm etwas gelegt. Aber ein neuer Sturm hatte sich erhoben, wie Nadine berichtete.

»Chef, der Tod von JPP kursiert schon im Internet. Es wird wild spekuliert von wegen schwerer Krankheit und Burn-out, deshalb Selbsttötung und so weiter. Den Journalisten, die anrufen, habe ich gesagt, dass die Todesursache bislang nicht geklärt sei, wir würden eine Stellungnahme abgeben, sobald die Ergebnisse es zulassen.«

Leblanc nickte zustimmend.

»Und Bernard hat angerufen«, fuhr Nadine fort. »Auf dem Laptop von JPP befindet sich ausschließlich Foto- und Videomaterial, nichts Persönliches, keine E-Mails, keine Briefe, nichts, auch keine Manuskripte.«

»Die Fotos und Videos hat JPP gestern bei der Lesung eingesetzt. Vermutlich nutzt er den Laptop nur für diesen Zweck. Also keine dokumentierte Suizidabsicht?«

»Nein, nicht auf dem Computer. Das Handy wird noch ausgewertet, Bernard erstellt eine Liste der gespeicherten Nummern und Namen. Aber eine Sache konnte er schon feststellen: JPP hat gestern nicht telefoniert und auch keine Anrufe bekommen. Ich habe auch das Hoteltelefon überprüfen lassen, auch da nichts. Erstaunlich, oder? Fällt damit die Callgirl-Theorie weg?«

»Nicht unbedingt, das Rendezvous hätte er schon vorher ausmachen können. Oder er hat sich mit jemandem verabredet, den er gestern getroffen hat. Ich möchte, dass wir alle Personen befragen, die Kontakt mit JPP hatten. Madame Colbert hat mir zwei Schriftsteller genannt, die während JPPs Probe im Casino waren. Ein Erik Bressot und ein Marc Charpentier. Übernimmst du Bressot? Er wohnt im Hôtel de la Paix. Ich kümmere mich um Charpentier im Gästehaus Bertaux.«

»Bei Ihrer … Bekannten … Madame Bertaux, die im letzten Jahr zwei Tote gefunden hat?«

»Ähm, ja, genau, aber bei diesem Toten können wir das wohl ausschließen. Und dann ist da noch JPPs Verleger. Das ist der Mann, den er in der Bar getroffen hat.«

»Okay, Chef, dann lege ich los. Ach, übrigens, was die Familienverhältnisse von JPP angeht: Er ist zum zweiten Mal verheiratet. Seine erste Frau ist vor fünfzehn Jahren durch Suizid ums Leben gekommen. Die zweite Frau befindet sich seit acht Jahren in einer psychiatrischen Privatklinik in Saint-Germain-en-Laye. Keine Kinder, die Eltern leben beide nicht mehr. Der Vater ist Botschafter gewesen, deshalb ist JPP wahrscheinlich in Marokko geboren.«

»Eine eher düstere Bilanz, würde ich sagen. Hast du die Nummer von dieser Klinik?«

»Liegt auf Ihrem Schreibtisch. Dann bis später, Chef.«

Leblanc ließ sich mit dem Klinikleiter verbinden. Er informierte ihn über den Tod des Ehemanns von Madame Picard und fragte, in welcher Form man ihr die Nachricht überbringen könnte.

»Besprechen Sie das am besten mit dem behandelnden Arzt, Doktor Roubaud. Er kann Ihnen sagen, in welchem Zustand sich die Patientin befindet. Es könnte sich ungünstig auswirken, sie mit dieser Tatsache zu konfrontieren.«

»Weshalb ist Madame Picard bei Ihnen? Seit acht Jahren schon, nicht?«

»Sie leidet unter einer traumatischen Störung. Die Krankheit manifestiert sich bei Madame Picard durch regelmäßig wiederkehrende Panikattacken, Albträume, Angstzustände und, was ungewöhnlich ist in diesem Zusammenhang, Schuldgefühle. Unserer Therapie sind leider Grenzen gesetzt, weil Madame Picard sich weigert, über die auslösenden Faktoren zu sprechen. Immerhin ist es uns gelungen, ihr ein Gefühl der Ruhe und Sicherheit zu geben. Ihr Mann hat sie damals eingeliefert. Es ist schwer zu sagen, wie sie auf seinen Tod reagieren wird.«

»Ich könnte aber mit ihr sprechen?«

»In Anwesenheit des Arztes können Sie es versuchen. Für unsere Klinik bedarf es im Weiteren einer Klärung, wer jetzt die Vormundschaft und die Kosten für Madame Picards Aufenthalt übernimmt. Monsieur Picard hatte seine Frau entmündigen lassen, er war als Vormund eingesetzt und auch für die finanzielle Abwicklung zuständig.«

»Ich nehme an, das hat Monsieur Picard notariell festgelegt. Bisher haben wir noch keine Kenntnis von einem Testament. Wegen eines Besuchstermins in den nächsten Tagen rufe ich Sie noch einmal an.«

»Gut, ich werde Doktor Roubaud informieren. Sie sagten, bei Monsieur Picards Tod handelt es sich nicht eindeutig um Suizid?«

»Nicht eindeutig. Deshalb ermitteln wir, und deshalb wären Hinweise seiner Frau hilfreich.«

»Erwarten Sie nicht zu viel. Ich bezweifle, dass Madame Picard ihr langjähriges Schweigen bricht. Bevor ihre Krankheit ausbrach, war sie übrigens eine Kollegin, eine niedergelassene Psychiaterin.«

Leblanc bedankte sich bei dem Klinikleiter.

Er gab in seinen Computer das Suchwort »Trauma« ein und überflog den Eintrag bei Wikipedia:

»Als Trauma bezeichnet man in der Psychologie eine starke psychische Erschütterung, welche durch ein traumatisierendes Erlebnis hervorgerufen wurde. Ereignisse, welche häufig zu Traumatisierungen führen, sind beispielsweise Naturkatastrophen, Krieg, Folter oder sexualisierte Gewalt, Beobachtung des gewaltsamen Todes anderer, Verlust der geliebten Person oder der eigenen Kinder. Aber auch weniger dramatisch erscheinende Ereignisse können im ungünstigen Fall dazu führen, dass ein Mensch in den Zustand intensiver Hilflosigkeit gerät und die eigenen Bewältigungsmöglichkeiten hierdurch überschritten werden. Als Beispiele können hier genannt werden: schwere persönliche Angriffe und Schmähungen, lang andauernde Manipulation, Mobbing, emotionaler Missbrauch, körperliche Züchtigung, Scheidung oder Trennung.«

Merkwürdig, dachte Leblanc, wie passt eine Frau mit solch einer psychischen Krankheit zu JPP? Und wieso landet eine Psychiaterin in einer Klinik? Wie passt das zeitlich zusammen? Vor fünfzehn Jahren bringt sich seine erste Frau um, sieben Jahre später weist er seine zweite Frau in eine Klinik ein. Wann hat er sie geheiratet? Und warum? Er schrieb die offenen Fragen auf einen Notizblock, kopfschüttelnd.

# ACHT

Seit Dezember war Leblanc nicht mehr bei Marie gewesen. Am Weihnachtsabend hatten sie miteinander gefeiert, zusammen mit seiner Mutter und seiner Tante, mit Lulu und Freundinnen von Marie. Seitdem hatte er sich zurückgehalten, und Marie hatte auch nichts von sich hören lassen. Er drückte auf den Klingelknopf. Der Hund bellte, und kurz darauf öffnete Marie die Tür.

»Jacques, du?« Ungläubig sah sie ihn an.

Er tätschelte dem Retriever den Kopf. »Ja, Arsène, gutes Tier … Ich bin beruflich hier.«

»Ach so. Dieses Mal hat das aber nichts mit mir zu tun. Zum Glück habe ich nicht noch einen Toten gefunden. Die zwei reichen für ein ganzes Leben.«

»Dein Gast, Marc Charpentier, ist er da?«

»Ich denke, er ist auf seinem Zimmer. Was willst du denn von ihm?«

»Ich muss ihm einige Fragen stellen. JPP ist heute Morgen tot aufgefunden worden.«

»Was?« Maries Augen weiteten sich vor Schreck, die Luft blieb ihr weg. Sie ließ sich auf dem ersten verfügbaren Sessel nieder. »Wie? Wo?«

»In seinem Hotelzimmer, wie es dazu kam, wissen wir noch nicht genau.«

»Ein Unglücksfall?«

»Wohl eher nicht. Der Tod wurde durch Gift herbeigeführt, möglicherweise von ihm selbst.«

»Um Gottes willen.« Marie schlug sich die Hand vor den Mund. »Das kann ich mir gar nicht vorstellen. Er war gestern noch so … so zukunftsorientiert.«

»Wie? Heißt das, du hast mit JPP gesprochen?« Jetzt war es an Leblanc, verblüfft zu sein. Er setzte sich auf den anderen Sessel, Marie gegenüber.

»Ja. Ich war gestern mit Marc im Theatersaal, als JPP geprobt hat. Da hat er mich eingeladen, etwas mit ihm zu trinken.«

»Dann warst du JPPs Begleiterin in der Bar, die, wie der Barkeeper es ausdrückte, ›schmale, hübsche Brünette‹?« Und später in seinem Bett? Den Gedanken behielt er jedoch für sich. Sollte sich herausstellen, dass die Haare in JPPs Bett von Marie stammten, war sie eine Verdächtige. Ach, Unsinn, was reimte er sich da zusammen. Noch war nicht klar, ob JPP überhaupt vergiftet wurde. Und schließlich, warum sollte Marie den Schriftsteller vergiften? Woher sollte sie überhaupt Gift haben? Aber allein dass die Möglichkeit bestand, verstimmte ihn. Er sah Marie und JPP in diesem Bett mit den zerwühlten Laken, und die Vorstellung plagte ihn.

»Ich habe JPP um sieben in der Bar getroffen, wir haben uns eine halbe Stunde unterhalten, danach ist er gegangen, wollte sich umziehen für seinen Auftritt im Casino. Marc hat mich zehn Minuten später in der Bar abgeholt, und kurz darauf habe ich dich bei der Lesung getroffen, wenn du dich erinnerst. In greifbarer Nähe des Kommissars – das ist doch das perfekte Alibi, wenn ich denn eins brauche«, sagte Marie, um das Absurde einer solchen Annahme zu betonen.

»Zu der Zeit lebte JPP noch, wie wir alle wissen. Und danach? Warst du nach der Lesung mit ihm zusammen? Warst du in seiner Suite?«

»Bist du verrückt?« Zorn stieg in Marie auf.

»Wieso, kann doch sein. Der Mann ist interessant, charmant, lädt dich auf ein Glas Champagner ein …«

»Ich rede eine halbe Stunde mit ihm, er schnipst mit dem Finger, und die hingerissene Marie folgt ihm auf sein Zimmer? Das ist nicht dein Ernst. Du gehst zu weit, Jacques.«

»Ich tue nur meine Arbeit.«

»Deine Arbeit? Das hat mit deiner Arbeit gar nichts zu tun. Wenn du mich nur ein bisschen kennen würdest, müsste dir auffallen, wie abwegig der Gedanke ist. Aber das kann man von dir ja nicht erwarten. Unsere Zeit in Paris schon vergessen? Ist auch lange her, nicht?«

»Es ist nur … wegen der Spuren …«

»Du möchtest wissen, ob ich mit ihm im Bett war?«

»Du kannst ins Bett gehen, mit wem du willst.«

»Genau das kann ich, das geht dich nämlich gar nichts an. Selbst wenn ich Sex mit JPP gehabt hätte, würde ich es dir nicht sagen.«

»Aha, du hast also doch …«

»Nein, habe ich nicht. Ich sage nur, wenn. Außerdem frage ich dich auch nicht nach deinen … deinen Abenteuern. Will ich wissen, wer gestern deine junge hübsche Begleiterin war? Nein, will ich nicht.«

Marie gestikulierte aufgebracht mit den Händen. Die Sache war aus dem Ruder gelaufen. Beide merkten, dass sie sich vergaloppiert hatten. Einige Male waren sie schon derart aneinandergeraten, allerdings noch nie so heftig wie gerade eben.

Pause. Verlegen fuhr sich Leblanc durch seine Haare. Konzentriert fixierte Marie ihre Schuhspitzen. Dann holten beide Atem. Marie war schneller.

»Ach, Jacques«, sagte sie und nahm seine Hand, »wir streiten uns wie ein altes Ehepaar.«

»Ja«, bestätigte Leblanc und überließ ihr die Hand, »wir sind wohl beide ein bisschen … ähm … angespannt. Ich muss dir trotzdem einige Fragen stellen, denn es könnte sein, dass JPP das Gift nicht willentlich genommen hat. Das darf ich dir eigentlich gar nicht sagen.«

Marie gab ihm seine Hand zurück. »O mein Gott, ein Mord?«

»Das behältst du aber für dich, laufende Ermittlungen.«

»Versprochen. Was willst du wissen?« Der Ausnahmezustand war aufgehoben. Marie atmete einmal tief durch.

»Kanntest du JPP? Hast du ihn vorher schon mal getroffen?«

»Nein. Ich habe seine Bücher gelesen. Deshalb war ich neugierig. Marc kannte ihn, und ich habe insgeheim gehofft, dass ich dadurch vielleicht die Chance bekäme, den Autor dieser unglaublichen Kriminalromane einmal aus der Nähe zu betrachten. Ich hätte nicht im Traum daran gedacht, dass sich die Gelegenheit so schnell ergeben sollte. Ich glaube, JPP hat mich nur eingeladen, um Marc etwas zu beweisen.«

»Was meinst du damit?«, fragte Leblanc nach.

»Nur ein Gefühl. Da war eine Konkurrenzsituation zwischen den beiden zu spüren, sie haben auch angefangen zu streiten und sich zu beleidigen. JPP war an mir erst gar nicht interessiert. Er wollte Marc seine Überlegenheit, seine Macht zeigen. Ich habe hinterher bereut, dass ich zugesagt habe. Aber die Neugier war einfach stärker.«

»Und dann in der Bar? Worüber habt ihr geredet?«

»Belanglosigkeiten. Er wollte von mir wissen, was ich mache. Aber irgendetwas an seinem Verhalten war merkwürdig. Obwohl er nickte und mich intensiv fixierte, immer wieder nachfragte und so tat, als sei ich der wichtigste Mensch der Welt, schien er gar nicht da zu sein. Das habe ich noch nie bei einem Menschen erlebt, so eine übermäßige, übertriebene Zuwendung bei gleichzeitiger Abwesenheit. Ich weiß nicht, wie ich das ausdrücken soll. Von außen betrachtet hätte man uns für ein verliebtes Paar halten können, jedenfalls was ihn anging. Aber das stimmte nicht, da stimmte gar nichts. Er sagte dann noch, dass er an einem neuen Roman schreiben würde, der in der Finanzwelt in Hongkong spielt, und dass er die nächsten zwei Wochen dort verbringen wolle. Der Flug sei schon gebucht. Das meinte ich mit ›zukunftsorientiert‹.«

»Ein wichtiger Hinweis. Über persönliche Dinge, Familie oder so, hat er nicht geredet?«

»Nein. Obwohl es nicht so aussah, war er, glaube ich, froh, als er von mir erlöst war. Ich hatte meine Schuldigkeit getan, ich war der Beweis für seine männliche Strahlkraft, darüber hinaus wollte er nichts von mir. Ich glaube, er hat sehr schnell gemerkt, dass ich ihm nicht … nicht verfallen war.«

»Wie würdest du seine Persönlichkeit beschreiben?«

Marie zögerte. »Kalt«, sagte sie dann, »eiskalt. Ein schöner, verführerischer Mann, der Feuer entfacht, aber ein Herz aus Eis besitzt.«

»Komm bitte nachher ins Präsidium, wir müssen ein Protokoll von deiner Aussage machen, du bist eine wichtige Zeugin. Und, jetzt reg dich nicht wieder auf, wir brauchen deine Fingerabdrücke sowie ein Haar oder eine Speichelprobe von dir für einen DNA-Abgleich. Ist ja auch zu deinem Nutzen.«

Die Vorsicht war unnötig, Maries Aufgebrachtheit war verflogen, an ihre Stelle war Fassungslosigkeit getreten. Zum dritten Mal war sie, wenn auch indirekt, in einen Mordfall verwickelt. Hätte sie bloß gestern auf ihre inneren Antennen gehört und diese dumme Einladung abgelehnt. Sie hatte gespürt, dass sie als Spielball eingesetzt wurde. Aber es hatte ihr geschmeichelt. Diese verflixte Eitelkeit! Wenn man doch frei davon wäre! Marie ärgerte sich über sich selbst. Leblanc unterbrach ihre Gedanken.

»Mit deinem Gast, Marc Charpentier, möchte ich noch sprechen. Könntest du ihn bitte holen?«

»Ja, sofort, und ich mache euch einen Kaffee.«

Marc Charpentier war ein bedächtiger, langsamer Mensch, der nicht nur wegen seiner faltigen Haut einer Schildkröte glich. Er überlegte lange, ehe er antwortete, und wenn er die sorgsam gewählten Wörter aus seinem Mund entließ, verlängerte er seinen Hals und schob den Kopf ein wenig nach vorne. Die Nachricht vom Tod seines berühmten Kollegen schien ihn nicht sehr zu irritieren. Nach seinem Streit mit JPP befragt, lächelte er sanft, bevor er anhob:

»Es ist ein alter Streit, Herr Kommissar. Ich kenne Jean-Paul seit zwanzig Jahren, aus der Zeit, als er noch nicht JPP war. Ich hatte damals zwei ernsthafte Romane veröffentlicht, er arbeitete als Texter in der Werbebranche. Ein Freund hatte uns bekannt gemacht, und Jean-Paul gab mir hin und wieder Aufträge für Werbetexte. Von meinen Romanen konnte ich nicht leben, sie verkauften sich schlecht. Ich war jung und naiv und dachte, man könnte die Literatur der Sechzigerjahre wiederbeleben. Kein Mensch wollte das experimentelle Zeug lesen. Dann habe ich angefangen Biografien zu schreiben. Das lief gut, und ich habe Jean-Paul aus den Augen verloren. Als ich ihn wiedersah, vor etwa acht Jahren, hatte er sich in JPP verwandelt und brachte gerade seinen ersten Kriminalroman heraus. Ein Riesenerfolg. JPP schlug ein wie ein Blitz und wurde in kürzester Zeit zu einem Bestsellerautor. Jean-Paul hatte offenbar mithilfe eines Stilberaters an seinem Äußeren gearbeitet, und der Verlag hatte eine bis heute beispiellose Werbekampagne ins Rollen gebracht. Kein lesender Mensch kam an JPP und seinem *Tödlichen Einfluss* vorbei. Seitdem erscheint alle zwei bis drei Jahre ein neuer JPP.«

»Höre ich da einen neidischen Unterton?«, unterbrach ihn Leblanc.

Wieder erschien das Lächeln auf Marc Charpentiers faltigem Gesicht. »Das mag sich so anhören, ist aber anders, als Sie denken. Natürlich wünscht sich jeder, der ein Buch schreibt, dass es verkauft und gelesen wird, dass die Mühe, die man beim Schreiben hatte, belohnt wird. Und natürlich freut sich ein Schriftsteller besonders, wenn das Buch Anerkennung findet und positiv besprochen wird. Ich gebe zu, meine Bücher sind weit davon entfernt, aber seit ich Kriminalromane schreibe, hat sich meine finanzielle Situation verbessert. Die Welt will Kriminalromane, also wird der Markt davon überschwemmt. Und ich mache bei diesem Theater mit und profitiere ein bisschen davon. Wenigstens versuche ich, meinen Romanen eine gewisse Tiefe zu geben.«

»Und diese Tiefe vermissen Sie bei JPP?«

»Mit Ausnahme des ersten Romans, *Tödlicher Einfluss*, da hat er wirklich ein psychologisches Drama ausgestaltet. Aber sonst ... Seine Bücher sind mitreißend, da besteht kein Zweifel. Ich weiß nicht, woher er die Insiderinformationen aus der Finanzwelt und dem Gerichtswesen hat, seine Plots sind brisant und aktuell. Wie in dem neuesten, aus dem er gestern gelesen hat. Vor dem Hintergrund des Scalping der Börsenspekulanten einen Mörder darzustellen, der seine Opfer skalpiert – was für eine Idee! Das ist spektakulär und spannend, genau nach dem Geschmack des Publikums. Aber ich halte Geschichten dieser Art für oberflächlich und reißerisch. Ich setze mehr auf die psychologische Ausgestaltung der Charaktere. Wenn ich mir vorstelle, was man aus so einer Figur machen könnte! Ein Mensch, der zwanghaft anderen die Kopfhaut abzieht, was geht in dem vor? Ich gebe zu, den Einfall hätte ich auch gern gehabt, aber mein Roman wäre ein ganz anderer geworden. Wenn Sie mich fragen, ob ich neidisch bin: Nein. Klar, ich hätte gern eine, sagen wir mal, komfortablere ökonomische Situation. Aber ich möchte nicht mit ihm tauschen.«

»Wie steht es denn mit den Finanzen bei JPP?«

»Er hat nie darüber gesprochen, aber man kann es sich unschwer vorstellen. Fünf Bestseller in Millionenauflage, übersetzt in siebzehn Sprachen, Verfilmungen, dazu seine Auftritte, die er sich teuer bezahlen lässt. Da kommt einiges zusammen. Aber auch vorher hat er nicht am Hungertuch genagt. Nach dem Tod seiner ersten Frau ist die Zweihundert-Quadratmeter-Wohnung in Paris in seinen Besitz übergegangen. Dazu wahrscheinlich weitere Vermögenswerte. JPP ist – war – mehrfacher Millionär.«

»Seine Frau hat sich umgebracht. Wissen Sie etwas über die näheren Umstände?«

»Nichts Genaues. JPP ist kein Mensch, der trauert, und wenn, würde er es nicht zeigen. Er hat nie darüber geredet. Es gab Gerüchte, er hätte sie wegen ihres Geldes geheiratet und sie ständig betrogen und hintergangen. Sie war einige Jahre älter als er und hatte eine sechzehnjährige Tochter, die bei ihrem Exmann lebte. Man sagt, sie habe entdeckt, dass er das Mädchen verführt und über Monate Sex mit ihr gehabt hätte. Sie habe ihn verlassen wollen, es aber nicht geschafft. Die Tabletten hat sie genau an dem Tag genommen, als er von einer Reise aus den USA zurückkam. Nur dass sein Flug sechs Stunden Verspätung hatte. Wäre er rechtzeitig gelandet, hätte er sie vermutlich retten können. Wie gesagt, Gerüchte.«

»Was wird denn noch so über JPP und die Frauen kolportiert?«

»Herr Kommissar, was soll ich Ihnen sagen? Ich würde doch nur ins Horn der Spekulationen blasen.«

»Blasen Sie, die Töne werden schon eine Melodie ergeben.«

Marc Charpentier zuckte kurz mit den Schultern. »Wenn man berühmt ist wie er, wenn man aussieht wie er, besteht kein Mangel an Gelegenheiten. Es heißt, er lässt keine aus. Ich kenne zwei Kolleginnen, selbstbewusste, erfolgreiche Schriftstellerinnen, die JPPs Charme erlagen. Sie sagten übereinstimmend, sie hätten sich später nicht mehr erklären können, wieso sie sich auf ihn eingelassen hätten. Es müsse Magie im Spiel gewesen sein, die eine gebrauchte das Wort »Hexerei«. Sie sei nicht mehr sie selbst gewesen. JPP verkörpere ein Versprechen auf Glück, das sich später als vollkommenes Unglück herausstelle. Als sei man an eine Spinne geraten, bei der man, wenn man nicht rechtzeitig fliehe, den Tod finde. Nur, sagte sie, seien es bei den Spinnen die Männchen, die nach der Paarung gefressen würden. Ich weiß nicht, ob Ihnen das weiterhilft, Herr Kommissar.«

»Oh, ja, doch.« Leblanc hatte fasziniert Marc Charpentiers Worten gelauscht und sich gerade JPP als Spinne vorgestellt. Diese Schriftsteller konnten einen wirklich durch Sprache verzaubern. »Aber noch einmal zurück zum gestrigen Tag. Haben Sie JPP nach Ihrem Streit am Nachmittag noch einmal gesehen?«

»Auf der Bühne.«

»Danach nicht mehr?«

»Nein.«

»Würde es Sie wundern, wenn JPP seinem Leben selbst ein Ende gesetzt hätte?«

»Wieso hätte? Das hat er doch, oder?«

»Nehmen wir mal an, er hat es getan, erstaunt Sie das?«

»Doch, ja, eigentlich schon. JPP ist nicht der Typ, der sich umbringt. Aber was weiß man schon, was wirklich in einem Menschen vorgeht. Vielleicht hatte er ernsthafte Probleme oder war krank. Würden Sie mich jetzt entschuldigen, meine Lesung rückt näher. Ich möchte mich vorher ein wenig sammeln.«

»Worum geht es denn in Ihrem Buch?«

»Um einen Mann, einen Kriminalkommissar, der im Affekt seine Frau ermordet. Das Besondere daran ist, der Mörder muss gegen sich selbst ermitteln. Ein ständiges Lavieren zwischen Vertuschen und Aufdecken.«

»Klingt interessant. Vielen Dank erst mal.«

Marc Charpentier verschwand so langsam, wie er erschienen war, ins Obergeschoss. Er drehte sich nicht noch einmal um. Ohne zu wissen, warum, zog Leblanc eine Plastiktüte aus der Tasche und ließ die Espressotasse, aus der Charpentier getrunken hatte, hineingleiten. Als Marie sah, dass Leblanc sich zur Tür wandte, kam sie aus der Küche herunter. Wortlos legte er die Arme um sie, und sie schmiegte sich an ihn. Einen Augenblick verharrten sie in dieser ungewohnten Position, dann entließ er sie aus seiner Umarmung und öffnete die Tür.

»Ich komme heute Nachmittag aufs Präsidium«, rief ihm Marie mit belegter Stimme nach. Er drehte sich noch einmal um und nickte.

Zeit fürs Mittagessen. Weil er gerade in der Nähe war, ging er zu Fuß zum Central. Die Tafel kündigte das Mittagsmenü an: Entrecôte à la bordelaise, Pilze und Bratkartoffeln, eins seiner Lieblingsessen. Diesen Moment der Vorfreude liebte er. Im hinteren Saal des Central auf der roten Kunstlederbank zu sitzen und auf das Essen zu warten gehörte zu den Höhepunkten eines jeden Tages.

# NEUN

Den Geschmack des zarten Rindfleischs noch auf der Zunge, verließ Leblanc das Restaurant. Die Pâtisserie Charlotte war nur wenige Schritte entfernt und lag auf dem Weg zu seinem Auto, jedenfalls wenn er einen kleinen Umweg in Kauf nahm. Er verlangsamte seinen Schritt, sah ins Schaufenster, als ob er sich für die ausgestellten Brioches und Törtchen interessieren würde. Sein Blick jedoch bohrte sich forschend in die Tiefe des Raums. Kein Engel mit lockigem Haar schwebte durch das Paradies der süßen Sünden. Hinter dem Tresen bediente eine füllige Dunkelhaarige. Länger konnte Leblanc da nicht stehen bleiben, ohne auf sich aufmerksam zu machen. Die Verkäuferin sah schon zu ihm herüber, als wolle sie einen noch Schwankenden zum Eintreten ermuntern. Nein, besser nicht. Er wandte sich ab und fuhr zurück ins Präsidium.

Nadine erwartete ihn bereits. »Es gibt Neuigkeiten, Chef. Dieser Erik Bressot, der konnte JPP nicht leiden. Menschenverachtend, hat er gesagt, sei JPP gewesen, ein Sonnenkönig der Literatur, der glaubte, dass sich die Welt nur um ihn drehte, ein Egomane. Er habe sich für brillant, überzeugend und unfehlbar gehalten. Sein Erfolg bei Frauen sei phänomenal gewesen, aber er habe sie nur benutzt … Der hat vielleicht vom Leder gezogen. Ich sehe gerade in meinem Notizbuch nach …«

»Was hat er denn zu gestern Nachmittag gesagt? Warum ist er überhaupt in den Theatersaal gegangen?«, fragte Leblanc.

»Zufall, er wollte sich den Saal ansehen. Dass JPP dort probte, war ihm nicht bekannt, er habe auch gar nicht mit ihm gesprochen, nur mit seinem Kollegen Marc Charpentier, den er im Foyer getroffen habe. Der Lesung am Abend sei er ferngeblieben, das wollte er sich nicht antun, hat er gesagt. Er habe gegen acht im Central gegessen und sei nach einem Spaziergang in sein Hotel gegangen.«

»Marc Charpentier hat ein ähnlich negatives Bild von JPP gezeichnet.«

»Ob da nicht auch Konkurrenz oder Neid eine Rolle spielt? Wenn einer immer die Bestseller schreibt und die anderen sich die hinteren Plätze teilen. Eine Info noch, die wichtig sein könnte: Bressot meinte, in der Branche würde gemunkelt, dass JPP seinen Verlag wechseln wollte. Irgendein anderer Verleger, wer, wusste er nicht, habe JPP eine irrsinnige Summe geboten, damit er die Edition Ombre verlässt, und JPP war wohl nicht abgeneigt.«

»Da hat uns der Verleger ja einiges zu erzählen. Mit dem wollte ich sowieso sprechen.«

»Ach, Chef, Madame Colbert hat angerufen. Das Komitee hat beschlossen, trotz allem das Festival fortzusetzen. Sie wollen jede Veranstaltung mit einer Schweigeminute zum Gedenken an JPP beginnen. Als Ersatz für unser Büro hat ihnen der Bürgermeister einen Raum im Rathaus zur Verfügung gestellt. Ich soll Ihnen ausrichten, der Verleger von JPP wohnt im Hôtel Normandie. Sie hat auch eine Liste mit den Hotels und Telefonnummern der Schriftsteller gefaxt. Und sehen Sie mal auf Ihren Schreibtisch!« Nadine lächelte verschmitzt.

Vor der Tastatur seines Computers wartete eine kleine gelbe Schachtel mit einer weißen Schleife und dem Namenszug der Pâtisserie Charlotte auf ihn. Er faltete sie auseinander. Durch ein Papiergitter sorgfältig voneinander getrennt kamen vier Wunder der Pâtissier-Kunst zum Vorschein: ein Saint-Honoré mit Sahne und Karamell, eine Religieuse gefüllt mit Kaffeecreme, ein rosa

Ispahan mit Himbeeren und eine mit Mandeln besetzte grasgrüne Halbkugel.

»Woher …«, stammelte Leblanc.

»Liliane war hier.«

»Liliane? … Wieso Liliane? … Du kennst sie?«

»Ja, wir spielen zusammen Handball. Sie ist noch nicht lange in Trouville. Wenn man Leute kennenlernen möchte, findet man beim Sport am leichtesten Kontakt. Sie wollte sich bei Ihnen bedanken, dass Sie sie gestern zu der Lesung mitgenommen haben. Finde ich ganz toll, Chef, dass Sie sich um sie kümmern. Ich glaube, sie hat nicht viel Gelegenheit auszugehen.«

»Aha.« Pause. »Such dir ein Stück aus.«

»Danke, super.«

»Ich gehe zu Bernard runter.«

»Ist gut, der hat schon angerufen. Nehmen Sie ihm doch ein Törtchen mit.«

Leblanc kam sich albern vor, als er mit dem rosa Ispahan in der einen Hand und der Plastiktüte mit der Espressotasse in der anderen zu Bernard ins Labor ging. Aber Bernard war von dem süßen Teil begeistert.

»Liliane war hier, nicht? Hat Nadine gesagt.«

»Du kennst Liliane auch?« Der Versuch, unbeteiligt zu wirken, misslang. Die Falten auf seiner Stirn zogen sich zusammen, sein Herz raste, sein Puls flatterte. Es gefiel ihm nicht, dass alle Liliane kannten. Sie war sein Geschöpf, sein Engel. Ein Engel spielte nicht Handball. Ihre Schönheit gehörte ihm allein.

»Ja, wir sind in einer Volleyballmannschaft. Liliane ist klasse und als Pâtissière unübertroffen.« Bernard biss lustvoll in die Himbeercreme.

Ein Engel sollte auch nicht Volleyball spielen. »Äh, also, weshalb ich hier bin. Könntest du von dieser Tasse Fingerabdrücke abnehmen und sie mit denen aus JPPs Suite abgleichen?«

Das Ja bahnte sich seinen Weg durch die süße Masse in Bernards Mund und klang dumpf. Bernard schluckte und wartete mit dem weiteren Reden, bis sein Mund leer war. »Wir haben außer denen des Toten fünf unterschiedliche Fingerabdrücke ausgemacht. Identifizieren konnten wir bisher nur die der beiden Hotelangestellten, die wir vorhin eingescannt haben.«

»Okay, die restlichen drei lassen wir für alle Fälle durch unsere Datenbank laufen.«

Bernard säuberte mit einem Papiertaschentuch seine Mundwinkel, in denen sich ein wenig Creme abgesetzt hatte. »Auf dem Laptop war außer dem Foto- und Videomaterial nichts gespeichert, das habe ich Nadine schon gesagt. Eine Liste der Telefonnummern und Adressen aus dem Smartphone drucke ich dir aus, auch die drei vorhandenen E-Mails von den Organisatoren des Festivals. Nirgends irgendetwas Persönliches. Der scheint Beruf und Privatleben strikt getrennt zu haben. Wahrscheinlich nahm er zu öffentlichen Auftritten nur seine Berufsausrüstung mit.«

»Ich werde beim Untersuchungsrichter einen Durchsuchungsbeschluss für seine Wohnung in Paris beantragen. Möglich, dass er seinen Suizid schon früher geplant und dort einen Abschiedsbrief hinterlassen hat.«

»Apropos Suizid. Wir haben den Calvados untersucht: Reste von Kaliumzyanid im Glas, aber nicht in der Flasche. Wenn du mich fragst, ich würde einen Selbstmord mit ziemlicher Sicherheit ausschließen. Jeder normale Mensch, der Suizid begehen will, nimmt eine Kapsel zu sich.«

»Das hat Serge auch schon gesagt.«

»Und er hat recht. Meiner Meinung nach hat der Mörder das Gift gezielt verabreicht. Vorher muss er das Zyankali in Wasser aufgelöst haben. Für mich sieht das nach guter Planung und überlegter Durchführung aus. Auf beiden Gläsern, auch auf dem Wasserglas, sind nur seine eigenen Fingerabdrücke. Übrigens, Haare, Schuppen und Sekretspuren stammen von einer weiblichen Person mit langen schwarzen Haaren«, fuhr der Leiter der Spurensicherung fort. »Das Sperma ist sein eigenes.«

»Und diese weibliche Person geht erst mit ihm ins Bett und verabreicht ihm dann einen tödlichen Drink? Das scheint mir nicht ganz logisch.«

»Oder gerade. Post coitum animal triste, wie man so sagt. Postkoitale Müdigkeit. Der Mann ist entspannt und unaufmerksam. Die Frau läuft im Zimmer herum, hantiert mit irgendetwas. Er achtet nicht darauf. Er geht ins Bad, danach reicht sie ihm das Glas Calvados. Er leert es in einem Zug – und zack. Der Champagner war natürlich clean. Den hat sie getrunken. Ein Giftmord, davon kannst du ausgehen, geschieht nicht im Affekt.«

»Hm, klingt plausibel. Demnach können wir eine Zufallsbekanntschaft oder ein Callgirl ausschließen. Der Mörder oder die Mörderin muss JPP gekannt und ein Motiv gehabt haben. Die Mörderin? Stimmt es, dass Giftmorde hauptsächlich von Frauen begangen werden?«

»Nein, heutzutage nicht mehr. Es ist richtig, dass Frauen, wenn sie morden, häufiger zu Gift als zu einer Waffe greifen. Aber auch Männer wenden Gift an. Die Giftpalette hat sich außerdem erweitert, Zyankali ist eigentlich veraltet. Es gibt Gifte auf Eiweißbasis, die schwer nachzuweisen sind, oder radioaktive Gifte. Lass dir das mal von Serge erzählen.«

»Trotzdem: Ich bin nicht wirklich überzeugt, dass die Bettgenossin von JPP seine Mörderin war. Aber im Moment habe ich keine bessere Theorie.«

»Eine Sache noch, Jacques. Auf dem Boden haben wir Spuren von Goldstaub entdeckt, eine minimale Menge, aber eindeutig Goldstaub.«

»Goldstaub? Was bedeutet das? Hat der Schriftsteller nicht nur Romane geschrieben, sondern auch mit Gold gehandelt? War er in dunkle Geschäfte verwickelt? Geldwäsche oder so etwas? Hatte er nachts Besuch von der Mafia? Das hätte mir gerade noch gefehlt.«

»Mehr kann ich dir im Moment nicht sagen. Wegen der Fingerabdrücke auf der Tasse gebe ich Bescheid.«

Leblanc rief JPPs Verleger an und bat ihn, ins Präsidium zu kommen. Monsieur Dufour war bereits über den Tod seines Erfolgsautors informiert. Fünfzehn Minuten später betrat der dicke Mann schwitzend und schnaufend Leblancs Büro.

»Eine Katastrophe«, begann er ohne Begrüßung und wischte sich mit einem Taschentuch den Schweiß von der Stirn. »Was sollen wir ohne JPP machen? Was ist das für eine verdammte Scheiße! Wieso muss dieser Idiot sich umbringen, wo es gerade so gut läuft, wo wir verdienen wie die Weltmeister. Er profitiert doch am meisten davon. Wie kann er mir das nur antun?«

»Bonjour, Monsieur«, antwortete Leblanc auf diesen Wortschwall und bot dem bebenden Koloss einen Stuhl vor seinem Schreibtisch an. »Setzen Sie sich.«

Der Verleger sank auf den Stuhl, seine Körpermasse lappte über den Sitz. Noch einmal wischte er mit dem Taschentuch über Gesicht und Haare.

»Entschuldigen Sie, Herr Kommissar, Sie können sich nicht vorstellen, was das für unseren Verlag bedeutet.«

»Ich nehme an, viel Geld. Wie war denn die Zusammenarbeit mit Ihrem Zugpferd?«

Monsieur Dufour hatte Körper und Geist wieder unter Kontrolle gebracht. »Ich habe die Marke JPP vor neun Jahren aufgebaut, vorher war Jean-Paul Picard ein unbekannter Werbetexter. Als er mir seinen ersten Kriminalroman anbot – damals, müssen Sie wissen, gab es diesen Krimi-Hype noch nicht –, habe ich sein Potenzial sofort erkannt. Das war ein Knaller. Ich wollte ihn unbedingt haben. Ein Psychiater, der seinen Patienten dazu bringt, zum Mörder zu werden – genial! Wir waren damals ein kleiner Verlag, krebsten immer am Existenzminimum herum. Ich habe das gesamte Verlagskapital und mein eigenes Vermögen dazu in dieses Buch gesteckt und JPP ein für die Branche unüblich hohes Honorar gezahlt. ›Ich mache dich zu einem Star‹, habe ich gesagt, ›und du machst mit‹. Er war mit allem einverstanden, mit der Werbekampagne, mit seiner äußeren Verwandlung, er witterte den Erfolg. JPP ist wie ein Hengst, der die Stute wittert.«

»Was meinen Sie mit äußerer Verwandlung?«

»Er hat sich einer Gesichtsoperation unterzogen, damit die Wangenknochen stärker hervortreten und die Mundwinkel nach oben zeigen. Durch gezieltes Abnehmen und ein hartes Trainingsprogramm wurde er zu dem Adonis, der er heute noch ist, äh, war.«

»Tja, das vorzeitige Ende hat Ihr Adonis mit dem der griechischen Sage gemeinsam, der von einem Gott aus Eifersucht getötet wurde. Aber auf JPPs Ende kommen wir gleich noch zu sprechen. Erzählen Sie erst einmal, wie es weiterging.«

»Wir haben nichts dem Zufall überlassen. Fotos, Plakate, Werbung in allen Medien. An JPP kam keiner vorbei. Es hat funktioniert. Es war die Geburt eines Mythos. Und JPP hat nachgelegt. Für das zweite Buch hat er länger gebraucht, aber seitdem – alle zwei Jahre eins. Er hat mich nicht enttäuscht.«

»Sie haben mit ihm ein Vermögen verdient.«

»Sehen Sie, kleine Verlage können heute nur mit Mühe überleben. In den letzten Jahrzehnten hat im Verlagswesen eine Konzentration stattgefunden. Verlage haben sich zusammengeschlossen oder wurden übernommen, und jetzt regieren die großen Verlagsgruppen. Dank der JPP-Romane gehören wir heute zu den potentesten Verlagen, ohne unsere Selbstständigkeit verloren zu haben.«

»Ihr Goldesel hatte die Absicht, Sie zu verlassen? Haben wir gehört. Hat er einen Verlag gefunden, der ihm bessere Bedingungen bot? JPP muss eine heiße Ware gewesen sein.«

Monsieur Dufour blieb stumm, aber sein Körper sprach umso deutlicher. Der Schweiß rann ihm über das Gesicht, er zerrte sein Taschentuch aus der Hosentasche.

Leblanc legte nach. »Sie wollen doch nicht sagen, Sie hätten das nicht gewusst?«

Mit brüchiger Stimme gab der Verleger zu: »Es stimmt, JPP hatte ein Angebot von einem großen Verlag, der ihn abwerben wollte. Sie haben ihm für seinen nächsten Roman eine Honorargarantie von zwei Millionen geboten, zusätzlich zu den Bedingungen, die er bei uns auch hat. Für mich ist das nichts anderes als eine Kopfprämie und damit unlauterer Wettbewerb. Aber einem Autor steht es frei, den Verlag zu wechseln.«

»Und hat JPP das Angebot angenommen?«

»Er liebte es, umworben zu werden, es schmeichelte seiner Eitelkeit. Aber er hatte sich noch nicht entschieden.«

»Und Sie haben versucht, die Entscheidung zu beeinflussen?«

»Natürlich habe ich nicht tatenlos zugesehen. Ich habe ihn an unsere gute Zusammenarbeit erinnert, ich bin bis an die Schmerzgrenze von einer Million gegangen, die ich für sein nächstes Buch bereit war zu zahlen.«

»Und er?«

»Er hat etwas Merkwürdiges geantwortet. Er hat gesagt: ›Ob bei dir, Pierre, oder bei einem anderen Verlag, egal, es wird nur noch einen JPP-Roman geben, danach ist Schluss.‹«

»Er wollte aufhören zu schreiben?«

»Mein Nachfragen ignorierte er. ›Kein Kommentar‹, sagte er, ›nimm es so hin.‹«

»Haben Sie eine Vermutung?«

»Nein, ich habe keine Erklärung. Weder dafür, dass er erwog, den Verlag zu wechseln – denn aufs Geld war JPP eigentlich nicht angewiesen, er war ein sehr reicher Mann –, noch für seine Überlegung, mit dem Schreiben aufzuhören. Das passt alles nicht zusammen.«

»Kommen wir zu dem gestrigen Abend. Sie sind mit JPP in der Bar des Hotels gesehen worden, nach seiner Lesung.«

»Ja, wir sind vom Casino aus in die Bar vom Royal Plage gegangen. Ich habe ihm zu seinem brillanten Auftritt gratuliert. ›Wir sind doch ein gutes Team, Jean-Paul‹, habe ich gesagt. ›Willst du wirklich unsere Freundschaft und Zusammenarbeit aufs Spiel setzen wegen einer Million mehr, du hast doch schon so viele?‹ Aber er ging auf den Witz nicht ein. ›Freundschaft? Was faselst du da, Pierre? Durch mich bist du reich und fett geworden. Irgendwann ist eben Schluss.‹ Er blieb nicht lange, weil er noch eine Verabredung hatte.«

»Hat er gesagt, mit wem?«

»Nein. Frauengeschichten, nichts von Bedeutung. Das war immer so bei ihm, schnell-schnell und wieder weg. Es diente seiner Selbstbestätigung.«

»Und Sie haben gewartet, bis er mit dem Schnell-Schnell fertig war, und haben ihn danach in seiner Suite aufgesucht. Wenn Sie ihn nicht als Autor behalten konnten, sollte ihn auch kein anderer haben.«

»Was?«

»Nehmen wir mal folgendes Szenario an: Sie waren gekränkt, weil Ihr Autor, Ihre geniale Erfindung, Sie verlassen wollte, weil er auf Ihre Freundschaft gepfiffen hat. Gegen Mitternacht haben Sie an seine Tür geklopft. JPP hat Sie reingelassen. Es gab Streit, eine heftige Auseinandersetzung. Sie haben gemerkt, dass JPP nicht umzustimmen war, und dann haben Sie das Gift, das Sie bei sich trugen, in sein Glas geschüttet.« Leblanc war klar, dass diese Hypothesen völlig unhaltbar waren. Er wollte die Reaktion des Verlegers testen.

Der starrte ihn an, ohne ein Wort zu sagen. Dann liefen ihm Tränen über die schlaffen Wangen. Er holte erneut sein Taschentuch hervor und hielt es sich vors Gesicht. Erstaunlich, dachte Leblanc, und unerwartet.

Nach einer Weile stammelte der Verleger: »Ich habe ihn geliebt wie einen Sohn, wie ein Kind, das ich nach meiner Vorstellung geformt und erzogen habe. Und jetzt ist er tot …« Er weinte. »Entschuldigen Sie!«

War das jetzt ein Geständnis? Leblanc konnte es kaum fassen. »Sie geben also zu, dass Sie ihn vergiftet haben?«

»Sind Sie verrückt? Ich ihn vergiftet?« Monsieur Dufour tauchte aus seiner Abwesenheit auf und schien allmählich zu verstehen, was das von Leblanc skizzierte Szenario bedeutete. »JPP hat sich nicht selbst umgebracht? Jemand hat ihn ermordet? Wollen Sie das sagen? Und Sie glauben, ich … Das ist absurd. Ich war nicht in seinem Zimmer.«

»Was haben Sie nach Ihrem Treffen mit JPP in der Bar gemacht?«

»Gegen halb elf habe ich die Bar verlassen und bin zu Fuß in mein Hotel, ins Hôtel Normandie, gegangen. Ich habe mich ins Bett begeben und ein Manuskript gelesen.«

»Kann das jemand bezeugen?«

»Der Portier, als ich eintraf. Und … warten Sie mal. Im Kühlschrank gab es keinen Whisky mehr. Ich habe den Service angerufen und mir eine Flasche bringen lassen, dazu Toast und Kaviar. Das Bestellte wurde mir gebracht.«

»Wir prüfen das nach und scannen mit Ihrer Erlaubnis Ihre Fingerabdrücke ein. Und, Monsieur Dufour, es wäre gut, wenn Sie noch in Deauville blieben. Lässt sich das machen?«

»Ja, ich habe meine Mitarbeiter bereits telefonisch über die Katastrophe informiert. Über die Konsequenzen, eventuelle Neuauflagen von JPPs Büchern, werden wir später entscheiden. Sie finden mich im Hotel.«

Ohne Widerstand ließ der Verleger die Prozedur des Scannens über sich ergehen. Die Nachricht, dass JPP sich nicht selbst das Leben genommen hatte, schien ihn zu erleichtern. Den Gedanken, dass ihm ein Unbekannter sein *Kind* genommen hatte, konnte er besser ertragen als das peinigende Gefühl, von ihm verlassen worden zu sein.

»Was für einen Eindruck hast du von ihm?«, fragte Leblanc Nadine, als Monsieur Dufour fort war.

»Seine Aussagen klangen glaubwürdig. JPPs Verlagswechsel war ja noch nicht entschieden. Dass er aufgrund der bloßen Absichtserklärung seinen wichtigsten Autor umbringt, kann ich mir nicht vorstellen. Er hatte Hoffnung, dass JPP bei ihm bleibt. Merkwürdig finde ich die Äußerung, dass JPP aufhören wollte zu schreiben. Warum hätte er das tun sollen?«

»Keine Ahnung. Auf jeden Fall müssen wir die Frau ausfindig machen, die gestern Abend bei JPP war. Ich glaube nicht, dass es eine Zufallsbekanntschaft war. Vielleicht hat er vor oder nach der Lesung eine Bekannte, eine Kollegin getroffen, eine, mit der er schon häufiger bei solchen Gelegenheiten ins Bett gegangen ist. In den Programmheften vom Festival, die Madame Colbert uns hiergelassen hat, sind Fotos von allen teilnehmenden Schriftstellern und Schriftstellerinnen abgedruckt. Einen Versuch ist es wert: Fahr ins Royal Plage und zeig sie dem Personal und den Gästen, frag, ob sie gestern Abend jemanden von denen gesehen haben. Und nimm zwei von den diensthabenden Jungs mit. Vorher überprüft ihr bitte die Aussage des Verlegers. Sprecht mit dem Portier und dem Zimmerservice vom Hôtel Normandie, die Uhrzeit ist wichtig.«

»Wird gemacht, Chef.«

# ZEHN

Gerade hatte Leblanc den Telefonhörer abgenommen, um in der Rechtsmedizin anzurufen, als es an der Tür klopfte. Er legte wieder auf.

»Ja«, rief er der Tür entgegen, die sich sofort öffnete und eine kleine drahtige Person eintreten ließ, die er trotz der Veränderung, die sie seit ihrem letzten Treffen an sich vorgenommen hatte, zweifelsfrei als seine Mutter erkannte. Unter ihrem beigefarbenen Mantel blitzte das bunte afrikanische Gewand hervor. Die schwarz gefärbten Haare ließen sie um etliche Jahre jünger aussehen.

»Maman!«

Suzanne Leblancs meckerndes Lachen erfüllte den Raum. »Das ist eine Überraschung, was? Ich habe gedacht, wenn ich schon mal in Deauville bin, besuche ich meinen Sohn. Gestern Abend habe ich dich leider aus den Augen verloren.«

»Ja, schade. Aber Maman, ich habe gerade gar keine Zeit für dich.«

»Du bist beschäftigt, nicht? Ich habe schon gehört, dass sich dieser Schriftsteller umgebracht hat. Und du leitest die Untersuchungen. Ich bin stolz auf dich, Junge.«

Leblanc atmete tief ein und aus. »Ja, Maman, ich ermittle in diesem Fall. Aber was machst du überhaupt hier?«

»Ahmadou hat mich mitgenommen.«

»Wer ist Ahmadou?«, fragte Leblanc und erinnerte sich an den großen Afrikaner, in dessen Gesellschaft er seine Mutter bei der Lesung gesehen hatte.

»Ahmadou Barbès ist Schriftsteller. Er stammt aus Kamerun und lebt teils in Paris, teils in Yaoundé. Man hat ihn zu diesem Festival eingeladen, weil er auch Kriminalromane schreibt.«

»Und was hast du mit diesem Ahmadou zu tun?«

»Wir wollen heiraten.«

Er hatte sich ganz offensichtlich verhört. Wer wollte heiraten? Seine Kehle war ausgetrocknet wie ein Flussbett bei Hitze. Er schluckte. »Was?«

»Bist du schwerhörig, Jacques? Ich habe gesagt, dass wir heiraten wollen.«

»Maman, du bist zweiundsiebzig«, brach es aus Leblanc hervor.

»Na und? Was hast du für verschrobene Vorstellungen! Heiraten kann man in jedem Alter.«

»Theoretisch schon, aber danach bist du verheiratet.« Er merkte, dass er sich unklar ausdrückte.

»Das ist ja der Sinn einer Heirat.«

Diese Reaktion war zu erwarten gewesen. »Ich meine«, setzte er noch einmal an, »du hast dann einen Ehemann, mit dem du zusammenlebst, um den du dich kümmern musst. Wie soll das praktisch gehen?«

»Junge, was ist nur mit dir los? Du solltest dich freuen, eine Heirat ist eine außerordentlich glückliche und fröhliche Angelegenheit. Stattdessen Bedenken, Zweifel, Einwände. Wo hast du das nur her? Von mir nicht und von deinem Vater auch nicht, der war so offen und unternehmungslustig.«

»Ich meine ja nur, hast du dir das gut überlegt? Wie alt ist denn dieser Ahmadou?«

»Was spielt das für eine Rolle? Ahmadou ist einundfünfzig.«

»So alt wie ich! Maman, das kann nicht funktionieren, ein Mann in diesem Alter hat andere Interessen. Wie und wo wollt ihr überhaupt leben? Kann er dich ernähren? Du würdest deine Rente verlieren. Das muss doch alles bedacht sein.«

»Mach dir keine Sorgen. Ahmadou ist in Kamerun und Frankreich ein angesehener und gut verdienender Autor. Wir würden zum Teil in seiner Wohnung in Paris, zum Teil bei seiner Familie in Yaoundé leben.«

»Bei seiner Familie?«

»Ja, bei seinen drei Frauen und sechs Kindern, und jetzt bekommen wir ein siebentes.«

»Wir? … Du? …« Etwas anderes als Stammeln brachte Leblanc nicht hervor.

Suzanne Leblancs Lachen schallte durch den Raum. »Bist du bei Trost? Ich doch nicht! Allmählich beginne ich an deinem Verstand zu zweifeln. Nein, seine zweite Frau ist wieder schwanger, im Juni ist es so weit.«

Wie ein Luftballon, aus dem die Luft wich, sackte Leblanc auf seinem Stuhl zusammen. Er hatte keine Kraft mehr. Es kam ihm vor, als hätte er die siebzig überschritten und seine Mutter wäre im Teenageralter und hätte ihn gerade in ihre abwegigen Lebenspläne eingeweiht. Oder war er in irgendeiner Spaßsendung gelandet, in der seine Reaktion auf eine absurde Situation getestet wurde? Einen Versuch machte er noch.

»Was ist denn mit Amélie? Du fühlst dich doch wohl bei ihr. Ich dachte, ihr wolltet im Alter zusammenbleiben.«

»Pah«, schnaubte Suzanne, »Amélie gängelt mich, wo sie kann. Sie will wissen, wohin ich gehe, was ich mache. Sie nimmt mir jede Freiheit und liegt mir in den Ohren, dass ich sonntags mit ihr in die Kirche gehe.« Sie beugte sich vor und senkte ihre Stimme, als könnte ihre Schwester sie aus der Ferne hören: »Amélie ist eine bigotte alte Jungfer. Vor zwei Wochen habe ich ihr ein Lammcurry mitgebracht, das Ahmadou gekocht hat. Weißt du, was sie gesagt hat? Das ist heidnisches Essen. Hi, hi, hi, so etwas Dummes! Amélie ist und bleibt meine Schwester, aber ich lasse mich nicht von ihr herumkommandieren.«

Leblanc fühlte sich von der Anwesenheit seiner Mutter erschöpft. »Maman, ich muss jetzt wirklich weiterarbeiten. Wenn du unbedingt heiraten willst, dann heirate.«

»Ich gehe, bin schon weg, aber heute Abend würden Ahmadou und ich dich gern zum Essen einladen, im Hôtel Royal Plage. Ahmadou möchte dir etwas Wichtiges sagen. Du kommst doch? Um acht?«

»Ich weiß nicht, wann ich hier fertig bin.«

»Dann um neun, das spielt gar keine Rolle. Wir essen oft sehr spät.«

Aufschieben, nicht jetzt entscheiden, flüsterte Leblancs innere Stimme. »Ich will sehen, was ich machen kann, Maman.«

Der zweite Versuch, den Rechtsmediziner anzurufen, wurde durch das Klingeln seines Handys unterbrochen. Tante Amélie. Nun denn, wenn schon Familie … Er nahm den Anruf an, Amélie legte sofort los.

»Deine Mutter ist verschwunden. Seit drei Tagen ist sie nicht nach Hause gekommen.«

»Nein, Amélie, sie ist nicht verschwunden, sie war gerade bei mir.«

»Ach, dann wohnt sie jetzt bei dir?«

»Nein, sie wohnt nicht bei mir, sie war gerade in meinem Büro.«

»Wann kommt sie nach Hause?«

»Ich fürchte – gar nicht mehr.«

»Wie? Dann bleibt sie doch bei dir?«

»Nein, sie will heiraten.«

»Heiraten? Ist sie völlig verrückt geworden? Ich habe ja geahnt, dass sie einen Liebhaber hat. Wenigstens legalisiert sie die Verbindung. Aber in ihrem Alter!«

»Sie heiratet einen Kameruner Schriftsteller, der zwanzig Jahre jünger ist als sie und bereits drei Frauen sein Eigen nennt. Sie wird mit ihm in Kamerun leben, zum Teil jedenfalls.«

Als er die Worte ausgesprochen hatte, breitete sich ein Gefühl der Erleichterung in ihm aus, als hätte sich ein schweres Gewicht in Luft aufgelöst. Er ließ seine Mutter los, er kappte gerade die Leinen und schickte das Schiff Mutter aufs offene Meer hinaus. Ob es zurückkam oder kenterte, lag nicht in seiner Verantwortung.

Amélie schnappte nach Luft. »Sodom und Gomorra. Polygamie. Sie wird schon sehen, was sie davon hat. Eines Tages wird sie wieder vor meiner Tür stehen. Nur aus reiner christlicher Nächstenliebe nehme ich die verirrte Kreatur dann wieder auf.«

Er hörte, wie seine Tante mit den Tränen kämpfte, bevor sie auflegte. Auch eine Art Liebe, dachte er und fühlte sich seltsam beschwingt.

Der dritte Versuch, Serge zu erreichen, verlief ohne Störung.

»Die Obduktion hat meine Annahme bestätigt«, legte der Rechtsmediziner gleich los. »Er ist an den Folgen einer Zyanidvergiftung gestorben, inneres Ersticken. Die Blutalkoholkonzentration muss zum Todeszeitpunkt knapp ein Promille betragen haben, kein rauschhafter Zustand, keine Unzurechnungsfähigkeit, aber verlangsamte Reaktionen und gestörte Wahrnehmung.«

»Deshalb hat er das Gift im Calvados nicht gemerkt.«

»Zu spät jedenfalls. Außer Calvados hat er übrigens kein alkoholisches Getränk zu sich genommen. Der Mageninhalt hat ergeben: Seine letzte Mahlzeit, ein Mittagessen, bestand aus einem Rindersteak und Tomaten. Danach hat er nichts mehr gegessen.«

»Wahrscheinlich, um sich seinen Adonis-Körper zu erhalten, wie sein Verleger es ausdrückte.«

»Den hatte er. Kein Gramm Fett, nur Muskeln. Die Organe zeigen keine Veränderungen, keine Leberzirrhose, keine Arteriosklerose, das Herz ist in Ordnung, keine Auffälligkeiten im Gehirn. Der Mann war gesund.«

»Ein Grund weniger für einen Suizid.«

»Ich habe dir ja schon gesagt, dass ich nicht an einen Suizid glaube. Ganz auszuschließen ist das natürlich nicht, die Leute kommen auf die abseitigsten Ideen, aber die Wahrscheinlichkeit spricht dagegen. Es wird keine leichte Aufgabe, einen Mord nachzuweisen.«

»Ich weiß, Serge. Was vermutest du, wie der Mörder vorgegangen ist? Wie hat er das Gift transportiert und verabreicht?«

»Zyankali besteht aus kleinen weißen Kristallen, ein halber Fingerhut genügt als letale Dosis. Wenn ich der Mörder wäre, hätte ich das Gift bereits in Wasser aufgelöst und in einem kleinen Gefäß, einem Reagenzglas zum Beispiel, mitgebracht. Das wäre die einfachste Variante. Um in einem fremden Hotelzimmer in Anwesenheit der Person, die man umbringen will, ins Bad zu gehen und dort mit Wasser zu hantieren, muss man schon ziemlich kaltblütig sein.«

»Ein Mann oder eine Frau?«

Serge lachte. »Frauen haben bei Giftmorden historisch gesehen mehr Übung. Nein, im Ernst, das kann ich dir nicht sagen.«

»Wie kommt man an das Gift heran? Kann sich jeder Zyankali besorgen, auch zum Beispiel ein Schriftsteller?«

»Für bestimmte Berufsgruppen gehört der Umgang mit Kaliumzyanid zum Alltag, zum Beispiel für Chemiker, Schädlingsbekämpfer oder Apotheker. Wer einen Sachkundenachweis, auch Giftschein genannt, vorweisen kann, also befugt ist, mit diesen Substanzen umzugehen, bekommt es in der Apotheke ausgehändigt. Alle anderen müssen illegale Wege beschreiten, unmöglich ist das nicht.«

»Danke, Serge.«

Monsieur Bertrand, der Untersuchungsrichter, dem Leblanc die bislang vorliegenden Ergebnisse am Telefon mitteilte, gab ohne zu zögern seine Erlaubnis zu einer Durchsuchung von JPPs Wohnung in Paris, der Beschluss werde gleich gefaxt. Und er fügte hinzu, es tue ihm außerordentlich leid, aber wegen einer wichtigen Angelegenheit sei sein persönliches Erscheinen in Deauville im Moment leider nicht zu realisieren. Er hoffe aber, schon in den nächsten Tagen einen Besuch einplanen zu können. »Jederzeit gern«, sagte Leblanc, insgeheim froh über diesen Aufschub.

Als Nadine von den Befragungen im Hôtel Normandie und im Royal Plage zurückkehrte, nahm sie an ihrem Chef eine aufgehellte Stimmung wahr. Seine Gefühlsregungen blieben ihr nicht verborgen, sie durfte nur kein Wort darüber verlieren, sonst wurde er einsilbig und verschlossen wie eine Auster.

»Hat sich was Besonderes ereignet?« Unverfängliche Frage.

Er schüttelte den Kopf, berichtete nur von Serges Obduktionsergebnissen und Hypothesen. »Ich habe einen Durchsuchungsbeschluss für JPPs Pariser Wohnung. Wir fahren morgen Nachmittag. Und anschließend möchte ich in die Klinik nach Saint-Germain-en-Laye, um mit dem Arzt von Madame Picard zu sprechen. Was hat sich bei deinen Nachforschungen ergeben?«

»Die Aussagen des Verlegers wurden vom Portier und vom Zimmerservice bestätigt. Er ist um Viertel vor elf ins Hotel gekommen. Kurz nach Mitternacht hat er Whisky und etwas zu essen bestellt. Das Zimmermädchen sagte, er sei mit Pyjama und Morgenmantel bekleidet gewesen und habe sich im Bett aufgehalten. Die Umfrage im Royal Plage verlief ergebnislos. Ich habe den Angestellten die Fotos der Schriftsteller gezeigt. Bis auf die, die dort Gäste sind, ist niemand gesehen worden. Jedenfalls hat sich keiner erinnert. Außer JPP sind sechs Festivalteilnehmer im Royal Plage untergebracht, Mathilde Chapuis – Nadine tippte mit dem Finger auf das entsprechende Bild –, Esther Badiou, Grégoire Guérin, Aida Junot und Ahmadou Barbès mit seiner Frau.«

»Noch nicht.«

»Wie bitte?«

»Ach, nichts. Wir werden jeden Einzelnen nach seiner Beziehung zu JPP befragen.«

»Dem Portier ist noch eine Sache eingefallen, die er vergessen hatte. Er hatte JPP bei dessen Eintreffen die Chipkarte für sein Zimmer übergeben. Und am Abend, sagte er, habe sie auf seinem Tresen gelegen. Er konnte sich das nicht erklären. Entweder, meinte er, habe JPP selbst beim Verlassen des Hotels die Karte dort hingelegt, was unwahrscheinlich sei, weil sie ihm dann früher hätte auffallen müssen. Oder JPP habe sie verloren und sie sei von einem Gast gefunden worden. Als JPP aus der Bar kam, habe er ihm die Karte ausgehändigt und gefragt, ob er sie verloren habe. Aber JPP habe darauf nicht geantwortet.«

»Das war vor seiner Lesung?«

»Ja, um halb acht.«

Das Telefon klingelte. Es war Bernard.

»Ein Volltreffer, zwei Nieten. Die Fingerabdrücke auf der Espressotasse haben wir auch in der Suite des Toten gefunden. Bei Monsieur Dufour und Madame Bertaux Fehlanzeige.«

»Ach, Madame Bertaux ist inzwischen bei euch gewesen! Danke, Bernard.«

Leblanc legte auf und leistete Marie heimlich Abbitte.

»Schau an«, sagte er zu Nadine, »da wird uns der gute Marc Charpentier etwas zu erzählen haben. Er war in JPPs Suite, Bernard hat eine Übereinstimmung der Fingerabdrücke festgestellt.«

»Wo haben Sie die denn her?«

»Von einer Tasse, aus der er getrunken hat. Wir werden ein bisschen tricksen und behaupten, ein Zeuge hätte ihn gesehen.«

Dem Programmheft entnahm Leblanc, dass Marc Charpentier um siebzehn Uhr im Strandcafé aus seinem Roman *Verdeckende Ermittlung* las. Er sah auf die Uhr. Zwanzig nach fünf.

»Komm, Nadine, wir fahren zum Strandcafé und fühlen dem verdeckenden Ermittler auf den Zahn. Aus Madame Bertaux' Gästehaus hätte er in der Nacht unbemerkt verschwinden können. Ich bin gespannt, was ihm dazu einfällt. Wer hätte das gedacht, nach außen gibt er den Sanften, Stillen und lügt ohne die geringsten Skrupel.

# ELF

Das Strandcafé war bis auf den letzten Platz besetzt. Die meisten Zuhörer, vielmehr Zuhörerinnen, Frauen waren eindeutig in der Überzahl, saßen an Tischen. Wer später eingetroffen war, hatte sich einen der am Eingang bereitgestellten Stühle genommen. Vor der Fensterfront zum Meer hin war ein Holzpodest aufgebaut, darauf befanden sich ein kleiner Tisch und ein Stuhl. Dort, etwas erhöht über seinem Publikum sitzend, beugte sich der vortragende Marc Charpentier über sein Buch. Hinter seinem Rücken versank die Sonne im Meer. Rotglühendes Licht umgab den Schriftsteller wie eine Aureole. Das weibliche Publikum hing an seinen Lippen.

Die Lesung steuerte auf ihren Höhe- und Endpunkt zu, als Leblanc und Nadine das Café betraten. Sie hörten gerade noch, wie Charpentiers Kommissar als Mörder seiner Frau entlarvt wurde. Er konnte sich aber aufgrund einer partiellen Amnesie nicht mehr an seine Tat erinnern. »Der Mörder ist ein anderer. Nein, nicht der Mörder, der Kommissar ist ein anderer.« Mit diesen Worten beendete Charpentier seinen Auftritt. Die begeisterten Zuhörerinnen klatschten wild und enthusiastisch. Einige bildeten vor dem Podest eine Schlange, um ihr Buch vom Autor signieren zu lassen. Leblanc wartete, bis der letzte Fan seine persönliche Widmung bekommen hatte, und trat dann an den Schriftsteller heran.

»Monsieur Charpentier, Sie müssen uns etwas erklären. Wollen Sie, dass wir uns hier unterhalten, oder begleiten Sie uns aufs Präsidium? Das ist übrigens meine Kollegin Nadine Liard.«

»Hier findet gleich die nächste Lesung statt«, antwortete der Angesprochene, »ich komme mit Ihnen.«

Die herumstehenden Liebhaberinnen von Kriminalromanen schauten neugierig auf die Polizistin in Uniform und deren Begleiter in Zivil, die ihren Autor hinausführten. Ihre Mienen drückten aus, was sie dachten. Wie? Polizei? In Romanen, ja, das kannten sie, das wollten sie lesen, deshalb waren sie hier. Aber dies waren wirkliche Polizeibeamte. Was wollten die? Oder handelte es sich bei diesem Auftritt um einen lustigen Einfall der Veranstalter? Sie blieben mit ihren Fragen allein.

Wenn Marc Charpentier überrascht oder ängstlich war, merkte man ihm das keinesfalls an. Sein knittriges Gesicht zeigte keine Regung. Er wartete schweigend, bis ihm der Grund dieser Unterredung genannt würde.

Leblanc kam ohne Umschweife zum Punkt. »Sie waren gestern bei JPP in seinem Hotelzimmer.«

»Das ist eine Behauptung. Wie kommen Sie darauf?«

»Wir haben Beweise.« Leblanc entschied sich blitzschnell, seine ursprünglich geplante Taktik zu ändern. Er ließ die Idee mit dem Augenzeugen fallen und führte gleich die Fingerabdrücke ins Feld.

»Ich war nicht bei JPP.«

»Sie sagen uns nicht die Wahrheit, Monsieur Charpentier. Wenn Sie uns nicht erklären, wie Ihre Fingerabdrücke in seine Suite kommen, kann ich Sie wegen Mordverdacht in Untersuchungshaft nehmen.«

Charpentier nickte leicht mit dem Kopf, ließ sich aber nicht aus der Ruhe bringen. »Ich habe gesagt, ich war nicht bei JPP. Ich habe nicht behauptet, dass ich nicht in seinem Zimmer war.«

»Spitzfindigkeiten. Sie geben es zu?«

»Es wird mir wohl nichts anderes übrigbleiben.«

Charpentiers abgeklärte und gelassene Reaktionsweise lockte

Leblanc aus der Reserve. »Halten Sie uns eigentlich für Trottel? Glauben Sie, wir würden das nicht herausbekommen? Sie als Autor von Kriminalromanen sollten doch wenigstens theoretisch wissen, wie Polizeiarbeit abläuft. Oder recherchieren Sie gar nicht, schreiben irgendein erfundenes Zeug? Die Leser merken es sowieso nicht. Sie stehen unter Mordverdacht, ist Ihnen das klar? Aber wer sich so etwas nur ausdenkt, hat von der Wirklichkeit keine Ahnung …«

Nadine merkte, dass ihr Chef im Begriff war, sich in Rage zu reden. Sie hielt es für angebracht, einzugreifen und die Befragung in ruhigeres Fahrwasser zu lenken. »Monsieur Charpentier, schildern Sie uns, was genau passiert ist. Wir hören Ihnen zu.«

Besonnen legte Marc Charpentier die Handflächen aneinander und beugte sich leicht nach vorne.

»Ja, ich war in Jean-Pauls Zimmer. Aber während seiner Abwesenheit.«

»Wie haben Sie die Tür geöffnet?«

»Also, das war so: Als Jean-Paul im Theatersaal von der Bühne herabrutschte, um sich zu uns in den Zuschauerraum zu begeben, muss ihm seine Chipkarte aus der Jackentasche geglitten sein. Jedenfalls sah ich sie auf dem Boden liegen, als er schon wieder auf der Bühne stand. Ich nahm sie auf und wollte sie ihm schon zurückgeben, als mich plötzlich ein unanständiger Gedanke überfiel. Vielleicht hatte er irgendwo Notizen für seinen nächsten Roman im Zimmer herumliegen, Ideen für den Plot aufgezeichnet oder eine Struktur ausgearbeitet. Wenn ich nur mal kurz nachsehen würde, fiele das sicher niemandem auf. Ich wusste ja, dass er mit Madame Bertaux verabredet war.«

»Sie hatten die Absicht, ihm seine Ideen für einen Roman zu klauen? Verstehe ich das richtig?«

»Ja, so war es, und ich schäme mich dafür. Sehen Sie, es ist so schwer, neue, aktuelle Themen zu finden, auf die noch niemand gestoßen ist, gerade im Bereich des Kriminalromans. Liebe, Hass, Neid, Gier, im privaten oder beruflichen Bereich, Betrug im Großen und Kleinen, Wirtschafts- und Bankenkriminalität, Mafia oder andere kriminelle Banden – all das gibt es schon. Die Verlage gieren danach, etwas Einzigartiges, Spektakuläres zu publizieren, in der Hoffnung, einen Bestseller an Land zu ziehen. Ich fühle mich manchmal so unendlich leer und fürchte, dass ich nichts mehr aufs Papier bringe. Und da habe ich gedacht, ich könnte die Idee von Jean-Paul verwenden, nur die Idee, ich würde ja ein ganz anderes Buch daraus machen. Der Versuchung konnte ich einfach nicht widerstehen.«

»Wie ging es weiter? Sie haben also die Karte behalten?«

»Ja. Um neunzehn Uhr ging ich ins Hôtel Royal Plage und beobachtete, wie sich Madame Bertaux und Jean-Paul in der Bar trafen und an einen Tisch setzten. Jean-Pauls Zimmernummer war in die Chipkarte eingestanzt. Mit dem Fahrstuhl fuhr ich in den fünften Stock, wartete, bis niemand auf dem Flur zu sehen war, und öffnete die Tür zur Suite. Solche Gemächer wurden nur Jean-Paul zuteil. Keiner von uns anderen käme in den Genuss einer solchen Herberge.«

»Was haben Sie im Zimmer gemacht?«, wollte Nadine wissen.

»Aufs Meer gesehen. In der Dunkelheit leuchteten die Lampen der Fischerboote, und in der Ferne funkelten die Lichter von Le Havre. Bei einem solchen Anblick müssen die Gedanken nur so sprudeln, habe ich gedacht. Dann sah ich mich um. Auf dem Schreibtisch nichts, kein Laptop, kein Notizbuch. In den Schubladen habe ich nur Präservative gefunden, wahrscheinlich ein Geschenk des Hotels. Jean-Paul hatte noch nicht ausgepackt, ein Koffer stand ungeöffnet im Raum, der andere war leer.

»Haben Sie den Koffer geöffnet?«, hakte Leblanc nach.

»Nein, er war mit einem Zahlenschloss versehen. In dem Moment wurde mir klar, was ich tat. Ich hatte mir das so einfach vorgestellt: Notizen, die offen herumlagen. Ich würde kurz einen Blick darauf werfen und wieder verschwinden. Jetzt wurde mir bewusst, dass ich in das Hotelzimmer eingedrungen war. Diese Erkenntnis weckte nicht nur Scham in mir, sondern auch Gefühle und Fantasien. Ich konnte mir auf einmal vorstellen, was ein Dieb empfindet.«

»Sie haben nichts an sich genommen?«

»Nein, das war nie meine Absicht. Außerdem gab es gar nichts, was ich hätte mitnehmen können.«

»Und auch Ihre Erwartung, sagen wir mal, sich ideelle Werte aneignen zu können, wurde nicht erfüllt?«

»Genau. Ich habe mich vorsichtig und reumütig aus dem Zimmer gestohlen. Die Aktion hat nicht länger als zehn, fünfzehn Minuten gedauert. Ich habe niemanden geschädigt.«

Die Äußerung machte Leblanc wütend. Dieser Typ mit seiner sanften Tour! »Außer dass Sie Hausfriedensbruch begangen haben. Ein Delikt, das mit einer Freiheitsstrafe bis zu einem Jahr oder einer Geldstrafe geahndet wird. Ihre Art, alles zu verharmlosen, geht mir ziemlich auf die Nerven, Monsieur Charpentier.«

»Ich wollte nichts verharmlosen, ich wollte Ihnen nur verständlich machen, was in mir vorging.«

»Mir wäre es lieber, wir halten uns an die Fakten.«

»Gut, wie Sie wollen. Da gibt es nicht viel zu sagen. Ich habe die Chipkarte in einem Moment, als der Portier nicht am Platz war, auf den Tresen gelegt. Das ist alles. Es tut mir entsetzlich leid, dass ich mich zu einer solchen Tat habe hinreißen lassen.«

»Nehmen wir mal an, der Hergang hat sich so zugetragen. Aber Sie waren in keiner Weise reumütig, wie Sie uns weismachen wollen, sondern wütend, weil Sie nicht das gefunden haben, wonach Sie suchten. Sie erleben den umjubelten, genialen Bestsellerautor anschließend auf der Bühne. Ihre Wut steigert sich, Sie wollen, Sie müssen das Thema von JPPs nächstem Roman haben, Sie sind geradezu besessen davon. Nachts suchen Sie JPP im Hotel auf. Aus der Zeit, als es Ihnen finanziell schlecht ging und Sie unter Depressionen litten, haben Sie noch eine Zyankalikapsel, für alle Fälle. Sie kennen die Örtlichkeiten, Sie klopfen an seine Tür, er macht Ihnen auf. ›Du, Marc, was ist los?‹, fragt er. ›Ich muss mit dir reden‹, sagen Sie. Er ist nicht mehr nüchtern, hat schon ein paar Gläser Calvados getrunken. Er sieht aus dem Fenster aufs Meer hinaus und merkt nicht, wie Sie das Zyankali in seinen Calvados geben. Was sagen Sie dazu?«

Mit offenem Mund und erweiterten Pupillen verfolgte Marc Charpentier Leblancs Ausführungen. »Wow«, sagte er, »das ist ein Plot. Kann ich den haben, oder erheben Sie Anspruch darauf?«

»Verflixt noch mal, ich meine es ernst. Sie stehen unter Mordverdacht.«

»Also dann, fürs Protokoll: Nein, ich bin nachts nicht zu ihm gegangen, nein, ich besitze kein Zyankali, nein, ich habe Jean-Paul nicht umgebracht. Sie gehen aber offenbar davon aus, dass es kein Suizid war, sondern Mord.«

»Es gibt Anzeichen, die diese Vermutung nahelegen. Haben Sie ein Alibi für die fragliche Zeit?«

»Welche Zeit?«

»Zwischen Mitternacht und zwei Uhr.«

»Nach der Lesung bin ich zusammen mit Madame Bertaux, die mich begleitet hatte, zu Fuß nach Trouville zu ihrem Gästehaus gegangen. Wir hatten uns unterwegs so angeregt unterhalten, dass sie vorschlug, ein Glas Wein zu trinken. Sie hat den Kamin angezündet, eine Flasche Rotwein geöffnet, und da haben wir unser Gespräch fortgesetzt.«

»So?«, entfuhr es Leblanc, den dieser Teil der Schilderung verstimmte, was er allerdings für sich behielt. Nachfragen ging auch nicht, obwohl ihn die »angeregte Unterhaltung« interessiert hätte. »Wie lange?«, fragte er mit belegter Stimme.

»Bis etwa halb eins, ich habe nicht auf die Uhr gesehen.«

»Und danach?« Leblanc räusperte sich.

»Für die Zeit danach habe ich kein Alibi, wenn Sie das meinen. Hypnos hatte mich in seinen Armen.«

»Gut«, sagte Leblanc, »Sie können gehen. Wir werden Ihre Angaben überprüfen. Was das unbefugte Eindringen in das Hotelzimmer angeht – Ihr Kollege kann keinen Strafantrag mehr gegen Sie erheben, deshalb entfällt eine Anklage. Trotzdem, Sie haben gegen das Gesetz verstoßen, das ist keine Lappalie.«

»Ich kann nur noch einmal betonen, wie leid mir das tut. Ich habe vorher noch nie eine strafbare Handlung begangen, das wird Ihnen Ihre Datenbank bestätigen. Und eines noch: Wir Schriftsteller recherchieren für unsere Romane, Herr Kommissar, und zwar sehr genau.«

Nachdem Marc Charpentier gegangen war, bat Leblanc Nadine, die Presse zu informieren, dass er am nächsten Tag eine Konferenz abhalten und eine Erklärung abgeben würde, dann schickte er auch Nadine nach Hause.

# ZWÖLF

Allein im Büro, rekapitulierte Leblanc die Ergebnisse des heutigen Tages. Was hatten sie bisher herausgefunden? Der tote JPP war bei seinen Kollegen verhasst. Aber welchen Gewinn hätte ein anderer Schriftsteller von JPPs Tod? Seine eigenen Bücher würden sich dadurch nicht besser verkaufen. Oder doch? Wäre die Chance größer, von einem Verlag zum Bestsellerautor aufgebaut zu werden, wenn es JPP nicht gäbe? Funktionierte der Buchmarkt so? Aber deshalb einen Konkurrenten beseitigen? Charpentier kam aller Wahrscheinlichkeit nach nicht als Mörder infrage, er hatte ein Alibi. Wenn die Konkurrenz-Theorie stimmte, wovon Leblanc allerdings nicht überzeugt war, hätte es im Grunde jeder Teilnehmer des Festivals sein können. Der Verleger schied als Verdächtiger auch aus. Aber was war von seiner Aussage zu halten, dass JPP nur noch einen einzigen Roman schreiben und dann aufhören wollte? Und etwas anderes: JPP wurde von allen Befragten als janusköpfig beschrieben, einerseits charmant und zugewandt, andererseits kalt und egoistisch. Spielte das eine Rolle? Vielleicht bei seinen Frauengeschichten, bei dem, was der Verleger als »schnell-schnell« bezeichnete? Er musste unbedingt die Frau finden, die gestern Sex mit JPP hatte. War sie die Mörderin, oder ist nach ihr noch jemand bei JPP gewesen? Vor allem aber konnte sich Leblanc den Goldstaub nicht erklären. Russische Mafia? Im Hotel logierten eine Menge Russen. Hatte sich JPP mit einem Händler getroffen, um ihm Gold zu verkaufen? Ein Schriftsteller kam durch seine Lesungen viel herum. Er sollte prüfen, ob JPP sich in letzter Zeit in Südafrika aufgehalten hatte.

Die Planung für den nächsten Tag sah so aus: Pressekonferenz. Die Zeitungen würden morgen mit Sensationsberichten über JPPs angeblichen Suizid herauskommen. Wenn die Journalisten erfuhren, dass die Ermittlungen in Richtung Mord gingen, würden sie sich mit Vermutungen und Spekulationen gegenseitig überbieten. Die Brisanz lag auf der Hand, nicht nur, weil der Tote der Bestsellerautor JPP war, sondern weil der Mord ausgerechnet während eines Krimi-Festivals geschah, das sich auch noch *Mord am Meer* nannte. Eine Ironie des Schicksals, für Journalisten eine Steilvorlage. Er konnte sich die Schlagzeilen vorstellen: *Die Wirklichkeit holt die Fiktion ein* oder *Grausames Ende eines mörderischen Autors* oder so etwas Ähnliches. Nach der Pressekonferenz Befragung der Festivalteilnehmerinnen inklusive Abnahme der Fingerabdrücke, um JPPs Geliebte ausfindig zu machen. Dann würde er mit Nadine wegen der Wohnungsdurchsuchung nach Paris fahren und anschließend zur Klinik in Saint-Germain-en-Laye.

Leblanc verließ das Präsidium. Er trat auf die Straße. Der sonnige Frühlingstag, der unbemerkt an ihm vorübergegangen war, hinterließ einen lauen Abend. Warm genug, um zu Fuß zum Royal Plage zu gehen, um den zukünftigen Mann seiner Mutter kennenzulernen, seinen Stiefvater. Die Vorstellung entlockte ihm ein Lächeln.

Der Portier, ein anderer als der, den er am Morgen vernommen hatte, meldete ihn telefonisch bei Monsieur und Madame Barbès an. »Die Herrschaften bitten Sie, einen Moment zu warten. Sie werden sich gleich zu Ihnen gesellen.«

Leblanc warf einen Blick in die Bar und ins Café. Von der Aufregung, die der Tote am Morgen verursacht hatte, war nichts mehr zu spüren. Man war zum Tagesgeschäft zurückgekehrt. Die Leute tranken gut gelaunt ihren Aperitif, das Personal bediente mit undurchdringlicher Miene. In einer Ecke im hinteren Teil der Bar bemühte sich eine Gruppe von Russen, sechs Herren und vier Damen, erfolgreich, möglichst viele Wodkaflaschen in möglichst kurzer Zeit zu leeren und die übrigen Gäste an ihren Bemühungen teilhaben zu lassen. Sie hatten zwei Tische zusammengerückt, auf denen drei bereits geleerte Flaschen aufgereiht waren. Die farbenfroh gekleideten und geschminkten Damen ließen sich von den Herren reihum auf den Schoß nehmen, dazu wurde ein Lied angestimmt, das auf eine Art Ringelreihen hindeutete. Der Gesang erfüllte den Raum, wobei die tonale Treffsicherheit bereits nachgelassen hatte. Zum Ausgleich klopften sie rhythmisch auf den Tisch, unterbrachen hin und wieder ihre Lieder und riefen »mehr«, was zur Folge hatte, dass die Bedienung mit einer weiteren Flasche anrückte. Leblanc war mit der russischen Folklore wenig vertraut. Was er dort zu sehen bekam, entlockte ihm ein staunendes Kopfschütteln.

Er wandte sich an den Barkeeper. Der hatte auch gestern Dienst gehabt. »Ich bin Kommissar Leblanc, Sie haben heute Morgen schon meiner Kollegin Auskunft gegeben. Aber ich habe noch eine Frage. Hat Monsieur Picard hier in der Bar mit einem russischen Gast gesprochen? Es wäre wichtig, auch wenn es sich nur um eine ganz kurze Begegnung handelte, im Vorübergehen gewissermaßen. Haben Sie in der Richtung etwas beobachtet?«

Der Barkeeper schüttelte den Kopf. »Das kann sein, hier sind viele russische Gäste, aber mir ist nichts aufgefallen. Ich habe aber auch nicht darauf geachtet.«

Schade, dachte Leblanc, wäre auch zu schön gewesen.

»Da bist du ja, Jacques«, ertönte die Stimme seiner Mutter aus dem Foyer. Er drehte sich um und ging ihr entgegen. Sie hatte das rot-gelb-orangefarbene Gewand, das er kannte, ausgetauscht zugunsten eines anderen, ebenso bunten aus Grüntönen mit violetten und gelben Blüten. Neben ihr stand ein großer dunkelhäutiger Mann in einer Art Toga in Weiß mit hellblauem Muster und breitete die Arme aus. Es kostete Leblanc Mühe, den Sympathievorschuss zu erwidern und sich von diesen Armen umschließen zu lassen. Aber er schaffte es, und dort, an der Brust dieses Afrikaners, eingehüllt in dessen Körperwärme und erdigen Duft, wurde Leblanc plötzlich wieder zu dem kleinen zehnjährigen Jungen, der bei seinen Eltern zu Besuch in Kamerun war. Die Erinnerungen an die Gerüche der Pflanzen und die Geräusche des Regenwalds blitzten in ihm auf, und an die Erdhöhle, in der er verschüttet gewesen war und gedacht hatte, er müsse sterben. Aber die Dunkelheit der Höhle, die Ungewissheit, ob er überleben würde, konnten ihm nichts anhaben, solange ihn diese Arme umfasst hielten. Am liebsten würde er bis zum Ende seines Lebens in der Umarmung verharren. Aber der Afrikaner entließ ihn nach wenigen Sekunden daraus, und verwirrt von seinen überbordenden Gefühlen verwandelte sich Leblanc allmählich zurück in den einundfünfzigjährigen Mann, der er war.

»Das ist Ahmadou«, stellte seine Mutter ihren Begleiter vor.

»Ich freue mich sehr, dich endlich kennenzulernen. Deine Mutter hat mir viel von dir erzählt«, sagte Ahmadou mit tiefer, singender Stimme.

Erzählt, dachte Leblanc, was konnte seine Mutter über ihn erzählen? Sie kannte ihn doch gar nicht. »Ich freue mich auch«, erwiderte er, noch im Zustand der Verstörung.

»Lasst uns essen gehen. Wir haben einen Tisch bestellt.« Der Mann, den seine Mutter heiraten wollte, hatte einen Arm um Leblancs Schulter gelegt und führte ihn sanft zum Eingang des benachbarten Restaurants. Kaum zu glauben, dass er genauso alt ist wie ich, dachte Leblanc, nun wieder ganz zurückgekehrt in sein derzeitiges Ich. Er wirkt so … so väterlich. Mein Stiefvater. Fast musste er lachen bei dem Gedanken.

Das Restaurant im Belle-Époque-Stil, in dezenten Braun-Beige-Tönen gehalten, gewann durch das eintretende Paar an Farbe. Suzanne Leblanc zwitscherte lebhaft wie ein Vögelchen, ließ zwischendurch ihr meckerndes Lachen erklingen, während ihr zukünftiger Ehemann unerschütterliche Ruhe ausstrahlte. Sie redeten über Ahmadous Lesung am Nachmittag in der Aula des Gymnasiums. Zusammen mit einer Schriftstellerin aus Senegal, die aus ihrem Roman vorgelesen hatte, hatte er Fragen des Publikums beantwortet. Lebhaft sei es gewesen, viel Interesse an Kamerun habe er festgestellt, aber auch wenig Kenntnis von diesem Land.

»Wovon handeln denn Ihre Romane?« Den Fauxpas merkte Leblanc schon, während er sprach.

Ahmadou auch. »Du wirst dich an das Du schnell gewöhnen. Ich schreibe nicht nur Romane, auch Gedichte und Erzählungen und Abhandlungen über die Geschichte Kameruns. Mein erster Kriminalroman handelt von Korruption, ein großes Problem in Kamerun. Wir stehen in der Weltrangliste ganz weit oben, zu viel Bürokratie, mangelnde Transparenz, eine Justiz, die die Hand aufhält. Ein Mord wird nicht immer aufgeklärt.«

»Deine Romane spielen in Kamerun?« Leblanc bemühte sich, den Fehler nicht zu wiederholen.

»Manche haben auch einen Bezug zu Frankreich, wir haben schließlich eine gemeinsame, nicht immer unproblematische Geschichte. Damit meine ich nicht nur die Kolonialzeit. Unser Land war stets ein Spielball der Kolonialmächte, erst der Portugiesen, dann der Spanier, der Briten, der Deutschen und schließlich der Franzosen. Nach unserer Unabhängigkeit 1960 errichtete der damalige Staatspräsident Ahidjo eine Diktatur und wurde von Franzosen der extremen Rechten unterstützt. Einer meiner Romane spielt in dieser Zeit. Ein anderer handelt von den Missionaren, die uns im 19. Jahrhunderts ihren Gott gebracht haben, zuerst Protestanten, kurz darauf kamen die Pallottiner, ein apostolischer Zweig der katholischen Kirche. Heute sind etwa fünfundzwanzig Prozent der Bevölkerung katholisch.«

»Es ist ihnen aber nicht gelungen, die Naturreligionen auszurotten«, fügte Suzanne herzlich lachend hinzu.

»Deine Mutter ist eine bedeutende Heilerin und Kräuterkundige. Von vielen wird sie in Kamerun als Zauberin angesehen. Ich bin sehr stolz, dass sie meine Frau wird.«

»Du bist natürlich zu unserer Hochzeit herzlich eingeladen«, sagte Leblancs Mutter. »Und bring doch deine Freundin mit … Marie heißt sie, oder? Bei der wir Weihnachten gefeiert haben. So eine nette Frau, und sie passt wirklich gut zu dir. Du solltest auch an eine Heirat denken. Immer allein, das ist doch nichts.«

»Maman, Marie ist nur eine gute Bekannte.«

»Dann streng dich ein bisschen an, Junge, eine Frau will umworben werden, nicht Amou?« Liebevoller Blick auf den neben ihr Sitzenden.

Der bejahte. »Ich sage immer, jede Frau verdient Respekt und Zuwendung.«

Inzwischen standen die Teller mit den Speisen auf dem Tisch. Leblanc hatte eine Seezunge mit Spinat und Kartoffeln bestellt. Im Vergleich zu den Gerichten im Central kam dieses schlecht weg. Ein winziger Fisch, zwei Kartoffeln, eine Handvoll Spinat zum doppelten Preis. Leblanc zerteilte das Filet und hakte bei seinem zukünftigen Stiefvater nach, was die Heirat mit seiner Mutter betraf.

»Sie ist ja dann deine vierte Frau. Was sagen die anderen dazu? Ich meine ja nur. Sind alle damit einverstanden?«

Schallendes Gelächter von beiden. Suzanne verschluckte sich fast an ihrer Lammkeule.

»Überleg doch mal«, sagte sie, als sie wieder sprechen konnte, »was für Vorteile das für die Frauen hat. Leben in einer Gemeinschaft, gegenseitige Hilfe, Entlastung bei der Kindererziehung und bei der Sexualität. Es ist ein Privileg, nein sagen zu können, wenn man indisponiert ist, und eine Erleichterung, dass der Mann, sagen wir mal, trotzdem versorgt ist. Der Ernährer der Familie hat Pflichten zu erfüllen, er muss für den Unterhalt sorgen und darf keine Frau bevorzugen …«

»Mir ist bekannt«, unterbrach Ahmadou ihre Ausführungen, »dass in Europa andere, romantische Vorstellungen von der Ehe vorherrschen.«

»Och«, entfuhr es Leblanc, während er ein Stück Kartoffel auf die Gabel schob, »ich könnte mich an mehrere Frauen gewöhnen.« Dann fiel ihm ein, dass er mit seinem Gehalt kaum einen Familienclan finanzieren könnte. Er kam nach kurzem Überlegen zu dem Schluss, dass das europäische Modell vorzuziehen sei, das ein polygam ausgerichtetes Leben ohne Ehe ermöglichte.

Sie hatten das Essen beendet und machten sich zum Aufbruch bereit, als Suzanne Leblanc etwas einfiel. »Amou, du wolltest Jacques noch eine Beobachtung mitteilen, die den toten Schriftsteller betrifft.«

»Ach ja, das hätte ich fast vergessen. Ist sicher nicht wichtig. Der arme Mann, bringt sich um. Er muss sehr unglücklich gewesen sein. Ich habe ihn gestern Nachmittag kurz getroffen, nur im Vorübergehen, er grüßte mich, ein freundlicher Mensch. Gestern Abend haben Suzanne und ich uns im Theater seine Lesung angehört, und danach haben wir gegessen, nicht hier im Restaurant, sondern Couscous im Berbère. Als wir ins Hotel zurückkamen, war es schon halb zwölf. Ich habe noch die Passagen aus meinem Roman herausgesucht, die ich vortragen wollte. Da fiel mir ein, dass ich mich mit meiner senegalesischen Kollegin Aida Junot wegen der gemeinsamen Lesung absprechen wollte. Sie wohnt auch hier im Hotel. Es war zwar schon spät, aber wir Schriftsteller sind Nachteulen, so sagt man doch. Ich rief beim Portier an und fragte nach ihrer Zimmernummer. Als ich im fünften Stock aus dem Fahrstuhl stieg, traf ich Aida an, wie sie ein Zimmer verließ, aber es war nicht ihr eigenes. Sie trug Schuhe in der Hand, und ihre Kleidung war unordentlich. ›Aida‹, sagte ich, ›ich wollte zu dir, wegen der Lesung morgen.‹ ›Ahmadou‹, sagte sie und lächelte ein bisschen verlegen, ›ich war gerade mit etwas anderem beschäftigt.

Aber komm mit in mein Zimmer.‹ Es dauerte wohl fünfzehn Minuten, dann hatten wir alles besprochen, und sie sagte: ›Ich brauche jetzt dringend eine Dusche und dann mein Bett, ich bin müde.‹ Ich kehrte in unser Zimmer zurück, nicht wahr, Suzanne?«

»So war es«, bestätigte Leblancs Mutter.

Ahmadou fügte hinzu: »Ich erwähne das nur, weil ich am nächsten Tag erfahren habe, dass es das Zimmer des toten Schriftstellers war, aus dem Aida gekommen ist. Ich habe mich gefragt, warum der arme Mann sich umbringt, wenn er gerade Liebe gemacht hat mit einer so schönen Frau wie Aida. Und sie haben Liebe gemacht, da bin ich sicher. Nicht, dass du denkst, mich würde das stören.«

»Wie wirkte die Frau auf dich? War sie nervös, verwirrt, aufgelöst, in Panik?«, fragte Leblanc.

»Nein, sie war zufrieden, fröhlich, guter Laune, nur ein wenig verlegen, weil sie sich von mir *erwischt* fühlte. Sie ist verheiratet, weißt du, und sie lebt in Frankreich. Sie weiß ja nicht, wie ich über diese Dinge denke.«

»Kannst du dich zufällig daran erinnern, ob die Zimmertür des Schriftstellers einen Spalt breit offen stand?«

»Das würde ich nicht beschwören, aber ich glaube nicht.«

»Ahmadou, du bist ein wichtiger Zeuge, und wir müssen von deiner Aussage ein Protokoll erstellen, gleich morgen auf dem Präsidium«, sagte Leblanc. Er überlegte, ob er die Schriftstellerin sofort aufsuchen sollte, und entschied sich dagegen. Es war spät, und er wollte Nadine dabeihaben. Morgen, gleich nach der Pressekonferenz würden sie sie befragen. Ahmadous Aussage nach wäre besagte Aida zwar bei JPP gewesen, hätte ihn aber um Mitternacht wieder verlassen und wäre damit zur Tatzeit in ihrem Zimmer gewesen. Es sei denn, sie wäre später noch einmal zu ihm zurückgekehrt. Möglich. Ihre Fingerabdrücke mussten überprüft werden. Natürlich würde es eine Übereinstimmung geben. Aber wem gehörten die anderen, die sie noch nicht identifiziert hatten?

Eine weitere Person musste bei JPP gewesen sein. Vielleicht hatten aber beide nichts mit seinem Tod zu tun, und der Mörder war ein Dritter und hatte Handschuhe getragen. Eigentlich war alles offen.

Leblanc verabschiedete sich. Seine Mutter und sein zukünftiger Stiefvater winkten ihm beim Verlassen des Hotels so eindringlich nach, als würde er sich auf eine große Reise begeben.

Selten hatte er die Straßen von Deauville in der Nacht so belebt gesehen, nicht einmal im Sommer. Gruppen von Festivalteilnehmern zogen von einem Leseort zum anderen. Den ganzen Abend bis Mitternacht fanden in Bars und Bistros, in Boutiquen und Cafés kostenlose Lesungen statt. Plaudernde, lachende, diskutierende Menschen standen in Trauben vor den Lokalen, in den Händen die Romane ihrer Lieblingsautoren. Leblanc gesellte sich zu einer Gruppe, die aus dem Laden eines bekannten Chocolatiers quoll. Ein asiatisch aussehender Schriftsteller las hinter dem mit Pralinen und kandierten Früchten beladenen Tresen aus seinem Kriminalroman vor. Gerade wurde in einem Hinterhof in Chongqing eine verweste Leiche in einem Mülleimer entdeckt. Bei den herumstehenden Zuhörern vernahm er Wortfetzen, in denen es um JPP ging, Vermutungen, die sich um seinen Selbstmord drehten. »Er hat nicht ertragen, dass er älter wurde«, sagte eine junge rothaarige Frau in grasgrüner Jacke. »Ihm fiel nichts mehr ein. Auch einem Genie sind Grenzen gesetzt«, meinte eine andere neben ihr. »Die Liebe, letztlich ist es immer eine unglückliche Liebe«, fügte eine Dritte hinzu. »Schade, dass er über sein eigenes Ende kein Buch schreiben kann.«

Leblanc setzte seinen Heimweg fort. Sein Blick fiel durch die Scheiben der Bar Normand schräg gegenüber vom Kommissariat. Die Bar Normand hatte Widerstand geleistet gegen die Vereinnahmung durch das Festival. Stammgäste debattierten bei ihrem kleinen Weißen oder Roten über die vergangenen Pferderennen und gaben Wetttipps für den kommenden Tag ab. Eine Gruppe von zehn, zwölf jungen Leuten belagerte die Theke. Leblanc erkannte seinen Kollegen Bernard und steuerte auf die Eingangstür zu, als sein Blick auf sie fiel, seinen Engel, Liliane. Da stand sie, umgeben von fröhlichen, sportlich-dynamischen Männern, lachend und unbefangen. Die Volleyballmannschaft, von der Bernard gesprochen hatte, darauf wiesen die großen Sporttaschen auf dem Boden hin. Es gab ihm einen Stich, Liliane so zu sehen, unerreichbar für ihn. Wie schön sie war! Schmerzhaft schön! Ihre Sportfreunde, diese Ignoranten, behandelten sie wie einen x-beliebigen Kumpel. Aber Liliane schien Gefallen daran zu finden. Er trat einen Schritt zur Seite in den Schatten einer benachbarten Hauswand, damit man ihn nicht entdeckte. Am liebsten hätte er Liliane aus dieser unpassenden Gesellschaft befreit. Er, ein Ritter auf weißem Pferd, galoppierte heran, ergriff seine Lilie und ritt mit ihr in eine ferne, glückliche Zukunft. Niemand außer ihm war ihrer würdig. Eigenhändig erwürgen würde er jeden, der sich ihm in den Weg stellte. Zu Brüdern im Geiste erklärte er alle Verbrecher aus Leidenschaft. Er würde kämpfen. Gleich morgen würde er Liliane aufsuchen, seinen Dank für die Törtchen aussprechen und sie einladen, wozu sie Lust hatte, und wenn es ein Flug nach Rio de Janeiro wäre. Nein, er wollte nicht aufgeben. Aber in einer verborgenen Ecke seines Herzens ahnte er bereits, dass er den Kampf verlieren würde. Er schlich sich davon wie ein Dieb, bog in die nächste Querstraße ein, betrat Lulus Bistro und ließ sich kraftlos auf einen Stuhl fallen. Auch an Lulus Lokal war das Festival des Kriminalromans spurlos vorübergegangen. Lulu ließ als Literatur allenfalls Victor Hugo gelten, aber nur, weil der in Besançon, in der Nähe seines, Lulus, Heimatorts zur Welt gekommen war. Im Bistro tagte der Stammtisch der Feuerwehr. Lulu stellte dem Freund unaufgefordert einen kleinen Weißen aus dem Jura hin.

»Was ist los, Jacques?«

»Hat es dich schon mal richtig erwischt, Lulu?«

»Stromschlag oder Liebe?«

»Warst du schon mal so verliebt, dass du es nicht ausgehalten hast?«

»Hm, schon möglich, geht vorbei.«

»Aber wenn du mittendrin bist und außerdem weißt, dass du eigentlich keine Chance hast …«

»Da gibt es zwei Möglichkeiten: Entweder du handelst nach dem Motto *Du hast keine Chance, aber nutze sie*, oder du hältst dich an den Rebensaft, der lässt dich nie im Stich. Wer ist es denn?«

»Eine, die zu jung für mich ist, die schön ist wie Botticellis Venus und standhaft wie die Jungfrau von Orléans.«

»Hm, ich bin kein Experte in Rüstungsfragen. So wie du aussiehst, würde ich sagen, lass die Götter und Heiligen und begnüge dich mit einer irdischen Schönheit. Damit bist du immer gut gefahren.«

»Ja, solange ich selber lenken konnte. Jetzt ist mir das Steuer aus der Hand genommen worden.«

Lulu klopfte seinem Freund ermutigend auf die Schulter.

»Jacques, das wird schon wieder. Hast du nichts anderes zu tun? Etwas, was dich ablenkt von diesen zermürbenden Gedanken?«

»Doch, ich habe einen toten Schriftsteller. Alle glauben, er habe Selbstmord begangen, aber die Fakten sprechen für Mord. Und meine Mutter heiratet einen zwanzig Jahre jüngeren Afrikaner.«

»Das ist doch ein vielversprechender Anfang. Finde den Mörder und gratuliere deiner Mutter«, riet Lulu dem Liebeskranken und lächelte ihm aufmunternd zu.

Und Leblanc ließ sich nur allzu gern von dem unerwünschten Übel abbringen und in sichere Gefilde dirigieren. Langsam beruhigte sich sein Herz, und die Gedanken wandten sich wieder den anstehenden Aufgaben zu. Als er zu Hause ankam, hatte die Vernunft den Sieg über Leid und Eifersucht errungen.

# DREIZEHN

Am nächsten Morgen war Leblanc als Erster im Büro und schon ganz bei der Sache, als Nadine eintraf. Er informierte sie darüber, dass das Geheimnis um die Identität von JPPs Sexpartnerin gelüftet sei, es handle sich um die Schriftstellerin Aida Junot, die er nach der Pressekonferenz zu befragen beabsichtigte.

»Demnach hat sie ja gewissermaßen ein Alibi, zumindest ein halbes«, sagte Nadine, »und scheidet als Täterin aus, oder?«

»Das sehe ich auch so. Wir sollten auf jeden Fall noch in eine andere Richtung ermitteln, ich meine den Goldstaub. Es wäre denkbar, dass JPP mit der russischen Mafia zusammengearbeitet und an Geldwäsche beteiligt war. Folgendes Szenario könnte ich mir vorstellen: JPP bringt illegal Gold ins Land und verkauft es an die Mafia. Ich habe das gerade im Netz recherchiert, Goldhandel dient tatsächlich zunehmend der Geldwäsche. Das Gold wird eingeschmolzen, und die Goldbarren werden woanders verkauft oder für Waffen oder Drogen eingetauscht. Angeblich werden auf diese Weise auch Terroristen unterstützt.«

»Und Sie meinen, JPP ist umgebracht worden, weil er bei dem Deal nicht mehr mitmachen wollte?«

»Möglich. Dass die Mafia nicht zimperlich mit Abtrünnigen umgeht, ist bekannt.«

»Wenn sich herausstellen sollte, dass die Mafia im Spiel ist, müssen wir die Polizeipräfektur in Paris und die Sonderkommission des Finanzministeriums benachrichtigen. Die werden dann den Fall übernehmen.«

»Bisher hat das Ministerium versucht, den Ball flach zu halten, was die Mafia in Frankreich betrifft. Aber es ist nicht mehr zu leugnen, dass die organisierte Kriminalität, nenn es Mafia oder anders, im Finanz- und Immobiliensektor längst Fuß gefasst hat. Und dass Geldwäsche zu einem immer größeren Problem wird.«

Ratlosigkeit und Beunruhigung schwangen in Nadines Stimme mit. »Was sollen wir tun?«

»Uns die Namen aller russischen Gäste im Hotel geben und sie durch die Datenbank laufen lassen. Vielleicht finden wir jemanden, der durch Drogenhandel oder Hehlerei auffällig geworden ist.«

»Aber der Mörder kann in einem anderen Hotel gewohnt haben.«

»Stimmt, aber irgendwo müssen wir anfangen. Dann möchte ich wissen, ob JPP in letzter Zeit eine Reise nach Südafrika oder Südamerika unternommen hat, und ich will noch einmal mit dem Verleger sprechen. Möglicherweise besteht ein Zusammenhang zwischen JPPs Romanen und seinem Tod. Alle reden von seinem Insiderwissen aus der Finanzwelt und dem Bankenwesen. Woher hatte er das? Haben die Kontakte zur Mafia ihm Informationen eingebracht?«

»Ich kümmere mich um die Liste der russischen Gäste. Rufen Sie die Schriftstellerin an? Ihre Handynummer müsste auf der Liste des Festivalkomitees verzeichnet sein.«

»Ich habe Aida Junot schon auf ihre Mobilbox gesprochen, dass sie sich so schnell wie möglich bei uns melden soll.«

»Das Festival ist morgen Mittag zu Ende, Chef. Heute Abend findet die Diskussionsrunde statt, an der JPP hätte teilnehmen sollen. Morgen Vormittag reisen wahrscheinlich schon viele Schriftsteller ab. Sollten wir nicht noch einige über JPP befragen? Vielleicht erhalten wir Hinweise, zumal wenn sie erfahren, dass JPP eines gewaltsamen Todes gestorben ist. Bisher gehen alle von Selbstmord aus. Die Wohnungsdurchsuchung können wir auch später noch vornehmen.«

»Du hast recht, meine Kleine.« Leblanc redete seine Kollegin gelegentlich mit diesem Kosenamen an, der, anders als man vermuten könnte, von reinem Respekt zeugte. »Ich habe die Zeitungsartikel im Internet gelesen, alle sprechen von Selbstmord, über die Ursache wird wild spekuliert. Die seriösen Zeitungen warten mit Nachrufen auf, die sich meist auf JPPs Romane beziehen. Über sein Privatleben scheint wenig bekannt zu sein, sonst hätten die Medien das garantiert ausgebreitet. Ein Blatt erinnert in dem Zusammenhang an die Selbstmorde der Naziverbrecher am Ende des Zweiten Weltkriegs, die Zyankalikapseln geschluckt haben. Über Geschmacklosigkeit lässt sich streiten.«

Nadine nickte. »Ich habe am Kiosk eine Boulevardzeitung gekauft, die ein altes Foto von seiner zweiten Frau ausgegraben hat, aus der Zeit, als sie noch als Psychiaterin tätig war, Hélène Picard. Der Journalist hat herausbekommen, dass sie sich jetzt in einer psychiatrischen Klinik befindet. Aber außer der reinen Tatsache ist nichts weiter über sie zu lesen.«

»Na, dann wollen wir uns mal zu den Medienvertretern begeben«, sagte Leblanc.

Gemeinsam gingen sie die Treppe hinunter ins Erdgeschoss.

Zur Pressekonferenz waren weniger Journalisten erschienen als erwartet. Der Grund lag entweder darin, dass am morgigen Sonntag kaum Zeitungen erscheinen würden, oder sie hatten ihr Pulver schon verschossen und erwarteten keine neuen Enthüllungen. Leblanc gab die Fakten der bisherigen Untersuchungen bekannt und betonte, dass sie bisher nur Indizien folgten und dass die Ermittlungen in Sachen Mord aufgenommen seien. Es gebe noch keine Verdächtigen. Den Fund des Goldstaubs erwähnte er nicht. Weitere Fragen, die auf Vermutungen und Annahmen aus waren, ließ er unbeantwortet. Nach der Pressekonferenz nahm er den Journalisten Leclerq vom *Ouest-France*, den er persönlich kannte, beiseite und bat ihn, in seinem Artikel mögliche Zeugen, die irgendetwas

JPP Betreffendes beobachtet hatten, aufzufordern, sich bei der Polizei zu melden. Er wusste, dass die Wahrscheinlichkeit gering war.

Aida Junot war eine auffällige Erscheinung, groß, mit goldbrauner Hautfarbe, langen, schlanken Gliedmaßen und bis zur Taille reichenden, dichten schwarzen Haaren. Die diskrete Kleidung – dunkle Hose, grauer Pullover, darunter eine weiße Bluse – stand im Gegensatz zu der Aufmerksamkeit erregenden Person. Den Mantel hatte sie über den Arm gehängt. Sie wartete auf dem Flur, als Leblanc und Nadine in ihr Büro zurückkehrten. Leblanc konnte sich vorstellen, welche Faszination sie auf JPP ausgeübt hatte. Aida Junot war eine Frau, die die Fantasie und die Begierde eines männlichen Betrachters anregte. Ihre großen braunen Augen waren auf Leblanc gerichtet.

»Ich bin Aida Junot, Sie wollten mich sprechen.«

»Danke, dass Sie sofort gekommen sind.« Leblanc führte sie ins Büro. »Nehmen Sie Platz. Möchten Sie einen Kaffee?«

Die Schriftstellerin nahm das Angebot dankend an. Leblanc setzte die Espressomaschine in Gang und stellte eine Tasse auf den Tisch. Er nickte Nadine zu, die an ihrem Schreibtisch Platz genommen hatte, und begann ohne Umschweife die Befragung.

»Es geht um Jean-Paul Picard. Sie waren in der Nacht, als er starb, bei ihm.«

»Stopp, Herr Kommissar. Ich war bei ihm, aber als ich ihn verließ, war er sehr lebendig. Ich habe erst gestern Mittag von seinem Freitod erfahren. Das hat mich überrascht, weil es gar nicht zu JPP passte.«

»Sie scheinen nicht um ihn zu trauern.«

Aida Junot zog ihre Augenbrauen zusammen, was ihrem Gesicht einen Ausdruck von Unmut verlieh. »Muss ich mich dafür rechtfertigen? Bin ich Ihnen eine Erklärung schuldig, für wen ich Trauer empfinde? Weshalb bin ich überhaupt hier?«

Diese Frau war es nicht nur gewohnt, geschickt mit Worten zu jonglieren, sondern auch bestimmt aufzutreten. Leblanc hielt dagegen. »Jean-Paul Picard ist aller Wahrscheinlichkeit nach getötet worden, und Sie, um es vorsichtig auszudrücken, haben ihn kurz vor seinem Tod in seinem Hotelzimmer aufgesucht. Das dürfte als Erklärung reichen, warum Sie hier sind.«

Der verdrießliche Gesichtsausdruck Aida Junots wich einem erschrockenen, ihr Ton wurde milder. »Das wusste ich nicht. Gestern sprachen alle von Suizid.«

»Ich möchte von Ihnen genau wissen, wie sich der Abend vorgestern abgespielt hat und woher Sie JPP kennen.« Auch Leblanc hatte seiner Stimme die Schärfe genommen.

»Zum ersten Mal haben wir uns vor etwa sieben Jahren in Marseille getroffen. Wir waren beide bei einer Veranstaltung über das Phänomen Kriminalroman eingeladen. Ich hatte damals gerade meinen ersten Krimi veröffentlicht, JPP war schon bekannt. Nicht dass wir uns ineinander verliebt hätten. Ich bin seit zwanzig Jahren verheiratet und hatte nie das Bedürfnis, diesen Zustand zu ändern. Und ein JPP verliebt sich nicht.«

»Wie meinen Sie das?«, fragte Leblanc dazwischen.

»Ich meine, dass JPP nie die Kontrolle über sich verliert, und Verliebtheit oder Liebe geht mit einem totalen Kontrollverlust einher. Das zeichnet dieses Gefühl nun einmal aus.«

»Ich verstehe.« Vor Leblancs innerem Auge erschien ein Wesen, das wie Botticellis Schaumgeborene auf einer Jakobsmuschelschale von den Wellen an den Strand gespült wird. Er räusperte sich. »Sie sind aber trotzdem mit ihm eine Beziehung eingegangen.«

»Sprechen Sie es ruhig aus. Es war eine starke sexuelle Anziehung zwischen uns, ja. JPP ist der personalisierte Sex. Mit ihm gelingt es, Vergangenheit und Zukunft zu vergessen, es existiert nur die Gegenwart, nur der Moment. Entweder man lässt sich darauf ein, oder man nimmt die Beine in die Hand. Wer von

JPP etwas anderes erwartet, wird immer enttäuscht werden. Wer aber weiß, wie er tickt, und für kurze Zeit mit diesem Ticken in einen gemeinsamen Rhythmus gerät, dem wird das Paradies geschenkt.«

»Und Sie wussten sofort …«

»Ja, das wusste ich sofort, und mir war klar, was ich tat. JPP redete nicht viel. Es war ein stummes Arrangement. Meine Ehe hatte damit nichts zu tun.«

»Es fing also vor sieben Jahren an, und dann?«

»Wir überließen es dem Zufall. Immer wenn wir uns über den Weg liefen, insgesamt vielleicht siebenmal, ergriffen wir die Gelegenheit.«

»Wie lief das ab? Haben Sie sich verabredet? Es hätte doch sein können, dass Ihr Mann Sie begleitete.«

»Zu Literaturfestivals oder ähnlichen Veranstaltungen fahre ich immer allein. Mein Mann ist Arzt und sehr beschäftigt. Außerdem interessiert er sich nicht für Romane, höchstens für meine eigenen. Ich hatte JPP gebeten, mich nie anzurufen. Er hinterlässt – ach, jetzt rede ich so, als würde er noch leben, also, er hinterließ mir eine Nachricht beim Portier des Hotels, darauf war nur die Uhrzeit vermerkt. Nach unseren Begegnungen war das Geschehene wie ausgelöscht, jeder trat in sein Leben zurück, ohne an den anderen auch nur zu denken.«

Leblanc zweifelte keine Sekunde an dem, was er von Aida Junot zu hören bekam. Sie war das ideale Pendant zu JPP, die zwei hatten sich gefunden. Auch sie, fand Leblanc, strahlte trotz ihrer atemberaubenden Schönheit eine gewisse Kälte und Unnahbarkeit aus.

»Sie stammen aus Senegal?«, fragte er.

»Nein, ich bin in Frankreich zur Welt gekommen. Meine Mutter hat senegalesische Wurzeln, mein Vater ist Franzose. Ich reise manchmal in das Land meiner Vorfahren, um dort zu recherchieren. Meine Romane spielen größtenteils in Senegal, zumindest haben sie immer eine Verbindung zu dem Land. Aber Sie wollen sich sicher nicht mit mir über meine Romane unterhalten.«

»Ich mache mir gern ein Bild von den Personen, mit denen ich spreche.«

»Die Sie verhören, meinen Sie?«

»Das ist keine Vernehmung, sonst hätte ich Sie über Ihre Rechte belehren müssen. Wir sind hier in einer Befragung, von der ich mir Informationen über den Ablauf Ihres vorgestrigen Treffens mit JPP erwarte. Es könnte allerdings zu einer Vernehmung werden, sollte sich der Verdacht erhärten, dass Sie etwas mit JPPs Tod zu tun haben. Schildern Sie uns bitte möglichst detailliert, wie sich Ihr Rendezvous mit JPP abgespielt hat.« Leblancs Stimme klang kühl und formell.

Aida Junot lehnte sich auf ihrem Stuhl zurück und setzte eine distanzierte Miene auf.

»Wie schon erwähnt, wir kommunizierten über kurze Nachrichten. Ich fand bei meinem Eintreffen im Hotel gegen neunzehn Uhr eine Notiz vor, auf der nur die Uhrzeit 22.40 vermerkt war. Nachdem ich mir JPPs Lesung angehört hatte, ging ich in mein Hotelzimmer, duschte und klopfte pünktlich um zwanzig vor elf an JPPs Zimmertür. Was die Sache erleichterte: Unsere Zimmer lagen beide im fünften Stock, wobei mein Einzelzimmer zum Hof hinausging, während er die Suite mit Meerblick bewohnte. Er hatte Champagner für mich bestellt, er selbst trank grundsätzlich nur Cognac oder Calvados. Wein oder Bier waren ihm zuwider, er brauchte etwas Starkes. Aber nicht dass Sie denken, er hätte viel getrunken, er war kein Alkoholiker. Zwei, drei Glas Calvados und viel Wasser dazu, mehr nicht. Sie wollen doch jetzt keine Einzelheiten wissen, oder?«

»Doch, genau das will ich«, antwortete Leblanc. »Nicht was Ihre sexuellen Praktiken betrifft, aber den präzisen Zeitablauf. Als Sie die Suite betraten, wie viel hatte JPP da schon getrunken? Und wo stand die Flasche mit dem Calvados?«

»Auf dem Tisch im Wohnzimmer. Nach dem Pegelstand zu urteilen würde ich schätzen, er hatte zwei, drei Gläser getrunken. Das sage ich aus der Erinnerung heraus, in dem Moment habe ich natürlich nicht besonders darauf geachtet. Auf jeden Fall schenkte er sich noch ein Glas ein und stellte es auf den Nachttisch. Die Flasche Champagner und das Glas für mich waren ebenfalls auf dem Nachttisch positioniert. Ich trank ein bisschen, bevor wir uns einander zuwandten, danach dann noch etwas. Er leerte sein Glas ebenfalls.«

»Und dann?«

»Was und dann? Dann bin ich in mein Zimmer gegangen.«

»Nein, vorher. Erinnern Sie sich bitte ganz genau. Jede Kleinigkeit ist von Bedeutung.«

»JPP ist aufgestanden, ins Bad gegangen, hat sich einen Morgenmantel angezogen. Das war für mich das Signal aufzubrechen. Ich habe mich angezogen, sein Bad habe ich nicht benutzt, ich wollte bei mir duschen. Meine Schuhe hielt ich in der Hand. JPP öffnete mir die Tür, ich sagte ›Ciao‹, er nickte, und dann stand ich auf dem Flur.«

»Wann war das?«

»Um Mitternacht. Wir blieben nie länger als ein, zwei Stunden zusammen, warum auch. Es bestand kein Redebedarf.«

»Das heißt, JPP hat während der ganzen Zeit nicht gesprochen?«

»Wenig. Natürlich hat er gefragt: ›Möchtest du ein Glas Champagner‹, und als ich eintrat, sagte er: ›Aida, die schöne nubische Prinzessin.‹ Aber wir unterhielten uns nicht, wenn Sie das meinen.«

»Als Sie die Suite verließen, hat JPP irgendeine Andeutung gemacht, dass er noch verabredet sei oder Besuch erwarte.«

»Nein.«

»Wissen Sie, ob er Kontakte zu Russen hatte?«

»Zu Russen? Nein, das weiß ich nicht.«

»Hat er irgendwann mal etwas von Gold oder Goldhandel erwähnt?«

»Nein. Aber für solche Fragen bin ich die Falsche. Da müssen Sie mit seinem Verleger reden. Ich bin weder über sein Privatleben noch über seine Buchprojekte informiert.«

»Weiß Ihr Mann eigentlich von dieser außerehelichen Beziehung?«

»Nein, das würde ihn auch nicht interessieren. Wir führen eine offene Ehe und gestehen uns Freiheiten zu, solange sie unsere Bindung nicht gefährden. Das ist seit zwanzig Jahren der Fall, und ich glaube, sagen zu können, dass es uns beiden gut damit geht.«

Leblanc dachte an seine Mutter und Ahmadou und die afrikanische Form der Polygamie. Was Aida Junot hier schilderte, war die europäische Variante, die Frauen eindeutig Vorteile bot, weil sie ihnen gleiche Rechte wie Männern zugestand. Es wunderte ihn allerdings, dass ein solches Arrangement funktionierte. Seiner Erfahrung nach kam es immer wieder zu Besitzansprüchen und Eifersucht. Aber er hatte auch noch keine Aida Junot kennengelernt. Vielleicht wäre er vor dem Hintergrund eines solchen Abkommens durchaus zu einer Ehe bereit und fähig. Ihm eröffneten sich gerade vielfältige neue Möglichkeiten, als er merkte, dass er abschweifte. Er lenkte seine Gedanken zurück zur Befragung. »Eine Sache noch«, sagte er und musterte Aida Junot eindringlich, »Sie haben beim Verlassen der Suite Ihren Kollegen Ahmadou Barbès getroffen?«

»Ja, ich nehme an, er hat Ihnen Auskunft über meinen Besuch bei JPP erteilt?«

»Und Ihnen damit gewissermaßen ein Alibi verschafft.«

»Ahmadou wollte mit mir über unsere gemeinsame Lesung am nächsten Tag sprechen. Ich weiß nicht, warum er damit nicht bis zum nächsten Morgen gewartet hat. Vielleicht leidet er unter Schlaflosigkeit. Ja, Ahmadou *erwischte* mich, wenn Sie so wollen, gerade in dem Moment, als ich aus der Tür auf den Flur trat. Es war mir nicht gerade angenehm, dass er mich in diesem etwas derangierten Zustand sah. Außerdem war ich todmüde. Aber ich habe ihn trotzdem mit auf mein Zimmer genommen. Ahmadou ist ein netter Kerl, wir kennen uns schon länger und werden oft zusammen eingeladen, wenn es um afrikanische Literatur geht. Er will immer alles auf den Punkt genau planen, wer wann liest, wer welche Fragen beantwortet und so weiter. Wir redeten eine knappe halbe Stunde, meine Müdigkeit war fast wieder verschwunden. Aber dann, es war schon nach halb eins, habe ich ihn gebeten zu gehen, ich brauchte dringend eine Dusche und meinen Schlaf.«

»Sie haben JJP danach nicht noch einmal aufgesucht? Vielleicht hatten Sie etwas vergessen?«

»Nein. Ich habe ihn nicht noch einmal aufgesucht. Ich hatte auch nichts vergessen. Und ich habe ihn nicht umgebracht. Warum hätte ich das tun sollen? Ich hätte gegen meine eigenen Interessen verstoßen.«

»Gut.« Leblanc beendete das Gespräch. »Danke für Ihre Auskünfte, Sie können gehen. Wenn wir noch Fragen haben …«

»… rufen Sie mich an, meine Nummer haben Sie ja, hier ist meine Adresse.« Aida Junot legte eine Visitenkarte auf den Tisch.

»Meine Kollegin scannt noch Ihre Fingerabdrücke ein. Sie haben sicher nichts dagegen. Wir brauchen sie für einen Vergleich.«

Die Schriftstellerin ließ ohne Protest ihre Finger scannen. Dann erhob sie sich, und mit stolzem Gang, der einer nubischen Prinzessin auf der Opernbühne würdig gewesen wäre, schritt sie zur Tür, drehte sich, bevor sie das Büro verließ, noch einmal um und sagte: »Ich wünsche, dass Sie den Mörder von JPP finden.«

»Beeindruckend«, meinte Nadine, die die Fingerabdrücke an Bernard mailte. »Ich glaube, sie sagt die Wahrheit. Es gab keinen Widerspruch in ihrer Aussage, zumindest ist mir keiner aufgefallen.«

»Mir auch nicht«, gab Leblanc zurück. »Theoretisch hätte sie JPP zwischen eins und zwei noch einmal aufsuchen können. Aber ich sehe kein Motiv bei ihr. Dass sie sich nach sieben Jahren urplötzlich in ihren Geliebten verliebt und aus irgendeinem Grund rasend eifersüchtig wird, ist unwahrscheinlich.«

»Allerdings ist ihr Mann Arzt, sie hätte sich leicht das Zyankali besorgen können.«

»Das stimmt, aber dann wäre sie schon mit der Absicht, JPP zu töten, hierhergekommen. Nein, nein«, Leblanc schüttelte den Kopf, »das macht keinen Sinn. Leider haben wir bislang nicht den geringsten Hinweis auf einen Täter, nur einen nicht identifizierten Fingerabdruck.«

»Ich lasse mir vom Hotel die Liste mit den russischen Gästen faxen und gleiche die Namen mit unserer Datenbank ab. Sollen wir denn noch andere Festivalteilnehmer befragen und Fingerabdrücke nehmen?«

»Ich würde lieber gezielter vorgehen und noch einmal mit dem Verleger reden, er kannte JPP am besten.«

Leblanc rief Monsieur Dufour an und verabredete sich mit ihm zum Mittagessen im Central. Warum sollte er nicht das Nützliche mit dem Angenehmen verbinden? Vorher machte er einen Abstecher bei der Buchhandlung in der Rue Eugène Colas. Auf den Tischen stapelten sich JPP-Romane, darüber thronte ein großes Foto des Autors, umrahmt von einem schwarzen Rand. Leblanc entschied sich für den Roman *Tödlicher Einfluss*, den ersten der JPP-Reihe. Er kaufte das Buch, steckte es in seine Jackentasche und machte sich auf den Weg zum Central.

# VIERZEHN

Trauer ist ein flüchtiges Gefühl, das hatte Leblanc bereits mehrfach in seinem Berufsleben festgestellt. Die Nachricht vom Tode eines Angehörigen oder Freundes löste einen Schock aus, aber dann kehrten die Überlebenden schnell ins Alltagsgeschehen zurück. Der Todesfall erinnerte sie an die eigene Sterblichkeit, und mit diesem Gedanken pflegten die wenigsten gern Umgang. Die Erleichterung, dass man selbst noch einmal davongekommen war, überwog bei Weitem den Verlust.

Auch der Verleger Dufour hatte sich nach kurzer, heftiger Trauer überraschend leicht in sein Leben ohne JPP hineingefunden. Die Verkaufszahlen von JPPs Büchern würden noch einmal ansteigen, wie gewöhnlich nach dem Tod eines Schriftstellers oder der Verleihung des Literaturnobelpreises. Sie würden eventuell nachdrucken müssen. Dann würde er auf die Suche nach einem neuen Namen gehen, der das Zeug zum Bestsellerautor besaß. Natürlich, so jemanden wie JPP würde es nicht noch einmal geben. Aber ein Verleger mit guter Nase würde wieder eine kostbare Trüffel entdecken.

Als der Verleger das Central betrat, wartete Leblanc bereits an seinem angestammten Tisch. »Setzen Sie sich, Monsieur Dufour. Ich esse hier immer das Mittagsmenü, das würde ich Ihnen auch empfehlen«, sagte Leblanc und fügte hinzu, als er sah, dass der dickleibige Mann auf dem Stuhl nur unzureichend Sitzfläche finden würde: »Tauschen wir die Plätze, setzen Sie sich auf die Bank, ich nehme den Stuhl.«

Der Verleger nahm das Angebot an, und nachdem die Bestellung aufgegeben war – Vorspeise: Selleriesalat mit Nüssen an Remouladensauce, Hauptgericht: Entenbrust mit gedünstetem Chinakohl und glasierten Kartoffeln –, begann Leblanc seine Fragen zu stellen.

»Sie kennen JPP am längsten und am besten. Ich möchte, dass Sie mir einen möglichst umfassenden Bericht über JPPs Umfeld geben, Freunde, Frauen und so weiter.«

Der Verleger begann erneut zu schwitzen und zog sein Taschentuch aus der Hosentasche, was ihm wegen des eingeschränkten Handlungsradius zwischen Tisch und Bank Mühe bereitete. »So gut, wie Sie vielleicht denken, kannte ich JPP nicht. Freunde in der Verlagsbranche oder unter Kollegen? Ich kann Ihnen nicht einen nennen. JPP war ein Solitär, ein Einzelgänger. Ob er in anderen Bereichen Freunde hatte? Keine Ahnung. Er war in keinem Verein, nicht politisch oder religiös aktiv.«

»Kontakte zu Russen?«, fragte Leblanc.

»Zu Russen? Es kam vor, dass er zusammen mit russischen Schriftstellern zu Lesungen eingeladen war.«

»Hat er mal die russische Mafia erwähnt?«

»Nicht direkt, aber sein nächster Roman sollte von internationalen Geldwäsche-Organisationen handeln. Es war nur eine kurze Bemerkung am Rande, wir haben nie ausführlich über die Themen seiner künftigen Romane gesprochen. Ich habe ihm freie Hand gelassen.«

»Hat er Namen genannt, irgendwelche Kontaktpersonen, die ihm Informationen beschafft haben?«

»Nein. Er wollte demnächst nach Hongkong fliegen, um dort etwas nachzuprüfen. Mehr weiß ich nicht.«

»Ist er in der letzten Zeit in ein afrikanisches Land gereist, Südafrika vielleicht?«

»Warten Sie mal, ja, er war vor etwa vier Wochen in Accra, eingeladen von dem dortigen Schriftstellerverband. In Ghana existiert eine lebendige Literaturszene, vor allem jüngere Autoren setzen sich mit Problemen der Gesellschaft auseinander, auch in Form von Kriminalromanen. JPP wurde in Accra gefeiert wie ein Held, ein Vorbild, weil er in seinen Romanen auch über Wirtschaftskriminalität schreibt. Das ist in Ghana ein großes Thema.«

»Hat JPP nach seiner Reise von Goldhandel oder Goldschmuggel gesprochen?«

»Nein, davon weiß ich nichts.«

Die Vorspeise wurde gebracht. Leblanc, von Hunger geplagt, machte sich darüber her und fragte knapp und mit vollem Mund: »JPPs Geliebte?«

Der Verleger verzog den Mund zu einem Grinsen. »Herr Kommissar, Sie glauben doch nicht, dass ich darauf antworten kann. Wie heißt es bei Don Giovanni: tausenddrei. Gelegenheiten in Hülle und Fülle, ich sagte es Ihnen bereits.«

»Aber Sie müssen doch mal irgendetwas gemerkt oder gehört haben. Versuchen wir es mit Namen: Aida Junot.«

»Möglich, Aida würde zu JPP passen. Ich habe da etwas läuten hören, aber solche Gerüchte vergesse ich schnell. Vor zwei Jahren habe ich Aida für meinen Verlag gewinnen wollen, aber sie hat abgelehnt.«

»Wenn Sie die Liste der Teilnehmerinnen dieses Festivals durchgehen, wer käme noch infrage?«

»Vorstellen könnte ich mir Gabrielle d'Ivry oder Marlène Foulon, aber das sind Informationen ohne Gewähr.«

»Gibt es Schriftsteller, die JPP besonders hassen könnten?«

Monsieur Dufour wischte sich mit der Serviette die Reste der Remouladensauce vom Mund. »Neid finden Sie bei allen. Marc Charpentier vielleicht?«

»Mit Monsieur Charpentier habe ich schon gesprochen. Sonst noch jemand?«

»Mit Cédric Demay ist JPP einmal in einen Streit geraten während einer öffentlichen Veranstaltung. JPP behauptete, die meisten

Kriminalromane seien schlampig geschrieben, schlecht recherchiert und so langweilig, dass sie die Leser einschläfern würden. Er nahm die Anwesenden von der Kritik nicht aus. Cédric warf ihm Überheblichkeit und Unkollegialität vor. Aber die Geschichte ist ein Jahr her. Und Cédric meidet JPP seitdem. Es hat mich gewundert, dass er hier erschienen ist.«

Die Entenbrust wurde den beiden Herren serviert. Einen Moment lang schwiegen sie und kosteten den Genuss aus, als das zarte Fleisch mit der kross gebratenen Haut im Mund zerging. Als Feinschmecker wusste der Verleger gutes Essen zu schätzen. Er schmatzte leicht, schürzte die Lippen und schob sich eine Gabel mit gedünstetem Chinakohl in den Mund. Leblanc wartete, bis auch die glasierten Kartoffeln den Weg in Monsieur Dufours Mundhöhle gefunden hatten, und legte dann wieder los. »Sprechen wir über Madame Picard. Was hat sie in die Psychiatrie gebracht?«

Der Verleger schüttelte bedauernd den Kopf. »Auch auf dem Gebiet kann ich Ihnen nur Gerüchte bieten, nichts Genaues. Hélène hat als Psychiaterin gearbeitet, als JPP sie traf. Wann und unter welchen Umständen sie sich kennenlernten – ich habe nicht die geringste Ahnung. Seine erste Frau brachte sich um. Fünf Jahre danach heiratete er Hélène.«

»Und wiederum zwei Jahre später wird sie in eine Klinik eingewiesen. Was ist da passiert?«

»Während dieser Zeit haben wir JPPs ersten Roman herausgebracht. Die Hauptfigur ist ein Psychiater, und man hat gemunkelt, JPP habe seinen Plot auf der Grundlage von Patientengeschichten entwickelt. Hélène habe ihre Schweigepflicht als Ärztin verletzt und JPP Einblick in Krankenakten gewährt. Sie habe daraufhin tiefgreifende Schuldgefühle entwickelt, die sie allein nicht habe bewältigen können. Wie gesagt, man munkelt. Selbst wenn an dieser Geschichte ein Körnchen Wahrheit dran sein sollte, JPPs Romanhandlung ist natürlich fiktiv. Seine Frau ist allerdings aus dem Strudel ihrer Selbstvorwürfe nicht mehr aufgetaucht und brauchte Hilfe. Deshalb hat JPP sie in die Klinik gebracht.«

»Wo sie sich bis heute befindet.« Leblanc zog das Exemplar, das er in der Buchhandlung erworben hatte, aus der Tasche. »Ist das der Roman?«

»Ja, genau, *Tödlicher Einfluss*, die zwanzigste Taschenbuchauflage.«

Als der Kellner nach einem Dessertwunsch fragte, verneinte Leblanc. Aber der Verleger, Gourmet auch in Sachen Süßspeisen, orderte neben einer Mousse au Chocolat noch eine Crème bavaroise und machte sich, als die Desserts vor ihm standen, mit Behagen darüber her. »Ich kann mich schlecht beherrschen, man sieht es mir an«, sagte er entschuldigend. »Mein Arzt warnt mich ständig, zu hohe Cholesterinwerte, zu hoher Blutdruck. Aber was soll ich machen, ich esse einfach zu gern. Hungern, wie JPP es getan hat – ich jedenfalls würde es hungern nennen: ein Stück Fleisch, einen Fisch, etwas Gemüse –, wäre mir ein Graus. Auch wenn der Lohn dafür ein Adonis-Körper wäre. Diese Crème bavaroise, Herr Kommissar, ein Gedicht. Werden Sie nicht schwach bei dem Anblick?«

Leblancs Haltung zu Genussfragen pendelte zwischen den beiden extremen Polen, die der Verleger skizziert hatte. Er wollte auf seine täglichen Mahlzeiten im Central nicht verzichten, achtete aber darauf, dass sein Gewicht im Rahmen blieb und er sich seine Beweglichkeit erhielt. Schließlich gab es außer Essen noch andere Vergnügungen, die durch zu große Körperfülle behindert wurden. Er trank seinen Kaffee aus und bedankte sich für die Auskünfte bei Monsieur Dufour, der, obwohl mit seinen zwei Süßspeisen beschäftigt, Leblanc mit vollem Mund nachrief:

»Herr Kommissar, ich übernehme die Organisation der Beerdigung von JPP. Sein Leichnam soll nach Paris überführt werden, er bekommt ein Grab auf dem Friedhof Montparnasse.«

»Dann werden Sie benachrichtigt«, erwiderte Leblanc, »wenn die Leiche frei gegeben ist.«

Leblanc fuhr nicht direkt ins Präsidium zurück. Er leistete sich einen Umweg über die Pâtisserie Charlotte. Es war Samstag, Hochbetrieb, die Kunden drängelten sich im Laden, und mittendrin sie, Liliane. Die langen blonden Haare gebändigt von einem Häubchen, stapelte sie lächelnd Törtchen auf einen Pappteller. Quietschende Bremsen. Leblanc hielt direkt vor dem Schaufenster, konnte nicht anders als winken. Und sie bemerkte ihn und winkte zurück, so heftig, dass die Törtchen in Schräglage gerieten und fast vom Teller rutschten. Also gab es Hoffnung, es war nicht aussichtslos. Sobald dieser Fall abgeschlossen war, würde er sich um Liliane kümmern, sie zum Essen ausführen, mit ihr irgendwohin fahren. Wer sagte denn, dass ein Altersunterschied ein Hindernis darstellte. Ein älterer Mann und eine jüngere Frau, das war doch fast der Regelfall – umgekehrt, wie bei seiner Mutter, hätte er Bedenken gehabt. Aber seine Erfahrung und ihre Jugend, das konnte nur belebend sein. Abrupt gab er Gas und hätte fast die rote Ampel übersehen.

Bernard hatte die Fingerabdrücke von Aida Junot überprüft. Wie erwartet gab es eine Übereinstimmung mit denen auf dem Champagnerglas.

»Nadine, hast du die Russen aus dem Hotel gecheckt?«, fragte er seine Kollegin, die gerade zur Tür hereinkam.

»Ja, bei einem Namen hat die Datenbank reagiert. Dmitri Komarow stand mehrfach im Verdacht, an einem Drogendealer-Ring beteiligt gewesen zu sein, konnte aber aus Mangel an Beweisen nie überführt werden. Ich habe ihn gerade noch im Hotel erwischt, er war im Begriff abzureisen. Eins der Zimmermädchen sprach Russisch und konnte meine Fragen übersetzen. Er sagte, er habe JPP – ich habe ihm das Foto gezeigt – nie gesehen. Außerdem hat er ein Alibi. Er hat mit anderen Russen in der Bar bis halb drei in der Nacht gezecht. Der Barkeeper hat das bestätigt. Die Russen, zumindest die im Royal Plage, können wir vergessen.«

»Hm. Die Sache mit dem Gold möchte ich trotzdem weiter verfolgen. JPP ist nämlich vor Kurzem in Ghana gewesen, und soweit ich weiß, gehört Ghana zu den afrikanischen Ländern, in denen Gold abgebaut wird. Aber vorher noch etwas anderes: Der Verleger hat mir drei Namen von Personen genannt, die in näherem Kontakt mit JPP gestanden haben könnten. Zwei Schriftstellerinnen, möglicherweise Geliebte von JPP, und ein Kollege, der ihm gar nicht wohlgesinnt war. Übernimm du die beiden Frauen. Frag sie nach ihrem Verhältnis zu JPP und nach ihrem Alibi. Ich informiere gerade noch den Untersuchungsrichter über den Stand der Ermittlungen. Das Fax mit dem Durchsuchungsbeschluss ist gekommen, oder?«

»Ja, es liegt auf meinem Schreibtisch.«

Cédric Demay besaß eine französische Bulldogge, die ihn auf Reisen begleitete. Der Portier im Hôtel Flaubert, wo der Schriftsteller logierte, hatte Leblanc, als er nach Demay fragte, an den Strand verwiesen. Monsieur sei mit dem Hund unterwegs, nicht zu übersehen, das Tier, schwarz-weiß gefleckt mit schwarzen Ohren. Also begab sich Leblanc auf den Holzplankenweg vor dem Hotel, um Ausschau zu halten, in der Hoffnung, mit seinen glänzend geputzten Schuhen nicht durch den Sand stapfen zu müssen. Der Frühlingstag stand seinen Vorgängern in nichts nach, eine leichte Brise stieg vom Meer auf. Ganz Mutige sonnten sich bereits in Badekleidung. Es war fast Ebbe. Leblanc wagte sich weiter vor, innerlich fluchend, Sandpartikel setzten sich an seiner Hose ab. Da erblickte er den Gesuchten. Er war damit beschäftigt, einen gelben Ball ins Wasser zu schleudern und zu warten, bis eine schwarz-weiße Energiekugel ihn ihm vor die Füße beförderte. Leblanc näherte sich und vernahm ein »Victor, sitz!« Die Bulldogge gehorchte, aus ihrem offenen Maul hing schräg eine rosafarbene Zunge, die bei den hechelnden Atemzügen zuckte.

»Monsieur Demay? Ich bin Kommissar Leblanc von der Kriminalpolizei Trouville-Deauville.«

Cédric Demay war ein schlaksiger, hochgewachsener, jugendlich aussehender Mann in den Dreißigern. »Ein echter Kommissar! Erfrischend in der Menge der fiktiven Ermittler, mit denen wir es in diesen Tagen zu tun haben. Sie kommen wegen JPP, wetten?«

»Wetten ist nicht nötig. Ja, ich habe einige Fragen. Zum Beispiel: Wo waren Sie vorgestern Nacht zwischen Mitternacht und zwei Uhr?«

»In Paris in meiner Wohnung.«

»In Paris?«

»Ja, ich bin erst gestern Morgen in Deauville eingetroffen, um zehn habe ich im Hôtel Flaubert eingecheckt, um elf hatte ich eine Lesung in der Stadtbücherei und am Nachmittag noch eine im Café de Paris. Den Auftritt des großen JPP wollte ich mir nicht antun. Er möge in Frieden ruhen. Ich scheine ein Alibi zu brauchen. Sie können meine Freundin fragen.«

»Werde ich. Ich habe von Ihrem Disput mit JPP gehört.«

»Er ist – er war ein Großkotz, ein Widerling. Ungeheuer erfolgreich, ja, aber Erfolg heiligt nicht das Verhalten. JPP hat andere Menschen erniedrigt, wo er konnte. Er hat sich genommen, was er gerade brauchte, egal wer dabei auf der Strecke blieb. Ich weine ihm keine Träne nach, entschuldigen Sie.«

»Sie wissen, dass wir nicht mehr von Selbstmord ausgehen, sondern von Mord?«

»Ich habe davon gehört, es ist Gesprächsthema.«

»Können Sie sich vorstellen, wer in der Lage wäre, so eine Tat zu begehen? Und wer die Möglichkeit hätte, an Zyankali zu kommen?«

»Wissen Sie, vorstellen kann ich mir viel, ich bin Schriftsteller, die Fantasie ist mein Beruf. Aber in Wirklichkeit einen Mord begehen? Der Hass müsste so groß sein, dass er jede Moral außer Kraft setzt. Denn nur die Moral lässt uns davor zurückschrecken, Verbrechen zu begehen, oder etwa nicht? JPP hat viele Leichen im Keller, glaube ich, angefangen von seiner ersten Frau über seine zweite bis hin zu all denen, die er missbraucht und missachtet hat. Aber glauben ist nicht wissen, und ich werde den Teufel tun und Ihnen Namen nennen, wenn ich nicht sicher bin. Ehrlich gesagt, ich bin froh, dass ich in dem Fall nicht ermitteln muss, nicht mal auf dem Papier.«

Leblanc nickte, und Cédric Demay wandte sich wieder der Bulldogge Victor zu, die mit ihrem ungeduldigen Winseln kundtat, dass das Ballspiel fortgesetzt werden sollte.

»Ich an Ihrer Stelle würde bei seiner Frau ansetzen. Versuchen Sie, mit ihr zu sprechen.«

»Danke, das hatte ich vor.« Leblanc stakste nachdenklich durch den pulvrigen Sand zurück zum Hotel.

Nadine war noch nicht zurück, als Leblanc im Büro eintraf. Er warf einen Blick auf die Liste der Telefonnummern, die Bernard JPPs Handy entnommen hatte. Am häufigsten tauchte die Nummer des Verlegers Dufour auf, gefolgt von der des Restaurants im Hôtel George V in Paris, das der Schriftsteller offenbar stark frequentiert hatte, und der Concierge seines Hauses. Die Nächsten in der Reihenfolge waren die Nummer der Klinik in Saint-Germain-en-Laye sowie eine Handynummer ohne Namen. Leblanc rief Bernard an.

»Kannst du herausfinden, zu wem die anonyme Handynummer gehört, die auf JPPs Liste steht?«

»Habe ich schon versucht. Die Nummer existiert nicht mehr. Es war ein Prepaid-Handy, der Name des Inhabers lässt sich nicht nachverfolgen. Désolé, tut mir leid.«

»Okay, danke Bernard.«

Wie ein Wirbelwind stürmte Nadine herein. »Ich habe mit den Schriftstellerinnen gesprochen. Sie hatten beide ein Verhältnis mit JPP und haben völlig unterschiedlich auf seinen Tod reagiert. Gabrielle d'Ivry sagte, ihr Kontakt zu JPP habe sich auf ein Mal Sex beschränkt, das habe ihr gereicht. Sie habe ihn bei einem Schriftstellerkongress in der Schweiz kennengelernt und sei zunächst verzaubert von ihm gewesen, deshalb habe sie sich von ihm verführen lassen. Aber am Tag nach dieser Begegnung habe er so getan, als würde er sie nicht kennen, habe sie eiskalt abblitzen lassen. Ein unumstößliches Alibi kann sie nicht vorweisen, sie sagt, sie sei um die Zeit in ihrem Zimmer im Hôtel Mouette gewesen. Genauso wie ihre Kollegin Marlène Foulon, die im selben Hotel untergebracht ist. Die hat allerdings geweint und gestammelt, sie habe JPP trotz allem geliebt. Ja, er sei gemein zu ihr gewesen, er habe sie verleugnet und weggestoßen. Aber das habe an ihrer Liebe und Bewunderung nichts geändert. Bei beiden ist die Geschichte mit JPP schon mehr als ein Jahr her, also nicht akut. Mich wundert nicht, Chef, dass immer mehr Frauen Kriminalromane schreiben. Wenn Sie die Liste der Festivalteilnehmer ansehen, über die Hälfte Frauen. Ich habe bei Gabrielle d'Ivry und Marlène Foulon gedacht, ob die vielleicht ihren Frust mit Männern abarbeiten, indem sie sie in ihrer Fantasie umbringen. Das bringt sie jedenfalls nicht ins Gefängnis.«

Nach diesem Monolog ließ sich Nadine auf ihren Schreibtischstuhl fallen. »Was machen wir jetzt?«

»Wir folgen erst mal der Goldspur. Sieh mal nach, was die Datenbanken ausspucken zum Thema Goldhandel und Geldwäsche, ob es Banden gibt, die darauf spezialisiert sind, und ob du etwas findest zu illegalem Goldschmuggel. Ich kenne da einen Afrikaner, der sich mit Korruption auskennt. Er könnte etwas über die legalen und illegalen Wege des afrikanischen Goldes wissen. Einen

Versuch ist es jedenfalls wert. Und morgen fahren wir in die Klinik nach Saint-Germain-en-Laye, sprechen mit dem Arzt und, wenn möglich, mit Madame Picard. Ich melde uns an.«

Nach dem Anruf bei dem Klinikleiter ließ sich Leblanc mit Ahmadou Barbès verbinden. Sein zukünftiger Stiefvater war sofort zu einem Gespräch bereit.

# FÜNFZEHN

Du hast Glück, dass ich Zeit habe. In zwei Stunden beginnt im Theatersaal im Casino die Diskussionsrunde über die Zukunft des Kriminalromans, an der ich teilnehme. Deine Mutter ruht sich ein bisschen aus.« Ahmadou Barbès trat an den Tisch in der Hotelbar, an dem Leblanc auf ihn wartete. Er war nicht mit seinem afrikanischen Gewand bekleidet, sondern trug einen dunkelblauen Anzug und setzte sich Leblanc gegenüber. »Was möchtest du von mir wissen?«

»Deine Romane, hast du gesagt, handeln von Korruption und anderen gesellschaftlichen Problemen in Kamerun. Weißt du etwas über den Goldhandel in Afrika? Gibt es illegale Wege, Gold aus Südafrika zum Beispiel oder aus Ghana herauszubringen?«

Ahmadous nachdenkliches Gesicht nahm einen traurigen Ausdruck an. »Man denkt, das Gold sei ein Segen, in Wirklichkeit ist es ein Fluch. Die Welt ist eine gierige Schlange und verlangt nach immer mehr Gold. Ich bin froh, dass wir in Kamerun nicht mit einem Goldreichtum ausgestattet sind wie die Ghanaer. Unser Rohstoff ist Aluminium. Was da in Ghana passiert, ist unvorstellbar, ein Goldrausch ungeahnten Ausmaßes. Ich sage dir nur einige Stichworte: In den Händen der großen multinationalen Konzerne liegt zirka neunzig Prozent der Goldproduktion. Das heißt, die Ghanaer selbst profitieren kaum davon. Die Arbeiter in den Minen schuften unter gefährlichen und katastrophalen Bedingungen. Umweltbestimmungen existieren kaum oder werden ignoriert. In den kleinen, nicht lizensierten Minen sieht es nicht besser aus.

Kinderarbeit ist an der Tagesordnung, in den Raffinerien wird mit hochgiftigen Chemikalien gearbeitet, selbst Natriumzyanid und Quecksilber werden eingesetzt. Menschen verlieren ihr Land, werden zwangsumgesiedelt, müssen auf engem Raum zusammengepfercht leben, wie es überhaupt nicht ihrer Kultur entspricht. Es findet eine Umweltzerstörung größten Ausmaßes statt, immer mehr landwirtschaftliche Flächen und Wald gehen verloren, werden verseucht durch die Chemikalien. Die Gewinner sind einzig und allein die multinationalen Konzerne. Ja, ich bin nach Ghana gereist, in die Brong-Ahafo-Region. Ich habe geweint, als ich die Mondlandschaft sah, die einmal Ackerland war, und meine afrikanischen Brüder versklavt wie zu Zeiten des Kolonialismus.«

Leblanc hatte Ahmadous lange Rede nicht unterbrochen. Bestürzt murmelte er: »Davon wissen wir hier so wenig.«

»Man kann sich darüber informieren, aber du hast recht, es wird nicht gerade Aufklärung betrieben, daran haben die Konzerne natürlich kein Interesse. Eigentlich wolltest du aber auf etwas anderes hinaus, oder?«

»Ich wollte etwas über den Handel wissen, illegalen Handel.«

»Darüber kann ich dir nichts Genaues sagen. Sicher gibt es Wege, das Gold am Zoll vorbeizuschmuggeln, aber wie die genau verlaufen, weiß ich nicht. Von einer Sache habe ich gehört, die betrifft allerdings den Kongo. Der geschürfte Goldstaub oder die Nuggets werden von Schmugglern über die Landesgrenze in benachbarte Länder gebracht. Dort wird das Gold weiterverarbeitet, zertifiziert und mit gefälschten Frachtdokumenten versehen. Es reist dann verpackt in Containern zusammen mit anderer Fracht in Richtung Naher Osten, vor allem nach Dubai, aber auch in asiatische Länder. Da verliert sich die Spur des Goldes. Es ist ein sehr einträgliches Geschäft, an dem Händler und Zwischenhändler eine Menge verdienen.«

»Asien? Möglicherweise Hongkong?«

»Das kann sein. In dem Kongo-Goldschmuggel ermitteln bereits die Vereinten Nationen. Ich sage dir, die eigentlichen Verbrecher sind die multinationalen Konzerne, weil der Goldabbau das Leben der Menschen zerstört.«

»Hm«, sagte Leblanc nachdenklich, »vielleicht hat JPP gar nicht geschmuggelt, um Geschäfte mit dem Gold zu machen, sondern er hat für seinen neuen Roman recherchiert. Vielleicht hat er aus Ghana eine Probe Goldstaub mitgebracht, um sie untersuchen zu lassen, und ein Rest befand sich an seinem Koffer. Und vielleicht hat er sich sogar mit Leuten angelegt, die ihre Geschäfte lieber im Dunkeln betreiben. Das würde bedeuten, die Nadel im Heuhaufen zu suchen.«

»Ich kann dir da leider nicht weiterhelfen, Jacques. Eine Sache könnte in dem Zusammenhang wichtig sein: Mit solchen Goldproben werden oft interessierte Kleinanleger geködert. Aber das Ganze ist ein einziger Betrug. Versprochen wird eine hohe Rendite, das Gold stellt sich dann jedoch als vergoldetes Kupfer heraus, das nicht einen Bruchteil der versprochenen Summe wert ist.«

»Du solltest einen Roman darüber schreiben, Ahmadou.« Leblanc nickte seinem Stiefvater in spe aufmunternd zu. Er wunderte sich, wie viel Sympathie er diesem Mann entgegenbrachte, den er gestern zum ersten Mal gesehen hatte. Doch, er konnte seine Mutter verstehen, auch wenn sie die Nummer vier unter Ahmadous Frauen werden würde. Er hoffte, dass der Afrikaner ihn noch einmal so umarmen würde wie beim ersten Mal, als in ihm die Erinnerung an die Gerüche Kameruns wachgerufen wurde. Aber das tat Ahmadou nicht. Er bat Leblanc, einen Moment zu warten, er sei sofort zurück. Fünf Minuten später überreichte er seinem Stiefsohn ein Buch mit den Worten:

»Das ist mein neuester Roman. Es wäre mir eine Ehre, wenn du ihn lesen würdest. Und bei der Aufklärung deines Falls wünsche ich dir den Segen der Götter.« Er legte seine Hand auf Leblancs Schulter, als könne durch sie seine Segnung auf ihn übergehen.

Mit den zwei Büchern von JPP und Ahmadou in der Tasche verließ Leblanc das Hotel, und plötzlich, er hatte schon den Weg zu seiner Wohnung eingeschlagen, stieg ein Bild in ihm auf, ausgelöst durch Worte, die Marc Charpentier geäußert hatte: »Wir haben uns so angeregt unterhalten, dass sie vorschlug, ein Glas Wein zu trinken. Sie hat den Kamin angezündet, eine Flasche Rotwein geöffnet …« Seine Hand ergriff wie von selbst das Handy, fand Maries Nummer, drückte die Taste.

Ihre Stimme drang an sein Ohr: »Ja, hallo, Gästehaus Bertaux.«

»Hier ist Jacques.«

Marie stutzte. Kein *Hallo, chérie*, kein *Wie geht's, Bébé*, nicht die üblichen Floskeln. Ihr »Ja, Jacques« kam zögernd.

»Ich wollte nur fragen, ob du zu Hause bist, ob ich vorbeikommen könnte. Ich dachte, wir könnten ein bisschen vor dem Kamin sitzen und lesen.«

»Was? Hast du lesen gesagt? Was ist mit dir los? Soll das ein Scherz sein?« Marie war so überrascht, dass die Worte aus ihr heraussprudelten, ohne dass sie darüber nachdachte.

Ihre Reaktion löste bei Leblanc einen Rückzugsimpuls aus. Er wollte sich nicht rechtfertigen und nichts erklären. »Wenn du etwas anderes vorhast, kein Problem.«

Da hatte sich ihre Verblüffung gelegt, und sie konnte auf ihn zugehen. »Entschuldige, nein, ich habe nichts vor. Marc ist zu der Diskussionsveranstaltung im Casino gegangen, ich wollte ihn aber nicht begleiten, die Zukunft des Kriminalromans interessiert mich nicht sonderlich. Komm nur her, ich zünde schon mal den Kamin an.«

Leblanc mied das Casino, bog stattdessen in den Boulevard Eugène-Cornuché ein, nahm die Rue Olliffe bis zum Marktplatz, ging am Bahnhof vorbei, die Touques entlang bis zum Central, dann in die Rue des Bains. Ein Samstagabend im schönsten Frühling. Es schien, als hätte sich ganz Paris auf den Weg nach Trouville gemacht. In den überfüllten Restaurants beugten sich die Gäste draußen auf der Terrasse über ihre Platten mit Meeresfrüchten. Ein Duft von Verheißung nach Sommer lag in der Luft. Leblanc kaufte einem Blumenverkäufer, der seine Runde durch die Lokale machte, eine weiße Rose ab. Dass er im Fall JPP noch keine heiße Spur hatte, war für die Dauer des Spaziergangs vergessen. Vergessen war auch, man mag es Untreue oder Wankelmut nennen, ein gewisses blondes Wesen, das sich in seinem Herzen eingenistet hatte. Aber die Regungen des Herzens sind unergründlich und wenig standhaft, was erklären mag, dass sich Leblancs Gedanken um keine Lilie rankten. Stattdessen die weiße Rose in seiner Hand, als er bei Marie klingelte. Sie lächelte, nahm den bellenden Hund beiseite und die Rose entgegen.

»Danke. Eine weiße«, sagte sie, »das Symbol für Verschwiegenheit. Willst du mir damit sagen, dass ich es bin oder dass ich es sein soll?«

»Weder noch. Es ist einfach eine Blume.«

Er tätschelte ausgiebig den Kopf des Retrievers, der sich zu seinen Füßen niederließ, als er auf dem Sofa Platz genommen hatte. Marie brachte eine Flasche Rotwein. »Du willst also tatsächlich lesen?«

Wie zum Beweis zog Leblanc JPPs *Tödlicher Einfluss* aus der Tasche. »Ja, wie du siehst, habe ich mich eingedeckt.«

»Ach, es hat mit deinem Fall zu tun. Hast du schon Ergebnisse?«

»Nichts Konkretes. Hast du den Roman gelesen?«

»Ja, aber das ist schon eine Weile her. Inzwischen hat er vier weitere veröffentlicht.«

»Marc Charpentier hat gesagt, dass dieser am interessantesten ist, weil es darin um die psychischen Beweggründe der Figuren geht.«

»Das stimmt, die folgenden Krimis drehen sich mehr um Wirtschaftskriminalität und Finanzbetrug, um Verbrechen im großen Stil. Ich gehe kurz nach oben und hole mein Exemplar von *Tödlicher Einfluss*. Wenn ich darin herumblättere, fällt mir bestimmt vieles wieder ein.«

Als Marie die Treppe herunterkam, breitete sich ein ungewohntes Bild vor ihren Augen aus: Jacques lag auf dem Sofa, ins Buch vertieft, der Hund neben ihm, der Kopf des Retrievers ruhte auf seinen Oberschenkeln. Eigentlich war Arsène das Sofa strengstens verboten, aber sie ließ es dieses Mal durchgehen und scheuchte ihn nicht auf seine Decke. Schweigend setzte sie sich in den Sessel, nippte an ihrem Rotwein und las im Buch herum, bis auch sie eine Stelle fand, die sie gefangen hielt. Mehr als zwei Stunden saßen sie in derart trauter Zweisamkeit zusammen, vergaßen die Zeit und redeten wenig. Ab und zu legte Marie ein Holzscheit in den Kamin, damit das Feuer nicht erlosch. Sie schüttelte staunend den Kopf. Eine solche Situation hatte sie sich früher in Paris oft gewünscht. Aber dafür war Jacques nicht zu haben gewesen, immer aktiv, immer ausgehen, immer was los, bloß nicht zu Hause sitzen. Es passieren noch Wunder, dachte sie. Klugheit und Erfahrung hielten sie jedoch davon ab, ein Wort darüber zu verlieren und an eine dauerhafte Änderung seines Verhaltens zu glauben. Egal, es war entspannend und schön, mit ihm diesen Abend zu verbringen.

Irgendwann blickte er auf. »Ich muss zugeben, der Mann versteht es, einen zu fesseln. Wie er in Form von Tagebucheinträgen diese perfide unterschwellige Manipulation schildert, das ist großartig! Der Psychiater hat sich zum Ziel gesetzt, den Patienten, der sich ganz in seine Hände begibt, dazu zu bringen, seine Frau zu töten. Nach jedem Gespräch legt er ausführlich dar, welche Fortschritte er gemacht hat und welche Strategie er einschlagen wird. Ein eiskaltes Experiment und so glaubwürdig beschrieben, dass man einen solchen Einfluss auf die Psyche eines Menschen für möglich hält.«

»Das würde sicher nicht bei jedem zum Erfolg führen«, entgegnete Marie. »Der Patient weist eine gewisse Disposition zu Gewalt auf. Deshalb, um davon geheilt zu werden, sucht er ja den Psychiater auf, das ist im Grunde das Furchtbare. Statt ihn von seiner Neigung abzubringen, nährt der Arzt seinen Hass und drängt ihn immer mehr zu der angeblich befreienden Tat.«

»Genau, der Roman stellt dar, wie man aus einem Menschen einen Mörder macht«, stimmte Leblanc zu.

»Der eigentliche Mörder ist der Psychiater, aber das wird man ihm nicht nachweisen können.«

»Ja. Selbst wenn der Patient nach dem Mord an seiner Frau behauptet, er sei dazu getrieben worden, würde ihm das niemand glauben, und es mindert auch nicht seine Schuld.«

»Der Mörder ist ein Opfer, und als Leser wünscht man sich dauernd, er möge das gemeine Spiel durchschauen und sich davon befreien. JPP muss über eine dunkle Fantasie verfügt haben, wenn er sich solche Szenarien ausdenken konnte.«

»JPPs Frau war Psychiaterin, bevor sie selbst in eine Klinik eingeliefert wurde«, sagte Leblanc plötzlich nachdenklich.

»Sie ist in einer Klinik?«

»Ja, seit acht Jahren, in einer psychiatrischen Privatklinik in Saint-Germain-en-Laye. Der Grund ist eine Traumatisierung. Was, wenn sie genau das erlebt hätte?«

»Aber Jacques, Psychiater und Ärzte haben doch eine Verantwortung ihren Patienten gegenüber. Das tut doch keiner. Das ist Literatur, keine Wirklichkeit.«

»Vielleicht hat es sich nicht genau so abgespielt, und JPP hat es für seinen Roman abgewandelt. Aber es könnte doch sein, dass seine Frau ihm eine ähnliche Geschichte erzählt hat. Sie könnte einen Patienten gehabt haben, den sie trotz aller therapeutischen

Bemühungen nicht heilen konnte und der schließlich einen Mord beging. Indem sie ihren Mann einweihte, hat sie ihre Schweigepflicht verletzt, und er hat den Fall ausgeschlachtet.«

»Wenn das wahr wäre … Die arme Frau, ich verstehe, dass sie ihren Beruf nicht mehr ausüben konnte.«

»Ich werde morgen in die Klinik fahren und versuchen, mit ihr zu reden. Der Direktor sagte allerdings, sie würde nicht viel sprechen.« Leblanc sah auf die Uhr. »Schon elf! Ich breche auf.«

»Bist du zu Fuß da?«

»Ja.«

»Dann begleite ich dich ein Stück, Arsène braucht noch einen Spaziergang.«

Zusammen schlenderten sie an der Touques entlang, wo die Fischerboote auf Grund lagen und auf ihren Einsatz bei der nächsten Flut warteten. An der Brücke verabschiedete sich Marie. »Das war ein schöner Abend. Wir können das gern wiederholen.«

»Hm«, brummte Leblanc abwesend, gedanklich schon beim nächsten Tag. »Wegen der Verschwiegenheit …«

Marie verstand. »Kein Wort kommt über meine Lippen.«

Sie umarmten sich. Marie kehrte um und ließ Leblanc den Rest des Weges allein gehen.

# SECHZEHN

Auf der Autobahn Richtung Paris herrschte am Sonntagmorgen gähnende Leere. Erst am Abend würden sich die Blechlawinen wieder in die Hauptstadt wälzen. Für heute hatten die Meteorologen einen weiteren sonnigen Frühlingstag angekündet, danach sollte Regen einsetzen. Leblanc saß am Steuer des Renault Mégane, Nadine auf dem Beifahrersitz. Nach eineinhalb Stunden ruhiger Fahrt verließen sie bei der Ausfahrt Chambourcy die Autobahn und gelangten, ohne die Stadt durchqueren zu müssen, in ein Waldgebiet nördlich von Saint-Germain-en-Laye.

»Schade«, sagte Nadine, »ich hätte das Schloss gern mal gesehen, die Residenz der französischen Könige, bevor der Sonnenkönig Versailles bauen ließ. Der Ort ist so berühmt und nur knapp zwanzig Kilometer von Paris entfernt, aber man fährt einfach nie hin.«

»Stimmt«, pflichtete Leblanc ihr bei. »Versailles scheint einem wie zu Paris gehörig, dabei ist Saint-Germain-en-Laye gleich weit entfernt.« Bei Versailles dachte er kurz an Tante Amélie, die nun ihr freudloses Leben in dem großen Haus ohne ihre Schwester wieder aufnehmen würde. Bedauerlich, dass ältere Menschen so wenig flexibel waren. Seine Mutter ausgenommen. Im Grunde bewunderte er ihren Mut, mit zweiundsiebzig noch einmal etwas Neues anzufangen. Vermutlich würde eine afrikanische Großfamilie sich nicht nur gemeinsam um die Kinder, sondern auch um die Alten kümmern. Ja, er gab es zu, er war erleichtert, seine Mutter versorgt zu sehen. Hoffentlich erlaubte sie sich nicht irgendwelche Eskapaden, die dazu führten, dass sie ihre neue Familie wieder verlassen musste.

Er bog in eine gut ausgebaute Straße ein, die in eine Sackgasse mündete, an deren Ende ein begrünter Kreisel Abzweigungen zu zwei Parkplätzen anzeigte. Eine psychiatrische Klinik hatte er sich anders vorgestellt, mehr wie ein Krankenhaus mit vergitterten Fenstern. Dieses Gebäude, ein ehemaliges Herrenhaus, modernisiert und saniert, erstrahlte in hellem Weiß mit abgesetzten grauen Linien und gab sich den Anschein eines Hotels der gehobenen Klasse. Im Mittelteil, über dem ein Giebel thronte, befand sich die große Eingangstür. Er wurde an beiden Seiten flankiert von zwei symmetrisch angeordneten Trakten. Das Dach war neu gedeckt, die Sprossenfenster wiesen keinerlei Gitter auf. Die Klinik machte einen freundlichen, aber sachlichen Eindruck. Leblanc parkte auf einem der ausgewiesenen Parkplätze.

»Das kann sich auch nicht jeder leisten«, meinte Nadine trocken. »Die psychiatrische Klinik in der Nähe von Lisieux sieht weniger einladend aus. Mein Onkel hat sich dort behandeln lassen, als er Depressionen hatte, zum Glück nur ambulant. Man kann froh sein, wenn man nicht in die geschlossene Abteilung eingewiesen wird.«

»Ich schätze, JPP hat sich den Aufenthalt seiner Frau etwas kosten lassen.«

Hinter der Eingangstür wurden die Eintretenden daran erinnert, dass sie sich in einem Krankenhaus befanden. Am Empfang, einem Tresen aus hellem Holz, begrüßte sie eine weiß gekleidete Schwester, und am Fahrstuhl zeigten Schilder die verschiedenen Stationen an.

Leblanc stellte sich und Nadine vor und berief sich auf seine Verabredung mit Doktor Roubaud.

Die Schwester nickte und griff zum Telefonhörer. »Warten Sie einen Moment, er hat heute normalerweise keinen Dienst, aber ausnahmsweise ist er da.« Sie kündigte die beiden Gäste an, und einen Moment später sagte sie: »Fahren Sie hoch in den zweiten Stock, Doktor Roubaud erwartet Sie.«

Ein schlanker, drahtiger Mittvierziger mit braunem Haar und Brille nahm Leblanc und Nadine in Empfang. Auffällig waren seine großen Ohren, die an aufgestellte Elefantenohren erinnerten, so als sei Doktor Roubaud in der Lage, die entferntesten Geräusche wahrzunehmen. Er streckte seinen Besuchern die Hand entgegen. »Guten Tag, der Klinikleiter hat mich unterrichtet. Sie möchten mit mir über Madame Picard sprechen. Kommen Sie doch in mein Büro.«

Sachlich und schlicht auch dieser Raum. Leblanc fragte sich, ob die Nüchternheit der Umgebung den Zweck erfüllte, jede Aufregung, die sich in der Klinik erheben könnte, im Keim zu ersticken. Der Arzt wies ihnen zwei Stahlrohrsessel zu, auf denen sie Platz nahmen. Leblanc mochte diese Art Sitzgelegenheit nicht, die einzunehmen er bei verschiedenen Anlässen schon gezwungen gewesen war. Man rutschte unangenehm weit nach hinten, was einen vom Gesprächspartner entfernte und es schwierig machte, sich daraus wieder zu erheben. Doktor Roubaud ließ sich auf einen drehbaren Hocker nieder.

»Sie sind darüber informiert, dass Monsieur Picard tot ist?«, begann Leblanc das Gespräch. »Wir nehmen mit hoher Wahrscheinlichkeit an, dass er eines gewaltsamen Todes gestorben ist.«

»Gift, nicht wahr? Sagte der Direktor.«

»Ja, Zyankali. Unsere Ermittlungen führen uns auch in das Privatleben des Ermordeten, deshalb sind wir hier. Behandeln Sie Madame Picard, seit sie eingeliefert wurde?«

»Ja, ich hatte in dieser Klinik zwei Monate vor ihrer Einlieferung eine Anstellung bekommen. Hélène Picard ist eine meiner ersten Patientinnen, acht Jahre ist das her.«

»Können Sie uns schildern, in welchem Zustand Madame Picard zu Ihnen kam?«, meldete sich Nadine zu Wort.

»Vollkommen unzugänglich und verschlossen. Ihr Mann brachte sie hierher, in seiner Gegenwart wirkte sie ängstlich, eingeschüchtert. Nicht nur psychisch, auch physisch war sie in einem desolaten Zustand, abgemagert und schlecht ernährt. Ihr Mann sagte, er wisse nicht mehr weiter, sie wolle nicht reden und nicht essen. Er hat durchblicken lassen, dass wir uns auf eine Langzeitbehandlung einstellen sollten. Man sah ihm die Erleichterung an, sie abgeben zu können. Das soll keine moralische Wertung sein. Ein Zusammenleben mit psychisch kranken Menschen ist sehr anstrengend und erfordert entsprechende Kenntnisse. Wir waren natürlich erstaunt, weil Hélène Picard eine Kollegin war. Aber gut, niemand ist gefeit vor Einbrüchen.«

Leblanc musste sich zusammenreißen, um nicht auf die Ohren des Arztes zu starren, denn die waren nicht nur groß, sondern auch sehr beweglich. Die Ohrmuscheln zuckten und zappelten, als wollten sie sich vom Kopf trennen und davonfliegen wie zwei Schmetterlinge. Bei jedem Menschen, so Leblancs Beobachtung, gab es irgendeine besondere Auffälligkeit in der Beschaffenheit des Körpers, an der das Auge des Betrachters unwillkürlich hängenblieb. Das konnte ein Leberfleck sein oder dichte Augenbrauen oder eine gebogene Nase. Aber kaum ein Merkmal war so ausgeprägt wie die Ohren von Doktor Roubaud. »Äh, ja, eine Kollegin«, wiederholte Leblanc. »Wissen Sie, ob sie auf bestimmte psychische Krankheiten spezialisiert war? Welche Personen sie behandelt hat?«

»Nein, darüber habe ich keine Kenntnisse. Soweit ich weiß, hat ihr Mann die Praxis geschlossen und sie bei der Ärztekammer abgemeldet.«

»Was wird denn in solch einem Fall aus den Patientenakten?«, wollte Nadine wissen.

»Das ist eine interessante Frage. Da die Patienten auch nach Schließung einer Praxis – und das betrifft jeden Arzt – das Recht haben, ihre Krankenakten einzusehen, müssen die Unterlagen zehn Jahre lang aufbewahrt werden, bevor man sie vernichten kann. Wenn ein Arzt seine Praxis aufgibt und sich kein Nachfolger findet, übernimmt in der Regel die Ärztekammer die Patientenunterlagen. Suchen Sie etwas Bestimmtes?«

»Vielleicht«, antwortete Leblanc vage. »Können Sie sich vorstellen, dass ein Psychiater einen Patienten durch gezielte Manipulation zu einer Handlung treibt?«

»Hm, theoretisch wäre das unter bestimmten Voraussetzungen denkbar, insbesondere dann, wenn der Patient eine enge Bindung zum Therapeuten entwickelt und die Ablösung am Ende des psychotherapeutischen Prozesses nicht vollzogen wird. Aber jeder ausgebildete Psychiater wäre in der Lage, dem entgegenzusteuern, sollte das passieren. Und kein Arzt würde willentlich einen Patienten manipulieren. Als Ärzte sind wir verpflichtet, zur Heilung und Wiederherstellung seiner Autonomie beizutragen.« Doktor Roubauds Ohren zuckten gewaltig.

»Selbstverständlich«, sagte Leblanc. »Die Patientenakten aus Madame Picards Praxis könnte ich also bei der Ärztekammer einsehen. Wie hat sich ihr Zustand denn in den letzten Jahren entwickelt?«

»Sie ist ruhiger geworden, natürlich auch dank der verabreichten Medikamente. Gesprochen hat sie von Anfang an nicht viel, jetzt betet sie und meditiert. Es scheint ihre Schuldgefühle zu mindern. Ich denke, sie fühlt sich bei uns in Sicherheit, und das trägt zu einer Besserung des Gesamtzustandes bei.«

»Wäre sie in einer Umgebung außerhalb der Klinik selbstständig lebensfähig?«

»Schwer zu sagen, das käme auf die Bedingungen an. Man sollte sie auf keinen Fall alleinlassen.«

»Gibt es keine Angehörigen, die sich um Madame Picard kümmern, Eltern, Geschwister?«

»Ihre betagten Eltern leben in den USA, soweit ich weiß. Nach meiner Kenntnis gibt es keine Geschwister. Monsieur Picard hatte es übernommen, die Eltern zu informieren, jedenfalls teilte er uns das mit. Er war schließlich nach Hélènes Entmündigung ihr Vormund. Da ihr Mann jetzt nicht mehr lebt, erbt sie das gesamte Vermögen? Das würde ihr jedenfalls eine adäquate Versorgung sichern.«

»Wir wissen nicht, ob Monsieur Picard ein Testament hinterlassen hat. Auf jeden Fall wird sie als seine Ehefrau wohl die Haupterbin sein, Eltern oder Kinder gibt es nicht. Hat sich ihr Mann eigentlich um sie gekümmert, hat er sie hier in der Klinik besucht?«

»Selten. Wir haben auch davon abgeraten, weil Hélène – entschuldigen Sie, Madame Picard, sie ist nach so langer Zeit schon fast ein Familienmitglied – Zeichen von Angst und Aufregung bei seinen Besuchen gezeigt hat. Ihr Mann hat sich aber regelmäßig telefonisch nach ihrem Befinden erkundigt und finanziell dafür gesorgt, dass wir ihr alles bieten können, was eine Erleichterung ihres Zustands bewirkt.«

»Noch eine Frage, Herr Doktor, die ich stellen muss. Wäre es denkbar, dass Madame Picard nachts die Klinik verlässt und eine Fahrt nach Deauville unternimmt?«

»Sie glauben, sie könnte ihren Mann getötet haben, Herr Kommissar?«

»Wir müssen jeder Spur nachgehen.«

»Also, wir sperren unsere Patienten nicht ein. Unsere Klinik besitzt keine geschlossene Abteilung für Menschen, die massive Verwahrlosungstendenzen aufweisen, suizidgefährdet oder fremdgefährdend oder aufgrund massiven Drogen- oder Alkoholmissbrauchs vollkommen unselbstständig sind. Solche Fälle geben wir nach Paris ab. Unsere Patienten können ihre Wohnräume verlassen. Sie tun das meist in Begleitung von Personal, und es wird selbstverständlich kontrolliert, ob sie sich am Abend wieder eingefunden haben. Die Medikamentierung mit Sedativa macht nächtliche Aktivitäten so gut wie unmöglich. Außerdem befinden sich auf den Stationen Nachtschwestern. Konkret gesagt: Dass Madame Picard entwischt und sich auf eine Reise macht, halte ich für ausgeschlossen, außerdem stünde ihr gar kein Fahrzeug zur Verfügung.«

»Doktor Roubaud, weiß Madame Picard schon vom Ableben ihres Mannes?«

»Nein, wir haben es ihr noch nicht gesagt. Sie möchten Madame Picard sehen, nicht?«

»Ja, wir würden gern mit ihr sprechen.«

»Das ist möglich, aber ich bestehe darauf, während Ihres Besuchs anwesend zu sein. Sobald sich eine negative Veränderung ihres Zustands ankündigt, brechen wir das Gespräch sofort ab. Ich schlage vor, dass ich ihr die Nachricht überbringe. Wir sehen dann, wie sie reagiert.«

Leblanc nickte. »Noch eine Sache. Wir brauchen Fingerabdrücke von Madame Picard, um sie mit denen aus dem Hotelzimmer von Monsieur Picard vergleichen zu können. Wir haben einen Scanner dabei, aber ich nehme an, auch dieses Vorgehen würde Ihre Patientin übermäßig belasten. Könnten Sie dafür sorgen, dass sie ein Glas in die Hand nimmt, das wir dann mitnehmen könnten?«

»Ja, das lässt sich machen. Danke für Ihr Verständnis. Es wäre tatsächlich nicht leicht, Hélène eine Abnahme von Fingerabdrücken zu vermitteln.«

Doktor Roubaud erhob sich und führte die zwei Besucher bis zum Ende des Flurs im zweiten Stock. Er klopfte an eine Tür und rief gleichzeitig: »Hélène? Hélène, ich bin's, Doktor Roubaud. Ich habe zwei Gäste bei mir. Dürfen wir hereinkommen?«

Das Zimmer, das sie betraten, war geräumig und hell. In einer abgetrennten Nische befand sich das Bett, am Fenster stand ein Tisch mit zwei Stühlen, es gab einen Einbauschrank und eine Vitrine aus dunklem Holz, offenbar Eigentum der Bewohnerin.

Eine Tür führte zum angrenzenden Bad. Auf einem der Stühle am Tisch saß Madame Picard, vor sich ein aufgeschlagenes Buch. Ihre ehemals schwarzen Haare waren von grauen Strähnen durchzogen, bekleidet war die schmale Frau mit einem unscheinbaren braunen Rock und einem blauen Pullover. Sie hob den Kopf und richtete ihre blauen, leicht ins Violett gehenden Augen auf die Eintretenden. Die einst zarten Gesichtszüge, jetzt von tiefen Falten durchzogen, zeigten keine Reaktion, der schmale Mund lächelte nicht. Sie muss einmal sehr schön gewesen sein, dachte Leblanc, vor dem Einbruch des Unheils in ihr Leben. Schwer zu schätzen, wie alt sie sein mochte. Ein Ausdruck der Leere, wie man ihn häufig bei alten Leuten findet, die an Demenz leiden, ließ an ein fortgeschrittenes Alter denken, dennoch strahlte sie etwas Kindliches aus.

Doktor Roubaud zog den zweiten Stuhl zu Madame Picard heran und setzte sich ihr gegenüber. »Hélène, hören Sie mir einen Moment zu und haben Sie keine Angst.« Er machte eine Pause. »Ihr Mann ist gestorben, Hélène, Ihr Mann ist tot. Haben Sie mich verstanden?«

Die ausdrucklosen Augen von Madame Picard hefteten sich auf den Arzt. »Tot?«, wiederholte sie.

»Ja, er wird nie mehr zu Ihnen kommen.«

Es vergingen einige Minuten, während die Nachricht langsam zu Madame Picard durchdrang. Dann passierte etwas Merkwürdiges. Ihr Gesicht entspannte sich, in ihre Augen zog Leben ein, ihr Mund verzog sich zu einem winzigen Lächeln. Und sie sagte die Worte: »Gott hat ein Einsehen, Gott hat mir meine Schuld vergeben.«

»Hélène«, fuhr der Arzt fort, »diese beiden Besucher sind von der Polizei, sie untersuchen den Tod Ihres Mannes. Wollen Sie mit ihnen sprechen?«

Madame Picard nickte langsam mit dem Kopf. Leblanc nahm den Platz des Arztes ein, der im Bad ein Glas mit Wasser füllte, es vor die Patientin auf den Tisch stellte und sie zum Trinken aufforderte. »Können Sie sich erinnern, wann Sie Ihren Mann zum letzten Mal gesehen haben?«

»Er muss sich jetzt vor seinem Richter verantworten«, sagte sie und trank zu Leblancs Erleichterung einen Schluck Wasser aus dem Glas.

»Wofür muss er sich verantworten?«, hakte Leblanc nach.

»Für das Böse. Jeder muss sich vor Gott für das Böse verantworten.«

»Was hat er denn Böses getan?«, wollte Leblanc wissen.

Aber Madame Picard verfiel wieder in Schweigen und war zu keiner konkreteren Antwort zu bewegen. Der Arzt schüttelte den Kopf, um anzudeuten, dass nicht mehr zu erwarten war. Nadine hatte sich Handschuhe übergezogen und nahm unbemerkt das Glas an sich. Dann, als die drei Besucher zur Tür strebten, schickte Madame Picard ihnen doch noch einen Satz hinterher: »Es war meine Schuld, ich hätte es nicht zulassen dürfen. Aber ich habe ihn so geliebt.«

Doktor Roubaud ging noch einmal zu ihr zurück und strich über ihr Haar. »Es ist gut, Hélène, Ihnen passiert nichts Böses. Sie sind hier in Sicherheit, und, wie Sie selbst sagen, Ihre Schuld wurde Ihnen vergeben.«

Leblanc bat den Arzt noch um ein Foto von Madame Picard.

»Ich kann Ihnen nur eine Kopie von der Aufnahme machen, die wir in der Patientenakte haben.«

»Danke, das wird reichen.«

Auf dem Flur verabschiedeten sich Leblanc und Nadine von Doktor Roubaud, der sich erfreut zeigte, dass seine Patientin die Nachricht, auch wenn es, wie er sagte, an sich eine traurige sei, positiv aufgenommen habe. Seiner Meinung nach stelle das die Möglichkeit einer Besserung in Aussicht.

# SIEBZEHN

Wir fahren zu JPPs Wohnung«, erklärte Leblanc, als sie wieder im Auto saßen. »Von hier ist es nicht mehr weit bis ins 16. Arrondissement.« Er reichte Nadine ein Blatt Papier, Bernards Liste von JPPs Handynummern. »Da ist die Nummer der Concierge verzeichnet. Ruf sie an und frag, ob sie zu Hause ist und uns aufschließen kann. Sonst müssen wir die Tür öffnen.«

Es stellte sich heraus, dass die Concierge schon aus der Zeitung vom Tod ihres Hausbewohners erfahren hatte. Ja, sie sei zu Hause und erwarte die zwei Polizisten. Eine Dreiviertelstunde brauchten sie von der Autobahnauffahrt Chambourcy bis zur Rue de la Pompe. Feinstes 16. Arrondissement, großbürgerliche Häuser, kleine Boutiquen und Restaurants dazwischen, in unmittelbarer Nähe zur Place Charles-de-Gaulle und zur Avenue des Champs-Élysées. Heute am Sonntag herrschte kein Mangel an Parkplätzen. Leblanc stellte den Wagen direkt vor der Nummer 159 ab. An der Hauswand neben dem großen Holztor mit gusseisernen Beschlägen befand sich die Anlage zur Eingabe der Codes, keine Klingel für die Concierge-Wohnung. Nadine telefonierte erneut, und zwei Minuten später wurde das Tor von einer pummeligen kleinen Frau schwer schätzbaren Alters geöffnet.

»Sie sind die zwei Polizisten?« Ihr leichter Akzent wie auch die dunklen Haare ließen an eine spanische oder portugiesische Herkunft denken.

»Kommissar Leblanc, das ist meine Kollegin Liard«, stellte Leblanc sich und Nadine vor. »Wir haben einen Durchsuchungsbeschluss für die Wohnung von Monsieur Picard. Wenn Sie uns bitte öffnen würden.«

»Folgen Sie mir, ich hole den Schlüssel.« Die Concierge verschwand in einer Erdgeschosswohnung, an der ein Schild mit dem Namen »Fernandes« angebracht war. Der Innenhof des Gebäudes glich einem tropischen Gewächshaus, Palmen, Bananenstauden, üppige grüne Ranken breiteten sich unter einem Glasdach aus.

»Es fehlen nur noch die Papageien«, meinte Nadine.

Mit einem Schlüssel in der Hand erschien Madame Fernandes wieder im Hof. Sie stieg eine Steintreppe hinauf, die zu einem Aufzug führte, einem jener Aufzüge, wie man sie in den Häusern des 19. Jahrhunderts in Paris findet, mit einem Gitter, das sich verschließt, bevor sich die hölzerne Kabine in Gang setzt. »Monsieur Picard bewohnte den vierten Stock«, sagte die Concierge. »Was wird denn nun, wenn er nicht mehr da ist?«

»Das wissen wir nicht. Man wird wohl abwarten müssen, ob Madame Picard in der Lage sein wird, Entscheidungen zu treffen.«

»Ach, es ist schrecklich, dass Madame uns vor so langer Zeit verlassen hat.«

»Sie ist ja nicht für immer fort«, meinte Nadine, »vielleicht bessert sich ihr Zustand wieder.«

»Und seit vier Wochen kommt auch die neue Madame nicht mehr. Und jetzt Monsieur, was für eine Tragödie.«

»Welche neue Madame?«, riefen Nadine und Leblanc einstimmig.

»Monsieur hat sie nicht vorgestellt, aber sie hat doch bei ihm gewohnt. Verheiratet waren sie sicher nicht, denn es gab ja noch die andere Madame.«

»Seit wann?«, wollte Leblanc, nun hellhörig geworden, wissen.

»Genau kann ich das nicht sagen, seit drei Jahren vielleicht.«

»Und diese Madame haben Sie seit vier Wochen nicht mehr gesehen?«

»Ja, so ist es. Ich habe Monsieur danach gefragt, aber er hat nur gesagt ›Maria, das ist nun vorbei.‹ Vor zwei Wochen ist eine Dame hier gewesen und hat die persönlichen Sachen von Madame abgeholt. Monsieur war auf Reisen. Er hatte einen Karton gepackt und ihn vor die Tür gestellt, damit die Dame ihn mitnehmen konnte.«

»Nur ein Karton für die persönlichen Besitztümer? Dann hatte sich die Mitbewohnerin von Monsieur Picard wohl nicht dauerhaft bei ihm installiert.«

»Ich weiß nicht. Sie kam und ging, ich bin nicht neugierig und habe nicht Buch darüber geführt.«

»Können Sie uns die Frau beschreiben?«

»Eine sehr schöne Frau, braune Haare, groß und schlank. Und jung, kaum vierzig, schätze ich. Ihre Kleidung, immer perfekt, die Farben, die Muster, die Schuhe, wie ein Model. Viele würden daran Anstoß nehmen, aber ich verstehe Monsieur Picard. Schon so lange ohne Frau, das geht doch nicht.«

Inzwischen waren sie im vierten Stock angekommen. Die Fahrstuhltür öffnete sich. Man sah von oben auf den tropisch begrünten Innenhof und konnte hier, vier Stockwerke höher, im Treppenhaus einmal um dieses Quadrat herumgehen. Es war nur eine einzige Wohnungstür zu sehen.

»Wohnt sonst niemand auf dem Stock?«, fragte Nadine.

»Nein, die Wohnung von Monsieur Picard nimmt die ganze Fläche ein. Es waren einmal zwei Wohnungen, die hat er zusammengelegt.«

»Und darüber befindet sich noch ein Stockwerk?«, fragte Leblanc, der die nach oben führende Treppe in den Blick nahm.

»Ja, Monsieur Picard hat auch diese Etage gekauft. Er wollte niemanden über sich haben, die Geräusche hätten ihn gestört. Er ist Schriftsteller, wissen Sie. Diese Leute sind sehr empfindlich.«

»Ja, sicher. Würden Sie uns jetzt die Tür öffnen? Haben Sie auch einen Schlüssel für den fünften Stock?«

»Ja, aber der ist nicht bewohnt.«

»Wir würden uns trotzdem gern umsehen.«

Die Concierge schloss die zwei Sicherheitsschlösser auf. Auf der anderen Seite der Tür setzten sich stabile Metallriegel in Bewegung und gaben den Eingang frei.

»Danke, Madame, wir geben Ihnen Bescheid, wenn wir fertig sind, damit Sie wieder abschließen können.«

Wenn die Concierge die Polizisten gern ins Innere der Wohnung begleitet hätte, ließ sie sich das nicht anmerken. Sie bezwang ihre Neugier und stieg die Treppe in den fünften Stock hinauf, um die Tür aufzuschließen.

Nadine und Leblanc befanden sich in einem breiten Flur, der sich rechter und linker Hand im Hintergrund verlor. Zwei Flügeltüren führten von ihm ab in die Wohnräume, der Boden bestand aus altem Parkett, das einen neuen Schliff bekommen hatte. Der erste Raum war spärlich möbliert, was seine Größe noch hervorhob. Ein cognacfarbenes Ledersofa, drei ebensolche Sessel, in der Mitte ein überdimensionaler runder Glastisch, ein Sideboard, auf dem Flaschen aufgereiht waren. Leblanc nahm sie nacheinander in Augenschein.

»Cognac von 1924.«

»Aida Junot hat gesagt, dass er außer Wasser nur Cognac und Calvados trank, nichts anderes«, erinnerte sich Nadine.

»Und davon gönnte er sich das Beste. Apropos Calvados, vielleicht wusste der Mörder von seiner Vorliebe und hat das in seine Planung einbezogen. Er könnte darauf spekuliert haben, dass man Zyankali bei hochprozentigen Getränken weniger wahrnimmt als im Wein zum Beispiel.«

»Mich wundert immer noch, dass er nichts gemerkt hat. Das könnte darauf hindeuten, dass er sich über irgendetwas aufgeregt und das Glas einfach runtergekippt hat«, gab Nadine zu bedenken.

»Möglich.« Leblanc schritt durch eine Verbindungstür ins angrenzende, ebenso geräumige Zimmer, das auch spärlich möbliert war. »Mir kommt es vor, als hätte JPP so viel Platz gehabt, dass er gar nicht wusste, was er damit anfangen sollte.« Ein Sofa, ein riesiger Bildschirm, sonst nichts.

Nadine war schon ins nächste Zimmer gegangen. »Hier ist sein Büro, Chef.« Der Raum war genauso groß wie die anderen. Ein Schreibtisch aus hellem Holz mit mehreren Schubladen nahm den meisten Platz ein, an der Wand befanden sich halbhohe Schränke, ein Bücherregal. Bilder, die aus dem Bereich moderne Kunst stammten und wahrscheinlich einen gewissen Wert besaßen, waren gegen die Wand gelehnt. Nadines Blick fiel sofort auf den Laptop. »Nehmen wir den mit?«, fragte sie.

»Auf jeden Fall«, sagte Leblanc, der bereits versuchte, die Schubladen des Schreibtischs zu öffnen. Sie waren verschlossen. »Sieh mal nach, ob du irgendeinen Gegenstand findest, mit dem wir die aufhebeln können.«

»Wie wäre es mit dem Schlüssel hier?« Nadine hatte ein Holzkästchen auf dem Bücherregal entdeckt, in dem drei Schlüssel versteckt waren. Der zweite passte ins Schloss, und die Schubladen ließen sich aufziehen. Eine Mappe mit persönlichen Dokumenten enthielt JPPs Geburts- und Heiratsurkunden, Zeugnisse, die Kaufverträge seiner Wohnungen, einer trug noch die Unterschrift seiner ersten Frau, Verträge seiner Bücher mit der Edition Ombre und Erbschaftspapiere seiner ersten Frau. Von einem Testament keine Spur.

»Hier ist der Name eines Notars vermerkt, ein Maître Vernon. Vielleicht hat JPP dort ein Testament hinterlegt. Ich werde ihn anrufen«, sagte Leblanc und wühlte sich weiter durch den Inhalt der Schublade. »Kontoauszüge, Anlagen, Wertpapiere, Aktien.« Er blätterte darin herum. »Nicht schlecht. Wenn ich das so überschlage, beläuft sich sein Vermögen auf gut zwei Millionen, dazu die Wohnungen.«

»Wenn wir nicht wüssten, dass die Ehefrau als Täterin nicht infrage kommen kann, würde ich sagen, sie hätte ein Motiv.« Nadine hatte mit den zwei weiteren Schlüsseln die Schränke geöffnet und nahm sich die Ordner vor: Steuerbescheide, Unterlagen vom Finanzamt. Nach einer Weile rief sie laut aus: »Chef, ich habe etwas Interessantes entdeckt. JPP hat für ein Kind Unterhaltszahlungen geleistet.«

»Was? JPP hat ein Kind?«

»Ja, eine Tochter. Sie heißt Lucille Aboly, wohnt offenbar bei der Mutter, Rue Boulle Nummer 9 im 11. Arrondissement. Sehen Sie mal in den Kontoauszügen nach, da müssten die Zahlungen vermerkt sein.«

Leblanc schüttelte ungläubig den Kopf. »Ein Kind. Wer hätte das gedacht? Das ist doch mal ein Anhaltspunkt und gibt der Sache eine ganz neue Dimension. Da können wir doch gleich bei der Mutter vorbeifahren. Aboly heißt sie?«

»Ja. Das Kind trägt wahrscheinlich den Namen der Mutter.«

»Stimmt, Zahlungen sind von JPPs Konto abgegangen.«

»Was mich wundert«, fuhr Nadine fort, »hier sind kaum persönliche Sachen zu finden, Briefe oder Fotos oder so etwas. Außerdem habe ich immer gedacht, ein Schriftsteller liest viel und besitzt Tausende von Büchern. Aber er hat nur seine eigenen im Regal stehen.«

»Die ganze Wohnung strahlt eine unpersönliche Atmosphäre aus, vermutlich ist das JPPs Geschmack. Die Concierge hat doch gesagt, dass bis vor Kurzem eine junge Frau bei JPP gewohnt hat. Sieh mal nach, ob du irgendwo Spuren entdeckst, die auf die Anwesenheit eines weiblichen Wesens hindeuten.«

»Okay, ich nehme mir das Schlafzimmer vor.« Nadine folgte dem Flur, der im Quadrat um die Zimmer herumführte. Die Holzdielen knarrten. Das nächste Zimmer, das vom Flur abging, diente als Esszimmer, daran schloss sich die mit modernsten Geräten ausgestattete Küche an, die nicht von häufiger Benutzung zeugte. Der Kühlschrank beherbergte außer Tomaten und zwei Flaschen Champagner – offenbar für Damenbesuch – nichts. Neben der Küche lag das Bad, frisch renoviert nach der vorherrschenden Mode im puristischen Zen-Stil, in Dunkelgrau und Weiß. Der Flur machte wieder einen Knick und führte zum Schlafzimmer. Ein zwei Meter breites Bett mit Ablage an beiden Seiten, ein Spiegel an der gegenüberliegenden Wand, ein Sideboard, darin wohlgeordnet und gefaltet Unterwäsche, T-Shirts, Socken. Im angrenzenden Nebenraum ein Ankleidezimmer, auch hier sorgfältig aufgehängte Hemden, Hosen, Anzüge, Jacketts. Wenn es jemals eine Frau gegeben hatte, waren alle Spuren ihrer Anwesenheit gelöscht worden. Nadine begab sich wieder auf den Flur, der an einem weiteren Raum vorbei, möbliert mit einer Schlafcouch, einem Schrank und einem kleinen Tisch, im rechten Winkel zur Eingangstür zurückführte. Leblanc war immer noch mit dem Inhalt der Schreibtischschubladen beschäftigt, als sie das Arbeitszimmer betrat. Er teilte Nadine seine Entdeckung mit.

»JPP hat mehrfach die Initialen CC vermerkt. Auch größere Summen sind von seinem Konto an diesen CC geflossen. Ich nehme die Kontoauszüge mit, über die Bank müssten wir herauskriegen, um wen es sich dabei handelt. Ist dir noch etwas aufgefallen?«

»Nein, die Wohnung ist so clean wie ein Operationssaal. Von einer Frau ist nicht das Geringste zu bemerken. Als JPP ihre Sachen in einen Karton gepackt hat, wie die Concierge sagte, muss er ganze Arbeit geleistet haben.«

»Werfen wir noch einen Blick in die obere Wohnung, dann sind wir hier fertig.«

Eine Durchsuchung der Wohnung erübrigte sich. Es stellte sich heraus, dass sie nur als Abstellkammer diente. Mit JPPs Laptop, Kontoauszügen und weiteren Papieren unter dem Arm fuhren Leblanc und Nadine mit dem Fahrstuhl ins Erdgeschoss, gaben der

Concierge Bescheid, dass sie wieder abschließen könne, und saßen schließlich im Wagen.

»Chef, es ist schon fünf Uhr. Können wir nicht mal etwas essen?«

Auch Leblanc knurrte der Magen. »Ja, wir halten an einem Imbiss. Chinesisch oder thailändisch?«

»Lieber thai.«

Auf dem Weg ins 11. Arrondissement, wo Lucille Aboly wohnte, quer durch Paris fanden sie ein Thai-Restaurant, das geöffnet hatte und Speisen zum Mitnehmen anbot. Nadine sprang aus dem Auto und kam mit zwei Pappboxen, Plastikgabeln und Servietten zurück. Leblanc fand einen Parkplatz unter einer Pappel. Während sie Reisnudeln mit Huhn und Gemüse in sich hineinschaufelten, kam Leblanc auf die Funde zurück, die sie in JPPs Wohnung gemacht hatten. Durch die Reisnudeln in seinem Mund nahmen seine Worte einen dumpfen Klang an, als sie nach außen drangen. »Dieser Mann wird mir immer suspekter. Sein Umgang mit Frauen, sein Verhalten Kollegen gegenüber, er hat ein Kind, für das er zahlt, und ob er am Zustand seiner Frau ganz unschuldig ist, wage ich zu bezweifeln. Die Mutter seiner Tochter hätte ein nicht unerhebliches Interesse an seinem Tod, das Kind wird einiges erben. Vorausgesetzt, sie wäre die Täterin, dann hätte sie eine strategisch kluge Entscheidung getroffen, den Mord in Deauville zu begehen, um von sich abzulenken. Wir werden sie zu Hause überraschen und ihre Reaktion testen. Danach stehen folgende Aufgaben an: erstens herausfinden, wer dieser ominöse CC ist, an den JPP Zahlungen geleistet hat – vielleicht ein Informant, der für ihn recherchiert hat? –, und zweitens die Identität der schönen unbekannten Mitbewohnerin aufklären, die verschwunden ist. Ich kann mich an keinen Fall in meinem ganzen Berufsleben erinnern, der so diffus war wie dieser, mit einer so langen Liste von Leuten, die alle einen Grund hätten, sich JPP vom Hals zu schaffen.«

Nadine hatte inzwischen ihre Schachtel geleert und löste Leblanc beim Reden ab, damit er sich ganz seinem Essen widmen konnte. »Ich glaube, der war ein ziemliches Ekel. Wenn man ihn auf Fotos sieht, denkt man, wow, was für ein Mann, Superstar und Bestsellerautor, blickt man aber hinter die Fassade, ergibt sich ein anderes Bild. Wie Sie immer gesagt haben, Chef, Sein und Schein ist nicht dasselbe. Das habe ich mir gemerkt.«

Auch Leblanc war nun fertig und knüllte seine Schachtel zusammen. »Ich habe schon lange kein Fastfood mehr gegessen. Früher in Paris ging es gar nicht ohne, aber jetzt lobe ich mir doch die Mittagessen im Central.«

»Meine Mutter kocht jeden Tag für die ganze Familie. Ich genieße ab und zu die Abwechslung. Chef, Sie habe da noch eine Nudel am Kinn.« Nadine wies mit ihrem Zeigefinger auf die Stelle. Leblanc wischte mit der Papierserviette darüber.

# ACHTZEHN

Beim Durchqueren der Stadt fühlte sich Leblanc an seine Zeit als Kommissar in Paris erinnert. Die Topografie war ihm so vertraut, dass er sich im Schlaf zurechtgefunden hätte. Er fuhr an der Seine entlang, vorbei an der Île de la Cité und der Île Saint-Louis, bis zur Place de la Bastille, in den Boulevard Richard Lenoir, von dort rechts in die kleinere Rue Boulle und hielt vor der Nummer 9. Eine begehrte, populäre Wohngegend. Das Haus war längst nicht so prunkvoll wie die Gebäude in der Rue de la Pompe, aber doch gutbürgerlich. Im Erdgeschoss ein Restaurant und ein Lebensmittelladen, die Haustür rot gestrichen. Hier gab es außen immerhin einen Klingelknopf für die Concierge. Es dauerte ein paar Minuten, bis sich schlurfende Schritte näherten. Die Concierge war ein Mann, der sich, bei irgendeiner Tätigkeit gestört, rasch eine Jacke übergeworfen hatte.

»Es ist Sonntag«, knurrte er.

»Wir sind von der Kriminalpolizei.« Die beiden zeigten ihre Ausweise.

»Ach so, das ist etwas anderes.« Er hielt ihnen die Tür auf.

»Kennen Sie Madame Aboly und ihre Tochter?«

»Natürlich, Aufgang C, dritter Stock.«

Aus der Concierge-Wohnung drangen die Geräusche des laufenden Fernsehers. Ein Fußballspiel wurde übertragen, und der Hausmeister gab deutlich zu verstehen, dass er nichts lieber täte, als sich wieder dem Spiel zu widmen. Ein zotteliger Hund, der die offene Tür genutzt hatte, um in den Hof zu traben, schnüffelte neugierig an Leblancs Hosenbein. Der Hausmeister registrierte Leblancs Zurückweichen.

»Bruno, nein, sitz!«, befahl er und hielt den Hund am Halsband fest, um ihn zurück in die Wohnung zu zerren.

»Warten Sie«, sagte Leblanc und zog ein Foto von JPP aus der Tasche. »Haben Sie diesen Mann hier schon einmal gesehen?«

Kopfschüttelnd verneinte der Concierge. »Ist mir noch nicht untergekommen.«

»Er könnte Madame Aboly besucht haben«, hakte Leblanc nach.

»Nein, nein, Madame Abolys Besuch kommt aus Afrika, manchmal eine ganze Gruppe von Afrikanern.«

»Aha. Ist sie jetzt zu Hause?«

»Weiß ich nicht, habe nicht drauf geachtet. Wahrscheinlich ist sie da, wegen der Kleinen. Wie gesagt, im dritten Stock.«

»Eine Frage noch. Bitte versuchen Sie sich genau zu erinnern, es ist wichtig. Es geht um den letzten Donnerstagabend. Haben Sie bemerkt, ob Madame Aboly das Haus verlassen hat?«

»Am Donnerstag? … Da habe ich mir im Fernsehen den Kriminalfilm mit der hübschen Kommissarin angeschaut, der molligen, wissen Sie, das heißt, ich kam nicht richtig dazu. Ja … ja, ich erinnere mich. Der Film hatte gerade angefangen, da hat der Hund an der Tür gekratzt und wollte raus, er hatte wohl was Verdorbenes gefressen. Schlechte Angewohnheit von ihm, er durchsucht die Müllbeutel, sobald einer im Treppenhaus steht. Konnte ich ihm bisher nicht abgewöhnen. Eigentlich sind die Hausbewohner schuld, wenn sie die Mülltüten vor der Tür deponieren, bevor sie sie unten in die Mülltonnen werfen. Dem Hund ging es nicht gut, also habe ich ihn Gassi geführt. Hat mich geärgert, dass ich dadurch den Film verpasse. Jedenfalls habe ich Madame Aboly gesehen, wie sie in ihr Auto gestiegen ist.«

»Wann war das?«

»Tja, gegen neun Uhr, denke ich.«

»Wissen Sie auch, wann sie zurückgekommen ist?«, fragte Nadine.

»Nein, danach war ich nicht mehr draußen. Ich habe den Rest des Films gesehen und bin dann ins Bett gegangen.«

»Gut, das war's erst mal«, beendete Leblanc das Gespräch.

Das Treppenhaus von Aufgang C befand sich rechts vom Innenhof. Ein Aufzug brachte Leblanc und Nadine in den dritten Stock. An der Tür mit dem Namen Aboly klingelten sie, von innen erklang Kindergeschrei und Lachen. Eine sehr dunkelhäutige Afrikanerin öffnete, an ihrer Seite ein Mädchen von etwa fünf Jahren, nicht so dunkelhäutig wie die Mutter, mit braunen Kulleraugen und seidigen schwarzen Haaren, zu einem Pferdeschwanz gebunden.

»Madame Aboly?«, fragte Leblanc, wartete die Antwort aber nicht ab, sondern fuhr gleich fort. »Wir sind von der Kriminalpolizei in Deauville. Sie können sich denken, weshalb wir hier sind?«

»Monsieur Picard«, sagte die Frau, »ich habe es in der Zeitung gelesen.«

»Dürfen wir reinkommen?«

Das Mädchen wurde ins Kinderzimmer geschickt. Es protestierte laut und quengelte, weil es, neugierig geworden, bei den Besuchern bleiben wollte. Die Mutter nahm es kurzerhand auf den Arm und trug es fort. Dann führte sie die beiden Polizisten ins Wohnzimmer. Hier herrschte ein buntes Durcheinander von Spielsachen, Geschirr, Zeitschriften und Kleidung.

»Ich habe nicht aufgeräumt«, entschuldigte sich Madame Aboly und pflückte Kindersocken und Puppen von den Sesseln. »Setzen Sie sich.«

Leblanc nutzte die Gelegenheit, die Frau näher zu betrachten. Es fiel ihm immer schwer, das Alter von Afrikanerinnen und Asiatinnen zu schätzen. Nicht älter als Mitte dreißig, glaubte er. Mandelförmige Augen, eine wohlgeformte Nase, pralle Lippen, ein fester, athletischer Körper. Er kam zur Sache. »Ihre Tochter ist das Kind von Jean-Paul Picard?«

»Ja, das stimmt.«

»Woher kennen Sie Monsieur Picard?«

»Ich war seine Haushälterin, habe für ihn geputzt, eingekauft, gekocht, gewaschen, alles eben.«

»Hat er Sie vergewaltigt?« Nadine platzte mit der Frage heraus.

»Nein, ich habe es freiwillig getan, ich mochte ihn. Er war häufig auf Reisen, dann aber wieder längere Zeit zu Hause. Eines Tages ist es einfach passiert. Jedenfalls bin ich schwanger geworden, ich konnte es selbst nicht glauben. Als ich es ihm mitteilte, hat er gesagt, er könne nicht der Vater sein, weil er ein Kondom benutzt habe. Das stimmte, aber ich war trotzdem schwanger, und ich wusste, dass er der Einzige war, der infrage kam. Aber er hat mich beschimpft und beschuldigt, ich hätte mit hundert anderen Männern Sex gehabt. Das war nicht schön für mich. Dann hat er mich rausgeworfen.«

»Wann war das denn?«, wollte Leblanc wissen.

»Lucille ist jetzt fünf, also vor etwa fünfeinhalb Jahren.«

»Madame Picard war damals schon in der Klinik?«

»Ja, ich wusste es, aber er hat nie darüber gesprochen. Er tat mir leid, weil er keine Frau hatte.«

»Sie sind aus Mitleid mit ihm ins Bett gegangen?« Nadine konnte ihre Verwunderung kaum verbergen.

»Es war nicht nur Mitleid.«

»Was haben Sie getan, als Monsieur Picard Sie rausgeworfen hat?«, fragte Leblanc.

»Ich habe mir eine neue Stelle gesucht. Das Kind wollte ich bekommen.«

»Es ist ja auch gewissermaßen Ihre Lebensversicherung.«

»Ich wusste, dass Sie so denken. Alle denken so. Aber das war es nicht. Ich wollte das Kind von dem Moment an, als ich es in mir spürte. Ich liebe meine Tochter sehr, egal von wem sie ist. Ich habe beim Familiengericht einen Antrag gestellt, dass ein Vaterschaftstest durchgeführt wurde, und natürlich stellte sich heraus, dass Monsieur Picard der Vater ist, es konnte kein anderer sein. Unter die Augen treten wollte ich ihm nicht mehr, meine Ansprüche hat ein Anwalt geltend gemacht. Monsieur Picard hat schließlich die Vaterschaft akzeptiert, finanziell hat er sich sehr großzügig gezeigt. Er hat uns diese Wohnung gekauft und zahlt Unterhalt für Lucille. Als er mir die Wohnung schenkte, stellte er eine Bedingung, und zwar, dass er nie mit seinem Kind konfrontiert wird. Das habe ich akzeptiert. Unter den gegebenen Umständen ist es sowieso besser, wenn Lucille nichts von ihrem Vater weiß. Uns geht es gut, ich habe einen Freund.«

»Wo arbeiten Sie, Madame?«

»Ich habe wieder eine Stelle als Haushälterin bei einer Familie mit zwei Kindern, aber nur drei Tage in der Woche, damit ich mich um Lucille kümmern kann. Das Ehepaar besitzt eine Apotheke, dort putze ich zusätzlich zweimal wöchentlich am Abend.«

Leblanc und Nadine sahen sich vielsagend an, als sie das Wort *Apotheke* hörten.

»Sie wissen«, Leblancs Ton wurde schärfer, »dass Ihre Tochter im Todesfall des Vaters, der nun eingetreten ist, erben wird. Und Sie wissen auch, dass es dabei um nicht geringe Summen geht. Sie werden also von Monsieur Picards Tod enorm profitieren.«

Die Frau wurde unruhig, rutschte hin und her, ihre Hände flatterten.

»Kann sein, ich habe mich um diese Dinge nie gekümmert.«

»Wo waren Sie am Donnerstagabend?«

»Hier, ich war hier.«

»Den ganzen Abend?«

»Ja.«

Leblanc griff an. »Madame Aboly, Sie lügen. Der Concierge hat gesehen, wie Sie gegen einundzwanzig Uhr im Auto weggefahren sind. Sie hätten genug Zeit gehabt, um gegen Mitternacht in Deauville zu sein und den Vater Ihres Kindes zu vergiften.«

Die dunkle Hautfarbe der Frau wurde fahl. »Was denken Sie von mir? Sie glauben, dass ich das tun könnte?«

»Wir ermitteln in einem Mordfall. Und Sie stehen auf der Liste der Verdächtigen ganz oben. Vielleicht hat Ihr neuer Partner Sie zu dem Mord angestiftet. Haben Sie das zusammen geplant?«

»Nein«, schrie Madame Aboly aufgebracht, »natürlich nicht.«

»Also, wo waren Sie am Donnerstag? Wir können die Videobänder der Autobahnzahlstellen überprüfen. Wenn Ihr Auto darauf zu sehen ist, dann haben wir den Beweis, dann sind Sie dran.«

Die Frau vergrub ihr Gesicht in den Händen, stand auf, lief im Zimmer auf und ab, atmete schwer. Sie biss sich auf die Lippen, bevor sie schließlich anfing zu sprechen. »Also gut. Überprüfen Sie die Autobahnvideos, Sie werden mein Auto nicht darauf entdecken. Ich war weder auf der Autobahn noch in Deauville. Ich arbeite in einer Organisation mit, die illegale Flüchtlinge, vor allem aus der Elfenbeinküste, ins Land bringt und versteckt. Sie werden von mir keine Namen und keine Einzelheiten hören. Meine Eltern haben während des Bürgerkriegs 1999 versucht, aus diesem Land zu fliehen. Sie sind dabei ums Leben gekommen. Deshalb engagiere ich mich dafür, dass die Illegalen unversehrt in Frankreich eintreffen. Die wirtschaftlichen und sozialen Bedingungen in meinem Heimatland sind schlecht, junge Leute haben keine Chance auf Bildung oder einen Arbeitsplatz. Wenn sie hier Geld verdienen, können sie ihren Familien etwas schicken.«

»Madame«, sagte Leblanc, »wir sind nicht die Einwanderungsbehörde. Wenn Sie ein Alibi haben, müssen Sie uns Zeugen nennen, sonst stehen Sie weiter unter Verdacht. Wir brauchen Namen. Mit wem waren Sie am Donnerstag zusammen und wo? Uns interessiert nicht, was Sie oder Ihre Mitstreiter dort getan haben.«

»Ich will die anderen nicht in Gefahr bringen.«

»Sie bringen sich in Gefahr, nämlich verhaftet zu werden.« Leblanc machte Druck.

Die junge Frau schüttelte den Kopf, wiegte den ganzen Körper hin und her, als würde sich der Konflikt durch rhythmische Bewegungen lösen lassen.

Leblanc setzte noch einmal nach. »Sind Sie sich eigentlich Ihrer Lage bewusst? Es geht hier nicht um eine Kleinigkeit, sondern um Mord. Wir könnten Sie auf der Stelle zu einer Vernehmung mit aufs Präsidium nehmen. Dann wäre Ihre Tochter allein. Und wenn sich der Verdacht erhärtet, droht Ihnen Untersuchungshaft. Denken Sie an Ihre Tochter!« Er hatte sie fast so weit, er merkte, dass sie nur noch einen kleinen Schubs brauchte, um mit den Namen herauszurücken, die ihr Alibi waren. »Beweisen Sie Ihre Unschuld, und wir lassen Sie in Ruhe.«

»Also gut, wenn es nicht anders geht. Ich tue es für meine Tochter. Ich schreibe Ihnen zwei Namen und Telefonnummern auf. Beide arbeiten in unserer Organisation, mit beiden war ich am Donnerstagabend zusammen, von Viertel nach neun bis halb zwölf in der Rue Omer Talon 3 in einem Atelier im Hinterhof. Mein Freund hat in der Zeit auf Lucille aufgepasst. Er weiß nichts von meiner Tätigkeit, ich möchte so wenig Leute wie möglich da hineinziehen.«

»Wir überprüfen Ihr Alibi, weiter passiert nichts. Und jetzt scannt meine Kollegin noch Ihre Fingerabdrücke ein. Das geschieht mit diesem kleinen Gerät hier.«

Nachdem Madame Aboly ihre Entscheidung getroffen hatte, wurde sie ruhiger und ließ fast erleichtert ihre Finger scannen. »Was passiert denn jetzt mit den Unterhaltszahlungen für Lucille?«

»Madame, ich glaube, Ihnen ist das Ausmaß dieser Angelegenheit noch nicht klar. Unterhaltszahlungen? Sie brauchen sich um Ihre finanzielle Situation keine Sorgen mehr zu machen. Ich bin kein Rechtsexperte, aber Ihrem Kind steht neben der Ehefrau ein Teil des Erbes zu, was immer Monsieur Picard in einem möglichen Testament bestimmt hat. Und dieser Teil wird nicht gering sein. Sein Anwalt wird sich sicher mit Ihnen in Verbindung setzen. Wir brauchen noch ein Foto von Ihnen, Ihre Telefonnummer sowie Marke und Kennzeichen Ihres Autos, dann sind Sie uns erst einmal los.«

Nadine steckte das Foto und den Zettel mit den Angaben ein und nickte Leblanc zu, das Zeichen zum Aufbruch.

»Ich werde Lucille jetzt aus ihrem Zimmer befreien.« Die junge Frau, die bald eine reiche Frau sein würde, holte das Kind, das sich eng an ihre Beine schmiegte, als sie dem Kommissar und seiner Begleiterin die Wohnungstür öffnete. Es wirkte verschüchterter als zuvor, als hätte es Angst um seine Mutter. Nadine zog aus ihrer Hosentasche einen Karamellbonbon und streckte ihn dem Mädchen entgegen. Es nahm ihn zögernd, wickelte ihn aber sofort aus, steckte ihn in den Mund, kostete die sahnige Süße und lächelte wieder. Der Kummer war vergessen.

»Auf Wiedersehen, Madame«, verabschiedeten sich Leblanc und Nadine.

»Ich hoffe, dass wir uns nicht wiedersehen, verzeihen Sie mir«, sagte Madame Aboly. Ihr Gesichtsausdruck verriet, dass sie mit ihrer Entscheidung haderte. Aber als sie dann ihre Tochter auf den Arm nahm, zerstreuten sich die Zweifel, und auch sie lächelte.

# NEUNZEHN

Es ist wie verhext«, sagte Nadine auf der Rückfahrt. »Immer wenn wir einen Verdächtigen mit einem handfesten Motiv haben, löst sich der Verdacht in Luft auf. Und da gab es schon einige: Marc Charpentier, der Verleger, dieser Schriftsteller Erik Soundso, Aida Junot, die Ehefrau und jetzt die Mutter von Lucille.«

»Es ist eine verzwickte Situation. Aber so ist das manchmal bei Ermittlungen, es geht nicht glatt, man gerät in eine Sackgasse, kehrt um, versucht es erneut. Bis man die richtige Lösung findet.«

Die Zuversicht und Gelassenheit, die aus seinen Worten sprach, war für Nadine bestimmt, sollte sie aufbauen und möglicher Hoffnungslosigkeit vorbeugen. Er ließ sich nicht anmerken, dass auch er Zuspruch gebraucht hätte, und setzte seine Aufbauarbeit fort, für sie und für sich selbst. »Wir haben noch die Optionen JPPs Laptop, die unbekannte, verschwundene Mitbewohnerin, den ominösen CC, der uns vielleicht zum Goldstaub zurückführt, und ich möchte gern, obwohl Madame Picard als Täterin ausscheidet, ihre Patientenakten bei der Ärztekammer einsehen. Aber für heute ist es genug, es war ein langer Tag. Ich fahre dich nach Hause, bringe die Sachen und das Auto ins Präsidium, und morgen machen wir weiter.«

Als Leblanc das Büro verließ, war es fast zehn. Nach Hause wollte er noch nicht, die Eindrücke des heutigen Tages schwirrten frisch und munter in seinem Kopf herum. Also zu Lulu. Sein Karamellbonbon, sein Trost. Auf Lulu war immer Verlass, und er merkte genau, wann er nicht weiterfragen durfte.

Im Bistro gähnende Leere bis auf ein paar vereinzelte Männer, jeder allein an einem Tisch. Sie hatten ein langes Wochenende mit der Familie hinter sich, Shopping am Samstag, Freizeitpark am Sonntag. Ihr Wunsch, mit einer Angelrute ruhig an einen Fluss zu stehen, war nicht erhört worden. Ihre Frauen hatten geredet, die Kinder gequengelt. Erschöpft und schweigend hielten sie sich an ihrem Glas Wein fest, den Moment der Stille auskostend, um Kraft für die neue Woche zu schöpfen.

Lulu stellte unaufgefordert ein Glas Weißen vor Leblanc auf den Tisch. »Du siehst müde aus, Jacques.«

»War ein langer Tag.«

»Hast du Hunger?«

»Machst du mir ein Steak mit Frites?«

»Natürlich.«

Lulu begab sich in die Küche. Steak mit Frites und Sandwich konnte er, alles andere nicht. Also gab es bei ihm nur das. Steak in die Pfanne, Frites in die Fritteuse, und fertig. Schon stand der Teller vor Leblanc auf dem Tisch. Lulu füllte sein eigenes Glas erneut – zum wievielten Mal? – und setzte sich seinem Freund gegenüber, sah ihm eine Weile wortlos beim Essen zu.

»Deine Flamme?«

»Nein, im Moment der Fall«, sagte Leblanc kauend. Dabei fiel ihm auf, dass er den ganzen Tag nicht an Liliane gedacht hatte, er war abgelenkt gewesen. »Ich komme nicht weiter«, sagte er und fügte im Stillen hinzu, in den Ermittlungen nicht und bei Liliane auch nicht. Er sah sie vor sich und verspürte so etwas wie Sehnsucht.

»Der Schriftsteller, nicht?«, fragte Lulu weiter.

»Ja. Alle Spuren, die wir bisher verfolgt haben, sind im Sande verlaufen. Noch nie hatte ich so viele Verdächtige mit einem Motiv. Und bei jedem stellt sich heraus: Er konnte es nicht gewesen sein.«

»Vielleicht solltest du nach einem ohne Motiv suchen.«

»Ach, Lulu, Mord ohne Motiv, das gibt es nur in schlechten Kriminalfilmen oder fast nur. Die Ausnahmen sind psychisch tief greifend gestörte Menschen.« Leblanc hatte sein Steak aufgegessen. »Dieser Schriftsteller muss ein ziemlich mieser Typ gewesen sein, eigentlich hätte jeder, der in seine Nähe kam, ein Motiv gehabt.«

»Dann musst du wohl alle Leute in seiner Umgebung überprüfen.«

»Genau das machen wir gerade. Bringst du mir noch ein Glas Wein?«

Lulu holte die Flasche an den Tisch, ausgezeichneten Jura-Wein aus seiner Heimat. »Jacques, ich bin kein Normanne.« Den Satz flocht Lulu in jedes Gespräch ein, weil dieses Faktum einen wunden Punkt in seiner Biografie berührte.

Leblanc sagte darauf jedes Mal: »Ich auch nicht, Lulu«, was so etwas wie eine stetige Besiegelung ihrer Freundschaft bedeutete. Sie waren beide keine Normannen. Nadine zum Beispiel war in Trouville geboren. Sie hatte zwar wegen der Ausbildung und der darauffolgenden ersten Diensteinsätze mehrere Jahre an anderen Orten verbracht, aber man merkte deutlich ihre Verwurzelung in der Gegend, was sich auch im Umgang mit den Menschen zeigte. Natürlich hatte sich die Bevölkerung im Lauf der Jahrhunderte gemischt, aber Alteingesessene galten auch heute noch als wortkarg, verschlossen, zurückhaltend, ein Erbe der Wikinger, sagte man. Er, Leblanc, war den Ton der Hauptstadt gewohnt gewesen, der bei den Parisern der gehobenen Klasse von Arroganz und bei der Unterschicht von Soziolekten geprägt war, von den Afrikanern und Asiaten ganz abgesehen. In Paris musste man als Kriminalkommissar verschiedene Sprachregister beherrschen, was ihm leichtfiel. Bei den Normannen tat er sich manchmal schwer.

»Hat sich bei deiner Angebeteten was ergeben?«, wollte Lulu wissen.

»Nichts. Ich habe es aber auch nicht versucht. Wenn der Fall beendet ist, habe ich wieder mehr Zeit.«

»Zeit wofür?«

»Mich um sie zu kümmern.«

»Bist du sicher, dass sie das will? Du kennst sie doch gar nicht.«

»Noch nicht, aber das wird sich ändern. Ich bin jedenfalls sicher, dass ich das will.«

»Vielleicht willst du sie nur deshalb, weil du sie nicht haben kannst, weil sie leuchtet wie der Abendstern, aber ebenso weit entfernt ist.«

»Ach, Lulu!«

»Nein, im Ernst, hast du mal überlegt, ob sie zu dir passt?«

»Ich überlege gar nichts.« Das war gelogen, Leblanc hatte selbst schon daran gedacht, und die Überlegung hatte ihn in Verzweiflung gestürzt. Aber das wollte er vor Lulu nicht zugeben, und er wollte nicht daran erinnert werden.

»Ich finde, Marie würde gut zu dir passen, Madame Bertaux, bei der wir Weihnachten gefeiert haben.«

Leblanc hatte Lulu seine frühere Beziehung zu Marie verschwiegen, und er hatte nicht die Absicht, ihn in die Intimitäten seiner Pariser Vergangenheit einzuweihen. »Sie ist nur eine Freundin.«

»Sie mag dich, und irgendwas ist da zwischen euch.«

»Lass gut sein, Lulu. Ich glaube, ich breche auf, das Bett ruft.«

Eine innige Männerumarmung zum Abschied, und Leblanc wankte wie ein Schlafwandler durch die Frühlingsnacht, umgeben vom Duft der Hyazinthen.

Als Leblanc aus dem Fahrstuhl stieg, nahm er Musik wahr, die aus Renés Wohnung drang. René liebte Hip-Hop, möglichst laut. Er war also wieder da. Ein leichtes Zögern, dann siegte die Neugier. Er klingelte bei seinem Nachbarn, der sogleich in der Tür erschien.

»Hallo, Jacques, es ist zu laut, nicht?«

»Hallo, René, ich komme gerade nach Hause. Wollte nur mal nach dir sehen. Du warst verreist?«

»Ja, ich brauchte eine Luftveränderung.«

»Und jetzt bist du wieder da … und … bleibst du hier?«

»Ja, klar, wo soll ich denn hin?«

»Aha. Arbeitest du wieder?«

»Natürlich arbeite ich wieder. Was ist denn los mit dir, Jacques?«

»Ich dachte … hätte ja sein können, du suchst dir etwas anderes.«

»Nein, so gute Bedingungen wie bei Charlotte kriegt man nicht überall. Und mir gefällt es in Trouville. Ich tüftle schon wieder an einer neuen Kreation, mit Kokoscreme und Mango. Willst du mal kosten?«

»Nein, lass mal, René, ich bin hundemüde, war den ganzen Tag in Paris wegen Ermittlungen.«

»Na dann, wir sehen uns. Ich dreh die Musik leiser.« Der gut gelaunte, quirlige René zog sich in seine Experimentierküche zurück. Leblanc blieb wie versteinert auf dem Flur stehen, bis es ihm gelang, seine Wohnungstür aufzuschließen. Der Pâtissier hatte sich keine neue Stelle gesucht. Leblanc hätte sich gewünscht, sein Nachbar würde einfach aus seinem Leben verschwinden, ohne sein Zutun. Warum konnte nicht eine Zauberhand aus dem Himmel den zappelnden René am Schlafittchen packen und in eine andere Umgebung, eine andere Welt verfrachten? Er sollte weg sein, weil, wenn er da war, Leblanc in einen Loyalitätskonflikt geriet. Mit René in seiner Nähe konnte er sich nicht um Liliane bemühen. Da müsste zuerst ein Gespräch von Mann zu Mann stattfinden, um herauszubekommen, ob René noch an Liliane interessiert war. Solche Gespräche konnte er nicht führen. Außerdem, wie reagierte Liliane, wenn sie René wieder begegnete? Leblanc sah seine Chancen davonschwimmen wie ein Stück Holz im Meer, das noch eine Weile auf den Wellen tanzte, bevor es dem Blick entschwand. Von seiner Lilie, seiner schaumgeborenen Botticelli-Venus, würde nichts als eine Chimäre bleiben, ein Trugbild, das ihm Sehnsucht vorgaukelte. Schmerzte sein Herz, oder war auch das nur eine Einbildung? Sollte er sich über alle Überlegungen hinwegsetzen und sein Glück bei Liliane versuchen, René hin, René her? Ausgeschlossen, jetzt eine Entscheidung zu fällen. In einem aber täuschte sich Leblanc. Seine Annahme, die ganze Nacht keine Ruhe zu finden, bewahrheitete sich nicht. Entgegen seiner Gewohnheit schlief er tief und fest bis zum nächsten Morgen.

Als er ausgeruht und im Zustand einer ungewohnten Gefasstheit ins Büro kam, hatte Nadine, heute besonders tatendurstig und energiegeladen, bereits die Espressomaschine angestellt und saß vor ihrem Computer.

»Morgen, Chef. JPPs Laptop und die Fingerabdrücke von Madame Picard und Madame Aboly sind schon bei Bernard zur Auswertung. Außerdem habe ich bei der Ärztekammer in Paris angerufen wegen der Patientenakten von Madame Picard. Wir haben Glück, die Dokumente sind noch vorhanden, erst nach zehn Jahren werden sie vernichtet. Alle Unterlagen sind digitalisiert worden. Sie mailen uns alles, was da ist.«

Leblanc bereitete sich einen Espresso zu. »Sehr gut. Sieh die Akten durch! Uns interessiert vor allem ein Fall. Du hast doch JPPs ersten Roman *Tödlicher Einfluss* gelesen, oder? Ein Psychiater manipuliert einen Patienten, der in der Folge einen Mord begeht.«

»Ja, den kenne ich.«

»Ich möchte wissen, ob sich in den Akten ein Fall befindet, der annähernd in diese Richtung geht. Das würde Madame Picards Schuldgefühle erklären. Wenn es stimmt, was ich vermute, hat sich JPP an den Patientenunterlagen, ob mit oder ohne Wissen seiner Frau, bedient.«

»Das wäre ja ein doppelter Missbrauch. Sie hätte die Akte nicht herausgeben und er hätte den Fall nicht veröffentlichen dürfen.

Aber das fällt wohl unter dichterische Freiheit, wenn er die Fakten entsprechend verändert. Ich mache mich an die Arbeit, sobald die Dateien eintreffen.«

»Ich überprüfe als Erstes Madame Abolys Alibi bei dieser Hilfsorganisation. Dann rufe ich bei JPPs Bank an, um zu erfahren, wer dieser CC ist, an den Gelder geflossen sind«, teilte Leblanc seiner Kollegin mit.

Zuvor meldete sich jedoch Bernard, der die Fingerabdrücke von Madame Aboly und Hélène Picard mit den vorhandenen abgeglichen hatte. »Beide negativ, Jacques, keine Übereinstimmung mit denen im Hotelzimmer.«

»Habe ich mir schon gedacht, danke, Bernard.«

»Zähe Ermittlungen, nicht?« Bernard drückte sein Mitgefühl aus.

»Wir haben noch einige Eisen im Feuer.« Leblanc versuchte zuversichtlich zu klingen. »Gib mir Bescheid, wenn du den Laptop geknackt hast.«

»Okay, Jacques, bis später.«

Offenbar hatte Madame Aboly ihre Mitstreiter in der Hilfsorganisation nicht informiert, wie man es hätte erwarten können. Ein Zeichen, das für ihre Unschuld sprach. Die beiden Männer, die Leblanc am Telefon erreichte, waren zunächst abweisend und nicht bereit, ihre Mitarbeit bei der Organisation zur Hilfe illegaler Flüchtlinge zuzugeben. Sie stritten alles ab und leugneten, Madame Aboly zu kennen. Erst als Leblanc ihnen die Situation erklärt hatte und sie erkannten, welche Bedeutung ihre Aussage für Madame Aboly besaß und dass sie nicht ohne Not ihre Namen verraten hatte, wurden sie gesprächig. Beide bestätigten unabhängig voneinander, am Donnerstagabend mit ihr zusammen gewesen zu sein, und nannten auch die angegebene Adresse als Treffpunkt. Der eine fügte noch hinzu, Madame Aboly sei an dem Abend mit einem neu angekommenen Flüchtling zu einer afrikanischen Familie gefahren, deren Wohnung als Verteilerpunkt diente. Den Namen wollte er allerdings nicht nennen. Leblanc gab sich mit den Angaben zufrieden, die seiner Meinung nach stimmig waren. Es traten in Ermittlungen immer wieder Situationen auf, in denen er sich auf seine Intuition verließ, und bisher lag er damit richtig. Hier hätte er weiter nachbohren, auf der Adresse der afrikanischen Familie bestehen können, er hätte sich die Videoaufnahmen der Autobahnzahlstellen kommen lassen und nach Madame Abolys Wagen forschen können, aber er verzichtete darauf. Was er tat und was er ließ, das war oft eine Gratwanderung. Sicher war es denkbar, dass der Ermittler bei der Aufklärung eines Verbrechens einer Spur nicht genügend gefolgt war, weil er sich auf einen möglichen Täter eingeschossen hatte, der, wenn er einer anderen Spur nachgegangen wäre, sich gleich als unschuldig herausgestellt hätte. Meistens war es nur eine Frage der Zeit, bis die Sackgasse entdeckt und ein neuer Weg eingeschlagen wurde. Leblanc hatte von einigen wenigen Fällen von Polizeiirrtümern gehört. Er war sich der Gefahr bewusst, trotzdem verließ er sich neben sorgfältigen Untersuchungsmethoden zur Beweisführung und Indiziensammlung auch auf sein Gespür und seine Erfahrung. Zur Absicherung würde er im Hotel den Angestellten Madame Abolys Foto zeigen. Aber eigentlich hielt er die Überprüfungen für ausreichend, um von ihrer Unschuld überzeugt zu sein. Auf diesem Grat zu balancieren und nicht abzustürzen, das, so glaubte Leblanc, machte einen guten Kriminalisten aus.

»Ich fahre mal kurz ins Royal Plage«, rief er Nadine zu und war auch schon verschwunden.

Während das Hotel am Wochenende ausgebucht war, wirkte es jetzt, am Montag, fast wie ausgestorben. Der Portier, der am Donnerstag Dienst gehabt hatte, stand auch jetzt am Empfang. Im Gegensatz zum letzten Mal machte er einen müden Eindruck. Immerhin signalisierte er Wiedererkennen.

»Bonjour, Herr Kommissar. Wir alle haben heute in der Zeitung gelesen, dass Monsieur Picards Tod kein Selbstmord war. Eine furchtbare Sache! Von dem Gerücht haben wir vorher gehört, aber nun scheint es ja amtlich zu sein. Haben Sie denn den Mörder schon gefasst?«

»Nein, wir ermitteln noch. Deshalb bin ich hier. War diese Frau am Donnerstagabend hier im Hotel?«

Der Portier sah sich das Foto von Madame Aboly an. »Nein, ich habe die Frau nicht gesehen. Sie wäre mir vermutlich aufgefallen. Aber Sie wissen ja, ich bin nicht jede Minute am Platz und nehme nicht alle Leute, die ein und aus gehen, zur Kenntnis.«

»Und diese?« Leblanc zog die Kopie mit dem Foto von Hélène Picard aus der Tasche.

Kopfschütteln seitens des Portiers. »Nein, auch die nicht. Ich erinnere mich an eine ältere Dame, die ziemlich spät am Empfang vorbeiging, aber es war nicht diese. Wenn die Gäste keine Auskunft verlangen, rede ich nicht mit ihnen. Sie hat mich nicht angesprochen.«

»Viele Ihrer Gäste sind abgereist?«

»Ja, wir hatten eine Menge Festivalbesucher, die uns gestern verlassen haben. Die meisten russischen Gäste bleiben auch nicht länger als über das Wochenende. Heute ist es stiller bei uns. Ich hoffe nicht, dass sich der gewaltsame Tod des Schriftstellers negativ auf das Besucheraufkommen auswirken wird.«

»Die Leute vergessen schnell«, sagte Leblanc und ließ den schläfrigen Portier hinter seinem Tresen allein.

Die Aktion dauerte kaum eine Stunde, danach kehrte Leblanc wieder ins Präsidium zurück. Eine aufgeregte Nadine erwartete ihn.

»Sie glauben nicht, was ich herausgefunden habe, Chef.«

»Bevor du es mir erzählst, nur kurz: Madame Aboly und Hélène Picard können wir als Täterinnen ausschließen, was wir uns ja schon gedacht haben. Erst Fehlanzeige bei den Fingerabdrücken, dann wurde das Alibi von Madame Aboly bestätigt, und außerdem hat der Portier keine der beiden Frauen identifiziert. So, nun los, was hast du entdeckt?«

»Ich habe die Patientenakten von Madame Picard durchgesehen. Die sind zwar alphabetisch geordnet, aber am oberen Rand der Akte ist immer eine Kurzdiagnose vermerkt. Deshalb kann man sofort erkennen, um welche psychische Krankheit es sich handelt, also Depression oder Borderline-Persönlichkeitsstörung oder Zwangsneurose oder etwas Ähnliches. Dann bin ich auf eine Akte gestoßen, die überschrieben ist: »Dissoziale Persönlichkeitsstörung, impulsiv-aggressives Verhalten«. Der Name des Patienten ist Roger Verbier, zum Zeitpunkt der Behandlung, vor zwölf Jahren, sechsundvierzig Jahre alt. Und stellen Sie sich vor, die Akte war leer. Außer dem Titelblatt nichts.«

Nadine machte eine wirkungsvolle Pause.

»Und?«, fragte Leblanc.

»Ich habe in unserem Archiv nach dem Namen gesucht. Bingo. Der Mann ist vor neun Jahren zu einer Gefängnisstrafe von zwanzig Jahren verurteilt worden, weil er seine Frau erstochen hat. Als Grund seiner Tat hat er angegeben, sie habe ihn drangsaliert. Weil er keine Reue gezeigt hat, ist das Strafmaß relativ hoch ausgefallen. Chef, das ist genau der Fall, den JPP in seinem Roman schildert. Ich schätze, er hat die Akte an sich genommen.«

»Das ist anzunehmen. Zum einen wahrscheinlich, um seine Frau zu schützen. Wer weiß, ob Madame Picard in dieser Sache ganz unschuldig war oder ob sie ihren Patienten nicht mehr manipuliert hat, als wir glauben. Wäre das ans Licht gekommen, hätte man ihr auf jeden Fall die Approbation entzogen. Ohne Unterlagen gibt es keine Beweise.«

»Als Psychiaterin kann sie jetzt auch nicht mehr arbeiten«, unterbrach ihn Nadine.

»Das stimmt. Und JPP hat sicher auch aus Eigennutz gehandelt, um auszuschließen, dass jemand einen Bezug zu seinem Roman herstellt. Ich würde gern wissen, welche Rolle Madame Picard dabei gespielt hat, wie weit sie gegangen ist. Sie selbst wird sich dazu nicht äußern. Erinnerst du dich an ihre Worte: ›Es war meine Schuld‹, und danach hat sie gesagt ›Aber ich habe ihn so geliebt‹. Ich kann mir gut vorstellen, dass er sie zu dem Missbrauch an ihrem Patienten getrieben hat, um Stoff für seinen Roman zu haben.«

»Was für ein perfides Vorgehen – wenn es so war.«

»Kannst du die Prozessprotokolle beim zuständigen Gericht anfordern? In welchem Gefängnis befindet sich der Mann?«

»Bis vor zwei Jahren war er in Paris im Santé inhaftiert, aber das wurde ja wegen Renovierungsarbeiten geschlossen. Die meisten Häftlinge haben sie nach Fleury-Mérogis verlegt, aber als Langzeithäftling hat man ihn ins Bonne Nouvelle nach Rouen gebracht. Der Prozess fand natürlich in Paris statt. Ich kümmere mich um die Akten.«

»Respekt, Nadine, gute Arbeit.«

»Danke, Chef. Aber was die Tätersuche angeht, führt uns diese Spur nicht weiter.«

»Nicht unmittelbar. Der Verbier-Fall interessiert mich trotzdem. Je mehr man über das Mordopfer weiß, desto näher kommt man der Lösung. Alte Kriminalkommissar-Weisheit.«

# ZWANZIG

Beim Mittagessen im Central – Kalbsbrust mit Kroketten und Erbsen – nahm sich Leblanc JPPs *Tödlichen Einfluss* noch einmal vor. Es gab in dem Roman nicht nur die Perspektive des Psychiaters mit seinen Tagebucheinträgen, sondern auch die des Mannes, der zum Mörder wurde. JPP wechselte die Perspektive, dadurch erzeugte er eine erhöhte Spannung. Man konnte verfolgen, wie sich die Aggression und der Wunsch nach einem gewalttätigen Ausbruch in dem Mann steigerten, unterstützt vom Psychiater, der ihn antrieb. Der Roman endete mit dem Mord, den der Mörder als Befreiungsschlag empfand. Leblanc war sich sicher: Ohne seine Frau, die seinetwegen ihre Existenz als Psychiaterin aufs Spiel gesetzt hatte, hätte JPP das Buch nicht schreiben können. Vielleicht lag da der Schlüssel zur Lösung. Vielleicht hat JPP auch für seine anderen Romane jemanden benutzt, der illegale Handlungen beging oder ihm zumindest Informationen über solche Aktionen beschaffte. Für ihn, für JPP, damit er seinen Stoff bekam. Während er sich die knusprigen Kroketten in den Mund schob, dachte Leblanc an die Initialen CC, die in JPPs Kontoauszügen auftauchten, unregelmäßige Zahlungen größerer Summen. Da JPPs andere Bücher im Wirtschafts- und Bankenmilieu spielten, könnte dieser CC in genau den Bereichen tätig sein. Er würde nachher gleich die Bank anrufen.

Heute nahm er ein Dessert, es gab Île flottante. Diese Nachspeise mit Eischnee liebte er. Noch einen Kaffee, dann brach er auf. Sollte er kurz bei Charlotte vorbeischauen? Nein, er konnte unmöglich riskieren, dass ihm Liliane in trauter Eintracht mit René vor die Augen geriet. Das würde er nicht ertragen. Jetzt, da René wieder aufgetaucht war, hatte er keine Gelegenheit mehr, Liliane allein zu begegnen. Charlotte war seine einzige Chance gewesen. Er konnte ja nicht wie ein liebestoller Hund vor ihrem Haus auf und ab laufen. Hätte er sich doch Lilianes Telefonnummer geben lassen. Nein, nein, er musste diese Sache erst einmal aus seinen Gedanken verbannen. Der Fall war wichtig, nur der Fall. Trotzdem schmerzte sein Herz ein bisschen.

Sein Handy klingelte, als er im Auto saß. Es war Bernard, der wegen JPPs Laptop anrief.

»Ich bin in zwei Minuten da«, versprach Leblanc.

Aus den zwei wurden zehn, aber dann betrat er Bernards Büro. Bernard hantierte an JPPs Laptop herum und winkte Leblanc zu sich.

»Es hat etwas gedauert, bis ich das Passwort geknackt hatte. Aber jetzt haben wir Zugriff auf die Dateien. Setz dich neben mich, und sag mir, was dich davon interessiert.«

»Öffne mal die Datei *Bücher*!«

»Da sind seine Romane, chronologisch geordnet.«

»Geh auf *Tödlicher Einfluss*! Aha, interessant! Außer dem Manuskript ein *Tagebuch Hélène*. Druck mir davon ein paar Seiten aus.«

»Jetzt die anderen?«

»Ja. *Der Managermörder*. Was haben wir da? Einen *Text* CC und ein *Manuskript*. … Druck mir da auch jeweils zehn Seiten aus, ich will die Fassungen vergleichen. Bei den anderen vier Romanen? … Dasselbe: *Text* CC und *Manuskript*.«

»Was bedeutet das?«, wollte Bernard wissen.

»Wenn es stimmt, was ich vermute, dann hat er eine Art Ghostwriter gehabt, zumindest jemanden, der ihm den Romanstoff lieferte. Wir kommen der Sache näher. Ich muss nur noch herausfinden, wer CC ist. Hat er irgendwo einen Namen mit diesen Initialen vermerkt?«

»Ich habe bisher nichts entdeckt, aber ich kann noch einmal gezielt danach suchen … Die Suchmaschine spuckt jedenfalls nichts aus.«

»Was hat er denn unter *Persönliches* gespeichert?«

»Sieh es dir an! Eingescannte Zeugnisse, Verträge, E-Mails, die seine Wohnung betreffen, Rechnungen, Steuer. Nichts wirklich Persönliches, keine Briefe oder Tagebücher.«

»Der Mann hat offenbar alles Private aus seinem Leben getilgt. In der Wohnung haben wir auch nichts gefunden.«

»Dann gibt es noch die Dateien *Verlag* – Korrespondenz mit seinem Verleger – und *Presse*, da hat er Kritiken seiner Bücher gesammelt. In *Lesungen* im Wesentlichen weitere Mails und Verträge und in *Klinik* Dokumente, die die Unterbringung seiner Frau betreffen.«

»Das scheint alles zu sein. Kommst du an sein Mail-Benutzerkonto ran?«

»Ich kann es versuchen, aber das wird ein bisschen dauern.«

»Gut, vielleicht ist das ergiebiger als das Smartphone, das er offenbar vorwiegend zum Telefonieren benutzt hat. Oder er hat die Mails sofort gelöscht.«

»Ich melde mich, bis später. Vergiss die ausgedruckten Seiten nicht!« Bernard tauchte wieder in die unergründlichen Tiefen des Computers ein.

Leblanc stieg die Treppe zum Büro hinauf und fand eine gebannt vor ihrem Bildschirm sitzende Nadine vor.

»Was ist denn so spannend?«, fragte er.

»Die Prozessprotokolle. Das Gericht hat sie sofort gemailt. Madame Picard wurde demnach als Gutachterin für den psychischen Zustand von Roger Verbier im Prozess hinzugezogen. Der Täter hat die Tat von Anfang an nicht geleugnet, er hat ausgesagt, der

Mord sei eine Befreiung gewesen, er habe seine Frau gehasst und er habe Hilfe von seiner Ärztin – er meinte damit Madame Picard – bekommen. Sie habe ihn unterstützt und ermutigt, die Tat zu begehen. Madame Picard behauptete, ihr Patient habe ihre ›Unterstützung‹ falsch gedeutet. Natürlich habe sie ihn zu keinem Zeitpunkt zu einer Straftat ermutigt, sie habe lediglich Verständnis gezeigt für seine seelische Bedrängnis. Das sei schließlich ihre Aufgabe. Ihr Ziel sei es gewesen, ihn von der latenten Gewaltbereitschaft zu befreien und durch Entwicklung seiner sozialen Fähigkeiten auf einen Weg hin zu persönlicher Stärke und Entscheidungsfähigkeit zu bringen. Der Mann blieb aber bis zum Schluss bei seiner Aussage, am Ende sagte er sogar, sie, die Ärztin, trage eine Mitschuld an seiner Tat.«

»Genauso wird es gewesen sein. Der Angeklagte konnte nichts beweisen, und das Gericht hat sich natürlich nicht seiner Version angeschlossen, sondern der der Psychiaterin.«

»Und Madame Picard entwickelte danach tiefe Schuldgefühle, aus denen sie sich nicht mehr zu befreien vermochte. Sie arbeitete nicht mehr, sprach nicht mehr, aß nicht mehr. Bis ihr Mann sie in die Klinik brachte.«

»Damit war er zugleich die Sorge los, sie könnte doch einmal auspacken, ihre Schuld gestehen und ihn damit belasten. Einer psychisch Gestörten würde kein Mensch glauben. Die Frau war aus der Öffentlichkeit verschwunden.«

Dann berichtete Leblanc Nadine von seinem nach Durchsicht der Dateien auf JPPs Laptop entstandenen Verdacht, dass JPP bei den anderen Romanen ähnlich verfahren war. Der unbekannte CC habe ihm, so wie zuvor seine Frau, die Grundlage für seine Bücher geliefert. Er reichte Nadine die ausgedruckten Blätter der zwei Fassungen von JPPs *Managermörder* mit den Worten: »Die eine ist von CC – jedenfalls hat JPP sie so bezeichnet –, die andere von ihm selbst. Lies die beiden mal durch und vergleiche sie! Ich möchte wissen, was von CC stammt, was JPP übernommen hat und wie groß sein eigener Anteil ist.«

Während Nadine las und die Manuskripte verglich, rief Leblanc den Untersuchungsrichter an und informierte ihn über die neuesten Entwicklungen im Fall JPP. Monsieur Bertrand zeigte sich zunächst besorgt, als er hörte, dass sich mehrere Verdachtsmomente als Sackgasse erwiesen hatten. Seine Hochachtung stieg jedoch, als ihm Leblanc die derzeitigen Ermittlungen vortrug.

»Ich denke, wir sind damit auf dem richtigen Weg«, schloss Leblanc seinen Bericht.

»Leider, Kommissar Leblanc«, merkte der Untersuchungsrichter an, »wird es mir auch diese Woche nicht möglich sein, Ihnen in Deauville einen Besuch abzustatten. Aber wir holen das nach, ganz sicher. Wenn Sie irgendetwas benötigen, zögern Sie nicht, mir Bescheid zu geben.«

»Ja, da wäre etwas, wofür ich Ihre Unterstützung benötige. Für die Identifizierung dieses CC brauche ich eine Auskunft von der Bank, die sie mir ohne ein Ersuchungsformular von Ihnen mit vollem Recht verweigern würde. Könnten Sie …?«

»Selbstverständlich erhalten Sie ein Auskunftsersuchungsformular. Ich faxe es Ihnen sofort zu und hoffe, dass Ihre Spur zum Ziel führt.«

Zehn Minuten später fischte Leblanc das gewünschte Papier aus dem Faxgerät. Er war hochzufrieden, dass sich die Zusammenarbeit mit dem Untersuchungsrichter ähnlich positiv und unproblematisch gestaltete wie zuvor mit dem nun pensionierten Staatsanwalt in Lisieux. Bei der neuen, jungen Staatsanwältin wäre er da nicht so sicher. Sie wirkte ehrgeizig, und er befürchtete, dass sie ihn zur Eile antreiben – los, Herr Kommissar, machen Sie schnell, wir brauchen Ergebnisse – und sich in seine Untersuchungen einmischen würde. Insgeheim dankte er ihr, dass sie ihn sofort an Monsieur Bertrand verwiesen hatte.

Leblanc wählte die Nummer des zuständigen Kreditinstituts, die er in JPPs Unterlagen gefunden hatte. Er ließ sich mit dem Direktor, einem Monsieur Ferrand, verbinden und trug sein Anliegen vor. Der Bankdirektor bestand, wie vorausgesehen, auf einem Antrag des Untersuchungsrichters und auf einem Rückruf seinerseits. Es dauerte eine gute halbe Stunde, bis Leblancs Telefon klingelte.

»Hier ist Monsieur Ferrand von der BNP Parisbas. Der Antrag ist eingetroffen, alles in Ordnung. Mir liegt nun auch die Kontoführung von Monsieur Picard vor, Herr Kommissar. Was möchten Sie wissen?«

»Von Monsieur Picards Konto sind gelegentlich Überweisungen an eine Person gegangen, die nur mit CC bezeichnet wird. Es taucht nirgends der vollständige Name der Person auf. Können Sie aufgrund der Kontonummer feststellen, wem dieses Konto gehört?«

»Das könnte ich, wenn dieses Konto bei unserer Bank geführt würde. Wenn es, wie in diesem Fall, ein anderes Kreditinstitut betrifft, müssen Sie sich an dieses wenden. Aber ich kann Ihnen aufgrund der IBAN sagen, dass es sich um die Pariser Filiale 32 der Société Générale handelt, von der ich Ihnen die Telefonnummer geben kann.«

Leblanc bedankte sich, versuchte es bei der genannten Bank und musste erneut das amtliche Procedere durchlaufen, bis er von dem zuständigen Filialleiter angerufen wurde.

»Dieses Konto existiert nicht mehr. Es wurde vor zwei Wochen aufgelöst«, erklärte der Filialleiter. »Es gehörte einer Madame Camille Christophe.«

»Wissen Sie, aus welchem Grund Madame Christophe das Konto gekündigt hat?«

»Warten Sie mal! Nein, sie hat es nicht gekündigt. Es liegt eine Sterbeurkunde vor. Das Konto wurde aufgrund dessen aufgelöst.«

»Wie? Wer ist gestorben? Die Kontoinhaberin?«

»Ja. Das ist richtig. Madame Camille Christophe ist verstorben, so steht es auf der Urkunde.«

»Sind Sie sicher, dass es sich um dieses Konto handelt? Kein Versehen?«

»Kein Versehen, zweimalige Kontrolle. Madame Camille Christophe.«

»Danke, Monsieur«, beendete Leblanc das Gespräch. Er war verwirrt und ratlos. CC eine Frau? Und tot? Fiel damit sein Verdacht in sich zusammen?

»Was ist los?«, fragte Nadine, die mit halbem Ohr zugehört hatte.

»CC war eine Frau namens Camille Christophe. War, sie ist nämlich gestorben, offenbar erst kürzlich.«

»Soll ich in unserer Datenbank nachsehen, ob der Name vermerkt ist?«

»Ja, tu das. Hast du bei den Manuskripten etwas feststellen können?«

»Die sind ziemlich identisch, manchmal ist ein Satz leicht verändert worden, aber im Großen und Ganzen kann ich keine Unterschiede erkennen.«

»Was bedeutet das?« Leblanc sinnierte laut. »Dass CC, also Camille Christophe, Manuskripte geschrieben hat, die JPP unwesentlich verändert als seine ausgegeben hat? Sie wäre demnach sein Ghostwriter gewesen. Dafür hat er sie bezahlt? Aber im Vergleich dazu, was er selbst mit seinen Büchern verdient hat, sind die Summen, die er überwiesen hat, ziemlich gering. Die Frau hätte ihn erpressen und mehr Geld fordern können, ein überzeugendes Motiv für einen Mord. Nur leider kommt sie als Täterin nicht infrage, weil sie tot ist.«

Leblanc schüttelte ratlos den Kopf. Die Geschichte erschloss sich ihm nicht. Er suchte die Telefonnummer des Verlegers Dufour heraus und rief ihn an. Ob er einmal von JPP den Namen Camille

Christophe gehört habe? Fehlanzeige, Monsieur Dufour verneinte, nie gehört.

Natürlich musste JPP die Tatsache, dass es diese Frau gab, die seine Bücher schrieb, geheim halten. Deshalb überall nur die Initialen CC. Natürlich durfte nicht ans Tageslicht dringen, dass er nicht der Autor seiner Romane war. Das wäre ein Skandal gewesen – der große Bestsellerautor, der seine Bücher schreiben lässt –, dann hätte er seine Popularität und seine theatralischen Auftritte vergessen können. Wenn sie ihn erpresst hatte, hätte er seinerseits einen Grund gehabt, sie umzubringen. War JPP ein Mörder? Leblanc musste herausbekommen, wie diese Camille Christophe ums Leben gekommen war. Jedenfalls erklärte sich nun JPPs Ankündigung, keine Romane mehr veröffentlichen zu wollen. Er war nicht in der Lage, selbst welche zu schreiben, und sein Ghostwriter hatte sich verabschiedet.

Leblanc rief Bernard an. »Sieh bitte noch einmal in JPPs Datei *Bücher* nach. Wie viele Romane sind da gespeichert?«

»Einen Moment.« Bernard tippte auf dem Laptop herum. »Es sind insgesamt sechs Titel. Unter dem letzten, *Goldfieber*, ist nur ein Manuskript gespeichert, ein CC-Manuskript.«

»Danke, Bernard, das hilft mir.«

Natürlich, dachte Leblanc, Camille Christophe hat den sechsten Roman schon geschrieben, aber JPP hatte ihn noch nicht bearbeitet und tat so, als ob er recherchieren müsse, von wegen Reise nach Hongkong. Die Zusammenhänge gewannen an Kontur. Aber all das gab keinen Hinweis darauf, wer JPP umgebracht haben könnte.

»Chef, ich habe in der Datenbank etwas entdeckt«, platzte Nadine in Leblancs Überlegungen hinein.

»Ja? Die Frau ist ermordet worden, nicht?«

»Nein. Sie hat Selbstmord begangen, am 18. Februar in Paris. Die Kollegen haben den Vorgang genau dokumentiert. Camille Christophe, neununddreißig Jahre alt. Ihre Nachbarn, ein älteres

Ehepaar in der Avenue Victor-Hugo 39 – das ist übrigens gar nicht weit von JPPs Wohnung in der Rue de la Pompe entfernt –, haben die Polizei geholt, nachdem sie gemerkt hatten, dass die Frau ihren Briefkasten mehrere Tage nicht geleert hatte. Normalerweise habe sie, so die Nachbarn, bei Abwesenheit Bescheid gesagt. Sie hätten mehrfach geklingelt und dann Angst bekommen. Deshalb riefen sie bei der Polizei an. Die Kollegen fanden die tote Camille Christophe auf dem Bett. Und jetzt kommt es, Chef: Sie hat sich mit Zyankali vergiftet.«

»Was?«

»Ja, das kann doch kein Zufall sein.«

»Ist denn auch in Richtung Mord ermittelt worden?«

»Nein. Sie hat einen Abschiedsbrief hinterlassen, aus dem ihre Absicht eindeutig hervorgeht. Der Wortlaut ist hier vermerkt: ›Ich kann nicht mehr. Ich will nicht mehr. Mein Leben ist sinnlos geworden. Ich mache Schluss.‹«

»Das klingt nach tiefer Verzweiflung. Warum nur?«

»Das weiß ich nicht. Es erklärt nur, warum die Staatsanwaltschaft Mord ausgeschlossen hat. Die Tote wurde zwar zur Leichenschau in die Rechtsmedizin gebracht, aber es wurde keine Obduktion durchgeführt, weil der Leichnam keinerlei Spuren äußerer Gewaltanwendung aufwies.«

»Ich weigere mich zu glauben, dass diese Tat nichts mit JPP zu tun hat. Taucht sein Name irgendwo im Bericht auf?«

»Nein«, sagte Nadine kopfschüttelnd.

»Der einzige gemeinsame Nenner zwischen den beiden Todesfällen ist das Zyankali. Aber ich kann mir keinen Reim darauf machen, es sei denn, JPP hätte sich ebenfalls selbst umgebracht. Aber es spricht alles dagegen. Vielleicht besteht der Zusammenhang doch über das letzte Buch, das Camille Christophe für JPP geschrieben hat, *Goldfieber*. Da sind wir wieder beim Gold. Vielleicht hat sie bei ihren Recherchen in ein Wespennest gestochen und ist so sehr bedroht und eingeschüchtert worden, dass sie einen Selbstmord vorzog. Oder die Täter – es könnte sich tatsächlich um die Mafia gehandelt haben – haben sie gezwungen, den Abschiedsbrief zu schreiben. Und bei JPP dasselbe, nur ohne Abschiedsbrief.«

»Aber wie haben sie ihn zwingen können, das Gift zu trinken?«

»Kriminelle Banden wie die Mafia verfügen über Methoden, die man sich besser nicht vorstellt. Wer weiß, wie jemand reagiert, der zwischen Zyankali und langsamem Erdrosseln oder Durchschneiden der Halsschlagader zu wählen hat.«

»Aber warum machen sich professionelle Mörder die Mühe, ihr Opfer hier in Deauville umzubringen? Das hätten sie ebenso gut, wenn nicht sogar besser, in Paris erledigen können.«

»Tja, das bleibt vorerst eine offene Frage. Die genauen Zusammenhänge erschließen sich mir noch nicht ganz.«

»Chef, wie sollen wir das jemals rauskriegen?«

»Indem wir bei Camille Christophe ansetzen. Ich möchte mit den Nachbarn sprechen, die scheinen die Frau näher gekannt zu haben. Kannst du beim zuständigen Kommissariat in Paris anrufen und dir ein Foto von Camille Christophe mailen lassen? Und wir brauchen Namen und Telefonnummer der Nachbarn.«

»Ich kümmere mich darum. Das heißt, wir fahren noch einmal nach Paris?«

»Ja, morgen.«

Leblancs Blick fiel auf Nadines Sporttasche in der Ecke, was ihn auf eine unwiderstehliche Idee brachte. Er zögerte, bevor er mit seiner Frage herausrückte. Möglichst beiläufig sollte sie klingen. Er holte Luft. »Hast du Handballtraining heute Abend?«

Die Beiläufigkeit war ihm offenbar gelungen. Sie witterte keinen Verdacht. »Ja, ach, Sie meinen wegen der Tasche. Ich gehe gleich von hier zum Training, ist ja nicht weit.«

»Wo trainierst du denn?«

Nadine horchte auf, ihr Chef hatte bisher noch nie großes Interesse an ihren sportlichen Aktivitäten gezeigt. »In der Turnhalle vom Gymnasium Maurois. Warum?«

»Och, nur so. Wie lange geht denn das Training?«

»Bis neun. Was ist denn, Chef? Brauchen Sie mich noch? Dann bleibe ich natürlich.«

»Nein, nein. Sei morgen pünktlich um neun hier.« Er musste ablenken, sonst würde sie bei seinen Nachfragen misstrauisch werden.

Sie ging auf die Ablenkung ein. »Ja, klar.«

»Viel Spaß beim Handball«, wünschte Leblanc, als sie kurze Zeit später das Büro verließ.

Er vertrieb sich knapp zwei Stunden die Zeit mit dem Lesen der JPP-Manuskripte, ohne jedoch konzentriert bei der Sache zu sein.

# EINUNDZWANZIG

Um fünf vor neun hielt ein dunkler Peugeot auf der stadtauswärts führenden Straßenseite des Boulevard Eugène-Cornuché schräg gegenüber vom Gymnasium Maurois. Der Wagen kam zwischen zwei Lichtmasten zum Stehen, am Punkt größtmöglicher Dunkelheit. Darum bemüht, nicht gesehen zu werden, rutschte der Fahrer auf seinem Sitz nach vorn, bis seine Knie vom Cockpit gestoppt wurden. In dieser halb liegenden Position waren seine Augen wie Scheinwerfer auf das Gebäude des Gymnasiums gerichtet, genauer gesagt auf die Sporthalle. Ein Privatdetektiv? Ein Spion? So ähnlich kam sich Leblanc vor, als er dort zusammengekauert in seinem Auto auf das Ende des Handballtrainings wartete. Sein Herz pochte wild, nicht nur, weil er in ein paar Minuten seine Lilie wiedersehen würde, sondern auch aus Furcht, entdeckt zu werden. Diese Peinlichkeit würde nie wieder auszuräumen sein. Er hatte sich nicht einmal zurechtgelegt, was er sagen würde, falls Nadine ihn in diesem unwürdigen Zustand aufstöbern würde. Vielleicht so etwas wie: Er sei auf dem Weg nach Hause gewesen, da habe ihn die Müdigkeit übermannt und er habe kurz ein Nickerchen am Straßenrand gemacht? Nein, das wäre das Dümmste, was ihm je eingefallen war.

Eine Gruppe von jungen Leuten mit Sporttaschen trat aus dem Gebäude. Sie blieben einen Moment vor der Tür stehen, dann zerstreuten sie sich. Einige holten ihre Räder aus dem überdachten Fahrradständer, andere machten sich zu Fuß auf den Heimweg. Leblanc erkannte Nadine, er duckte sich noch ein bisschen mehr.

Liliane war nicht dabei. Vielleicht hatte sie das Training ausfallen lassen. Auch gut, dann würde sich seine unsinnige Aktion in Luft auflösen. Gerade als er entschlossen war, seinen Standort zu verlassen, tauchte sie auf, mit zwei anderen Nachzüglern verließ sie die Sporthalle. Wenn sie jetzt nur nicht von einem der beiden im Auto mitgenommen oder gar auf ihrem Heimweg begleitet werden würde. Aber nein. Die zwei winkten ihr zum Abschied zu, und Liliane schulterte ihren Rucksack und ging zu Fuß und allein in Richtung Trouville. Leblanc gab ihr einen Vorsprung und wartete, bis sie die Straßenseite gewechselt hatte. Dann gab er Gas, und als er ihre Höhe erreicht hatte, hielt er an, ließ die Scheibe herunter und rief ihr mit einem fragenden Unterton in der Stimme, so als wunderte er sich, sie an diesem Ort, zu dieser Zeit anzutreffen: »Liliane? Hallo, Liliane.«

Als sie ihn erkannte, blieb sie stehen, beugte sich zum offenen Fenster hinunter und lächelte. Kein Mensch lächelte so wie Liliane. Galt das ihm, oder wurde jeder mit diesem Ausdruck tiefer Freude begrüßt? »Jacques, was machst du hier?«

»Ich habe bis eben im Präsidium gearbeitet und bin auf dem Weg nach Hause. Und du?« Leblanc, der Heuchler.

»Ich hatte Handballtraining, die Bewegung tut mir gut nach dem Tortenbacken. Und ich lerne Leute kennen. Wir gehen manchmal nach dem Training zusammen etwas trinken, aber heute hatten die meisten keine Zeit.«

»Steig ein«, forderte sie Leblanc nach diesem verheißungsvollen Anfang auf, »Ich fahre dich nach Hause. Oder hast du Lust, mit mir etwas zu trinken? Wir könnten zu meinem Freund Lulu ins Bistro gehen.« Sag ja, sag ja, rhythmisierte hämmernd sein Herz.

Sie sagte ja, sagte: »Warum nicht, eine Stunde, dann möchte ich nach Hause, sonst bin ich morgen nicht ausgeschlafen.«

»Klar«, antwortete Leblanc und bemühte sich, nicht zu euphorisch auszusehen.

In Lulus Bistro beendete eine Gruppe von Männern der freiwilligen Feuerwehr ihre monatliche Sitzung mit einem Umtrunk. Sonst waren nur wenige Tische belegt. Lulu staunte, als er seinen Freund und dessen Begleiterin das Lokal betreten sah, aber das behielt er für sich. Formvollendet begrüßte er die beiden, fragte, was sie trinken wollten. Leblanc einen kleinen Weißen, wie immer, und die Dame? Die wollte Apfelsaft. Apfelsaft? Da zog Lulu doch seine Augenbrauen in die Höhe. Und etwas zu essen? Nein, so spät nicht mehr. Da verzichtete auch Leblanc auf ein Sandwich.

»Trinkst du keinen Wein?«, fragte Leblanc, neugierig geworden.

»Ich mache mir nichts aus Alkohol«, tat die Angebetete, wiederum mit einem strahlenden Lächeln, kund, »er benebelt meinen Kopf, der Zustand gefällt mir nicht.«

Leblanc, der den beschriebenen Zustand nur allzu gern herbeiführte, nickte, Verstehen andeutend. Es war ihm völlig egal, was sie trank oder aß, Hauptsache, er konnte sie ansehen. Und das tat er ausgiebig, bis sie mit einer Frage das stumme Angesehen-Werden unterbrach.

»Du bist häufig hier?«

»Ja, Lulu ist ein Freund von mir, er macht mir jederzeit etwas zu essen und zu trinken, auch wenn es mal sehr spät geworden ist.«

Aus ihrem Blick sprach etwas, das Leblanc lieber nicht wahrgenommen hätte: Mitleid. Plötzlich betrachtete er sich mit ihren Augen. Da saß ein älterer Mann mit ziemlich grauen Haaren vor ihr, der allein lebte und außer einem Kneipenwirt keinen Menschen hatte, der sich um ihn kümmerte. Keinen, der zu Hause auf ihn wartete, keinen, der ihm eine Hühnersuppe kochte, keinen, der ihn tröstete, wenn er Trost brauchte. Er durfte jetzt nicht in Melancholie verfallen, nicht in Gegenwart seiner Lilie. Er musste alles an Esprit aus sich herausholen.

»Ja, weißt du, die Verbrecher nehmen keine Rücksicht auf die Uhrzeit, und ich bin hier der Kommissar, der für Recht und Ordnung sorgt und der auch dich beschützt, damit du nachts sorglos schlafen kannst.«

Der Witz kam bei Liliane nicht an. Sie machte ein ernstes Gesicht und überdachte seine Worte. »Du hast recht. Die Bürger sollten dankbar sein, dass sie in Sicherheit leben können. Man denkt viel zu wenig darüber nach. Deine Arbeit erfordert große Verantwortung.«

Das war nicht der Effekt, den Leblanc sich erhofft hatte. Er wollte das Gespräch auflockern, seine Schlagfertigkeit unter Beweis stellen, aber an Liliane prallten seine Absichten ab. Besser, er brachte sie zum Reden. »Wie geht es denn mit deinen Törtchen voran? Schon wieder etwas Neues kreiert?«

Da verschwand der ernste Ausdruck, sie strahlte wieder. »Bei mir gibt's noch keine neue Kreation, aber René hat ein Rezept mitgebracht, das klingt absolut toll, mit Kokoscreme und Mango und ein bisschen Limettensaft. Wir wollen es *Tropischer Garten* nennen, garniert wird es mit hauchdünnen Mangoscheiben und einem Krokantgitter. René hat es schon ausprobiert, und morgen wollen wir bei Charlotte einen ersten Versuch starten. Ich bin schon ganz aufgeregt.«

Leblanc konnte nicht an sich halten. »René ist wieder da, nicht?«

»Ja, seit heute.«

»Und … hat er sich eine neue Arbeit gesucht?«

»Nein, ich glaube nicht. Wir haben nicht viel miteinander geredet. Aber es sieht so aus, als würde er bei Charlotte bleiben.«

»Und du …?«

»Ich natürlich auch, zumal ich gerade beginne, mich hier einzuleben. Ich bin jetzt fünfundzwanzig und habe mein ganzes Leben noch vor mir. Es ergeben sich bestimmt noch viele andere Möglichkeiten. Eigentlich bin ich sehr glücklich darüber, was ich bislang erreicht habe. Und irgendwann werde ich auch eine Familie haben, ich möchte mindestens vier Kinder.« Sie leerte ihr Glas in einem

Zug. »Ich hatte richtig Durst vom Handballtraining. Danke, dass du mich eingeladen hast. Jetzt würde ich aber gern nach Hause gehen. Ich möchte morgen fit sein für den *Tropischen Garten.*«

»Klar, ich fahre dich.«

»Du bist sehr nett.«

Leblanc gab Lulu ein Zeichen, dass er Liliane nach Hause bringen und dann noch einmal wiederkommen würde.

Bevor sie aus seinem Auto stieg, reichte sie ihm, wie beim letzten Mal, die Hand und bedankte sich artig. Leblanc fühlte sich wie ein alter Onkel, der seiner jungen Nichte die Welt gezeigt hatte.

Als er zu Lulu zurückkehrte, hatte er den Boden unter den Füßen verloren. Lulu kannte ihn so gut, dass er seinen Gesichtsausdruck sofort zu deuten wusste. Er stellte eine Flasche Weißen auf den Tisch. Die Feuerwehrleute brachen auf, und Lulu setzte sich zu Leblanc.

»Das ist die größte Niederlage meines Lebens, Lulu.«

Die Situation erforderte Fingerspitzengefühl, wusste der Freund. Aufbauarbeit musste geleistet werden. »Sieh es mal so, Jacques: Du hast dich in etwas verrannt, und jetzt bist du wieder frei.«

»Ach, ich will die Freiheit nicht mehr.«

»Warte ein paar Wochen, dann bist du dankbar. Liebeskummer geht vorbei.«

»Ich habe mich noch nie so alt und dumm gefühlt. Und ich habe noch nie eine Frau getroffen, die so unnahbar ist wie Liliane. Als steckte sie tatsächlich in einer Rüstung, gepanzert bis zum Haaransatz. Ich jedenfalls dringe nicht bis zu ihr vor. Meine Jeanne d'Arc.«

»Wenn der richtige Ritter naht, wird sie die Rüstung schon ablegen. Du bist einfach nicht der Richtige. Gut, wenn du das jetzt einsiehst und nicht erst später.«

»Wie hast *du* sie denn wahrgenommen?«

»Sie ist eine junge, hübsche Frau, dazu nett und freundlich, nicht arrogant oder eingebildet. Aber für dich, Jacques, empfindet sie keine Leidenschaft. Das sagt dir ein in Enttäuschungen erfahrener Freund.«

Leblanc gelang ein schiefes Grinsen. »Zugegeben, sie könnte meine Tochter sein. Aber man sagt doch immer, junge Frauen stehen auf ältere Männer.«

»Offenbar nicht alle. Gib dich damit zufrieden, dass du es versucht hast. Und trink noch ein Glas.«

Dass er am nächsten Tag eine Autofahrt vor sich hatte, hielt ihn nicht davon ab, die ganze Flasche zu leeren. Danach sprach er noch kräftig dem Calvados zu, den Lulu brachte. Normalerweise war es Lulu, der seinen bei Alkohol eher zurückhaltenden Freund zu dem einen oder anderen Glas ermunterte. Dieses Mal legte er besorgt die Hand auf Leblancs Arm, als der erneut nach der Flasche Calvados griff. Er dachte vorausblickend an den nächsten Tag. Leblanc war alles egal. Er würde morgen Nadine bitten, den Wagen zu fahren. Seinen Peugeot könnte er vor dem Bistro stehen lassen. Als er sich schließlich erhob, schwankte er wie ein Schilfrohr im Wind. Lulu, selbst nicht mehr ganz sicher auf den Beinen, begleitete ihn zu Fuß zu seiner Wohnung und nahm das Angebot an, auf Leblancs Couch zu schlafen. Er zog dem Freund Hose und Jackett aus und legte ihn wie eine Mutter ihr Kind sanft ins Bett.

»Stell den Wecker auf acht«, murmelte Leblanc noch, bevor er in einen ohnmachtsartigen Schlaf sank.

Lulu leistete auch diesen Freundschaftsdienst und wusste schon jetzt, was am nächsten Morgen auf ihn zukommen würde.

# ZWEIUNDZWANZIG

Um halb neun am nächsten Morgen rief Leblanc Nadine an und bat sie, ihn um neun zu Hause abzuholen. Er fühlte sich sterbensschlecht. Wäre Lulu nicht gewesen, hätte er den Wecker nicht gehört und wäre gar nicht erst aufgewacht. Aber Lulu, der fürsorgliche Freund, hatte ihn gerüttelt, war zur Apotheke gegangen, hatte Alka-Seltzer und ein basisches Pulver besorgt sowie ein Baguette mit Butter aus der Bäckerei. Leblanc ließ sich die trübe Flüssigkeit einflößen. Nach einer Viertelstunde zwang ihn Lulu, ein Stück Brot zu essen. Leblanc konnte sich nicht erinnern, jemals in so einem elenden Zustand gewesen zu sein. Selbst das Duschen änderte nichts. Am liebsten hätte er sich wieder ins Bett gelegt. Aber pünktlich um neun klingelte Nadine. Lulu verfrachtete Leblanc auf den Beifahrersitz und sagte zu der erstaunten Nadine:

»Ihrem Chef geht es nicht so gut. Gehen Sie vorsichtig mit ihm um und lassen Sie ihn keinesfalls ans Steuer.«

Leblanc hatte sich eine Sonnenbrille aufgesetzt, obwohl sich kein einziger Sonnenstrahl zeigte und die Wolken tief hingen. Die Farbe seiner Gesichtshaut changierte zwischen aschfahl und gelblich.

»Sie sehen schrecklich aus, Chef. Was ist denn passiert?«

»Ist spät geworden gestern«, murmelte Leblanc. »Ich brauche nur etwas Schlaf, dann geht es wieder.«

Nadine erkannte den Ernst der Lage, holte eine Decke aus dem Kofferraum und knüllte ihre Regenjacke zu einem Kissen zusammen. Dann beförderte sie Leblanc in eine halb liegende Position und deckte ihn zu. An die Autofahrt hatte er später keine Erinnerungen mehr. Er schlief zwei Stunden lang.

Er erwachte, als Nadine seinen Arm berührte und sagte: »Wir sind da.« Sie hatte den Wagen in der Avenue Victor-Hugo geparkt. »Sind Sie wieder ansprechbar?«

Tatsächlich hatte ihm der Schlaf gutgetan und die Übelkeit beseitigt. Sein Kopf war von den hämmernden Schmerzen fast befreit, nur die Benommenheit wollte nicht verschwinden, was Nadine nicht verborgen blieb.

»Ich schlage vor, dass wir einen Kaffee trinken, bevor wir die Befragung beginnen«, sagte sie und lenkte ihn mit leichtem Händedruck am Arm in Richtung einer Bar. Auf der Avenue Victor-Hugo, der längsten Straße des 16. Arrondissements, wechselten sich Edelboutiquen, Büros und Banken, Bars und Restaurants ab. Vor dem Schaufenster des Luxus-Chocolatiers Patrick Roger blieb Nadine stehen und betrachtete staunend die Affen-Skulpturen aus Schokolade. Daneben Hühner und Eier, die auf das nahende Osterfest hinwiesen, und feine Schokopralinen in bunten Kästchen.

»Unglaublich, sehen Sie mal, das sind richtige Kunstwerke.«

Leblanc zog sie weiter. »An Schokolade mag ich gerade nicht denken.«

In der Bar nahm Leblanc seine Sonnenbrille ab und einen doppelten Espresso zu sich. Er fühlte sich belebt. An Nadines Blick erkannte er, dass die Belebung durch den Kaffee auch zu einer frischeren Gesichtsfarbe geführt hatte. Er hatte sich von einem Halbtoten in ihren Chef zurückverwandelt.

»Geht es wieder?«

Er versuchte ein Lächeln. »Ja.« Er versuchte eine Erklärung. »Alles in Ordnung. Wir haben gestern ein bisschen gefeiert.«

»Ich habe bei den Nachbarn von Camille Christophe, Monsieur und Madame Boulanger, angerufen und uns angekündigt. Ein Foto der Toten und von JPP habe ich dabei.«

»Du übernimmst heute die Befragung, ich halte mich zurück.«

»Gerne, Chef.«

Die Nummer 39 in der Avenue Victor-Hugo, ein fünfstöckiges Gebäude aus dem 19. Jahrhundert, beherbergte im Erdgeschoss eine Bank und eine Boutique für Damenbekleidung. Das Ehepaar Boulanger wohnte im vierten Stock. Eine gepflegte grauhaarige Dame um die siebzig öffnete Nadine und Leblanc die Tür, im Hintergrund erschien ihr Ehemann, der deutlich älter war und sich auf eine Gehhilfe stützte.

»Treten Sie doch ein! Sie kommen wegen Camille, nicht wahr?«

Die Dame führte die beiden Polizisten in ein Wohnzimmer, das aus einer anderen Zeit zu stammen schien. Dicke, bunt gemusterte Teppiche auf dem Parkettboden, dunkle Möbel, Häkeldeckchen auf dem Vertiko, ein beiges Samtsofa mit farblich passenden Sesseln, ein runder Holztisch, gerahmte Drucke von bekannten Gemälden wie *Das Frühstück im Grünen* von Édouard Manet an den Wänden, ausgebleichte bräunliche Tapeten. Nachdem sich auch Monsieur mühsam in einem Sessel niedergelassen hatte, begann Nadine die Befragung.

»Camille Christophe wohnte direkt neben Ihnen?«

»Ja, wenn Sie im Treppenhaus stehen, die Tür auf der linken Seite. Wir kennen sie – kannten sie – schon lange, sie hatte die Wohnung bezogen, als sie zu studieren begann, vor ungefähr zwanzig Jahren. Frau Kommissarin, es ist eine Tragödie. Diese junge, schöne intelligente Frau, die alle Chancen im Leben hatte, bringt sich um. Wir können es immer noch nicht begreifen. Mein Mann ist achtzig, er hat als Kind den Zweiten Weltkrieg, die Besatzung durch die Deutschen miterlebt. Angesichts solcher Erfahrungen ist man dankbar, dass man diese schwere Zeit überlebt hat, und schätzt das Leben hoch. Heute geht es uns so gut. Weshalb wählt jemand freiwillig den Tod?«

Nadine unterließ es, die ihr nicht gebührende Anrede zu korrigieren. »Wir versuchen, den Grund herauszubekommen. Sie sprechen von Chancen, die Camille Christophe gehabt hätte. Was meinen Sie damit?«

»Camille hat an einer der prestigereichsten Grandes Écoles, der ENSAE, Ökonomie, Statistik und Finanzen studiert und mit Erfolg abgeschlossen, das sagt alles. Sie wissen sicher, dass einem damit alle Türen offen stehen. Bedeutende Ökonomen der Europäischen Zentralbank und der Weltbank, sogar Minister entstammen dieser Universität. Camille hat ein Jahr in Harvard verbracht, und nach dem Studium war sie in einer Bank in London tätig, bevor sie zum Finanzministerium hier in Paris wechselte. Die Wohnung bei uns hat sie die ganze Zeit behalten, auch als sie sich sicher eine größere hätte leisten können.«

»Hat sie bis jetzt im Finanzministerium gearbeitet?«, hakte Nadine nach.

»Wir wissen es nicht. Sie hat aufgehört, uns zu erzählen, was sie machte. Früher hat sie uns gern besucht und ausführlich über ihre Tätigkeiten berichtet. Aber das war irgendwann vorbei. Wir haben uns gedacht, das ist wie bei Eltern, die Kinder werden selbstständig und wollen für sich sein, man darf sie nicht drängen. Aber wir haben ihr unsere Hilfe angeboten, und die hat sie angenommen. Wir haben uns um die Wohnung und ihre Post gekümmert, wenn sie verreist war.«

»Wann hat sich denn Camille von Ihnen zurückgezogen?«

»Genau kann ich Ihnen das nicht sagen, vor einigen Jahren …«

Ihr Ehemann unterbrach sie: »Das muss drei Jahre her sein. Ich hatte damals meine Herzoperation, und ich dachte, Camille würde mich besuchen. Das tat sie aber nicht. In der Zeit habe ich gemerkt, dass sie sich von uns entfernte.«

»Ist Ihnen in dieser Zeit noch etwas anderes an Camille aufgefallen?«

»Aufgefallen«, antwortete jetzt wieder die Ehefrau, »nicht direkt.

Es ist nur ein Gefühl. Ich fand, sie wirkte in den letzten Jahren unruhig. Ich weiß nicht genau, wie ich das beschreiben soll, unzufriedener, weniger strahlend, als würde sie etwas bedrücken. Und ich hatte – wir hatten, meinem Mann ging es auch so – den Eindruck, diese Unzufriedenheit nahm zu. Wir hätten ihr gern unsere Unterstützung angeboten, wollten uns aber nicht aufdrängen.«

Der Ehemann fügte hinzu: »Mir ist aufgefallen, dass sie unregelmäßig zu Hause war. Wir halten uns gezwungenermaßen viel in der Wohnung auf, weil wir nicht mehr sehr mobil sind, und man hört doch einiges vom Flur und aus Camilles Wohnung, auch wenn man nicht lauscht. Camille ist nicht mehr, wie früher, morgens aus dem Haus gegangen und spätabends zurückgekommen, sondern hielt sich auch tagsüber zu Hause auf, mal morgens, mal nachmittags. Dann war sie wieder den ganzen Tag und die Nacht weg, eben unregelmäßig. Das hat mich irritiert.«

Nadine blickte Leblanc an, dessen Leber gerade Höchstleistungen vollbrachte. Er folgte der Befragung aufmerksam und ermunterte die Kollegin mit einem Kopfnicken zum Fortfahren. »Sie haben Camille aber nicht danach gefragt?«

»Nein, wir haben Diskretion gewahrt.«

»Hatte Camille Freunde, Männerbekanntschaften? Wissen Sie etwas darüber?«

»In den fünfzehn Jahren gab es den einen oder anderen. Sie hat manchmal Freunde mitgebracht, aber die verschwanden nach kurzer Zeit wieder, nichts von Dauer. Wir haben das bedauert und ihr, als wir noch näheren Kontakt hatten, vorsichtig zu verstehen gegeben, dass wir ihr einen zuverlässigen Partner wünschen würden. Sie hat daraufhin nur gelächelt und gesagt: ›Es war noch nicht der Richtige dabei.‹ Camille war so ein reizendes Geschöpf.« In den Augenwinkeln von Madame Boulanger zeigten sich Tränen.

Nadine reichte ihr und ihrem Mann ein Foto von JPP. »Haben

Sie diesen Mann hier gesehen? Hat er Camille vielleicht mal besucht?«

Beide schüttelten den Kopf und verneinten einstimmig.

»Sie haben die Polizei gerufen, nachdem Sie gemerkt hatten, dass Camille ihren Postkasten nicht geleert hatte. Wieso war das ungewöhnlich, und ist Ihnen in den Tagen davor etwas aufgefallen?«

»Auch wenn der Kontakt nicht mehr eng war, hat uns Camille immer gesagt, wenn sie einige Tage verreiste, damit wir ihren Briefkasten leerten, sie erhielt einige Zeitungen und Zeitschriften. Dieses Mal hatte sie nichts gesagt, deshalb waren wir alarmiert. Wir haben mehrmals bei ihr geklingelt und geklopft, aber es kam keine Reaktion. Irgendwie hatten wir das Gefühl, dass etwas nicht stimmte.«

»Ja«, bestätigte Monsieur, »so war es. Wenn es etwas Besonderes in den Wochen davor gab, dann nur, dass Camilles Unruhe offenbar zugenommen hatte: Kaum war sie da, ging sie wieder.«

Nun mischte sich Leblanc, dank des fortschreitenden Alkoholabbaus wieder im Vollbesitz seiner Kräfte, in die Befragung ein. »Hat Camille Christophe keine Verwandten?«

»Doch«, sagte Madame Boulanger. »Camille stammt aus Lisieux in der Normandie, ihre Mutter lebt dort, Camille hat sie gelegentlich besucht. Ich glaube, sie war ein uneheliches Kind, über ihren Vater hat sie nie etwas verlauten lassen. Die Mutter hat auch die Wohnung aufgelöst und wird Camille in Lisieux beerdigen lassen. Die arme Frau, wie muss ihr zumute sein. Hier, sehen Sie«, Madame Boulanger nahm einen Umschlag vom Tisch, »wir haben eine Traueranzeige bekommen. Morgen findet die Urnenbeisetzung statt. Wir würden gerne dabei sein, um uns von Camille zu verabschieden, aber der Gesundheitszustand meines Mannes lässt nicht zu, dass wir eine Reise unternehmen.«

»Madame, würden Sie uns die Anzeige überlassen? Wir werden zu der Beerdigung gehen und in Ihrem Namen Abschied nehmen.«

»Ja, natürlich. Das ist sehr freundlich von Ihnen.«

»Monsieur, Madame, wir danken Ihnen sehr für Ihre Aussagen.« Nadine erhob sich, Leblanc schloss sich an.

»Frau Kommissarin«, bemerkte Madame Boulanger abschließend, »es hat gutgetan, noch einmal über Camille zu reden. Das hilft uns, den Schmerz zu lindern. Wir haben selbst leider keine Kinder, und deshalb haben wir Camille ein bisschen wie unsere Tochter betrachtet. Soll ich nicht doch einen Kaffee kochen? Ihr Assistent sieht aus, als könnte er einen gebrauchen.«

Der *Assistent* lehnte freundlich lächelnd ab, er hatte unbändigen Appetit auf ein kräftiges Mittagessen.

Nadine nahm Leblancs Einladung an, in einem kleinen vietnamesischen Restaurant auf der gegenüberliegenden Straßenseite etwas zu essen. Um die Mittagszeit schienen alle Angestellten des Viertels in die umliegenden Lokale zu strömen. Im Hanoi waren die Tische von Männern in edlen Anzügen und Frauen in dezenten Kostümen belegt. Leblanc und Nadine mussten fünfzehn Minuten warten, bis sie sich setzten konnten.

Leblanc begann, das Gespräch mit den Boulangers zu bilanzieren, lobte Nadines Vorgehen. »Gute Befragung, meine Kleine, ich hätte es nicht besser machen können. Nach dem, was wir über Camille Christophe erfahren haben, kann ich mir gut vorstellen, dass sie gar keinen Informanten für ihre Themen benötigte. Jemand mit so einem Hochschulabschluss verkehrt in den höchsten Wirtschaftskreisen und hat alle nötigen Quellen zur Verfügung. Sie war für JPP Informant und Ghostwriter in einer Person. Die große Frage ist nur: Warum? Warum lässt sich eine Frau mit einer blendenden Zukunft auf so einen Deal ein, der ihr nicht einmal viel Geld eingebracht hat? Es sei denn, JPP hätte ihr neben den Summen, die er auf ihr Konto überwiesen hat, noch einiges cash in die Hand gedrückt.«

Leblanc trank seine Cola in einem Zug aus, während Nadine an dem grünen Tee, den sie bestellt hatte, nippte.

»Wenn es keine andere Erklärung gibt, dann war es wohl Liebe.«

»Eine intelligente Frau müsste doch die Verführungsmanöver eines JPP durchschauen.«

»Liebe macht blind, Chef, kommt immer wieder vor.«

Er brauchte nur an den vorigen Abend zu denken, um schamvoll einzuräumen: »Da hast du recht.«

»Aber wer hat dann JPP umgebracht?«

»Vielleicht gab es einen Mitwisser? Camille hatte einen Freund, dem sie davon erzählt hat, und der hat versucht, JPP zu erpressen? Ich überlege, ob wir nicht Camilles Mutter aufsuchen sollten. Möglicherweise weiß sie mehr über ihre Tochter.«

»Für die Mutter muss der Selbstmord ihrer Tochter ein Schock gewesen sein. Furchtbar, wenn man sich das vorstellt! Und morgen findet die Beerdigung statt. Sollten wir nicht warten, bis sie vorbei ist?«

»Ja, das sollten wir.« Leblanc nickte nachdenklich. »Aber wir werden morgen zur Beerdigung nach Lisieux fahren. Da haben wir Freunde und Bekannte von Camille auf einen Schlag zusammen, jedenfalls die, die die Mutter benachrichtigt hat.«

Als das Essen serviert wurde, klingelte Leblancs Handy. Nadine hörte seine Worte: »Aha, ja, das lässt sich machen. Wir sind sowieso gerade in Paris. In zwei bis drei Stunden könnten wir da sein. Gut, danke, bis später.«

»Wer war das?«

»Doktor Roubaud aus der Klinik. Madame Picard möchte mit uns reden. Sie habe zu ihrer Sprache zurückgefunden, sagte der Arzt, jedenfalls sei ein Anfang gemacht. Seit sie vom Tod ihres Mannes erfahren habe, wirke sie wie befreit. Das passt gut, Saint-Germain-en-Laye liegt auf unserem Weg. Aber vorher möchte ich bei der Concierge von JPP vorbeifahren und ihr Camilles Foto zeigen. Dann haben wir Gewissheit, dass es sich bei ihr um die besagte *Mitbewohnerin* handelt und nicht noch eine andere JPP-Geliebte im Spiel ist. Bei dem Mann muss man auf alles gefasst sein.«

Die Concierge identifizierte Camille Christophe als die Frau, die bis vor Kurzem – sie drückte sich dieses Mal vorsichtiger aus – bei Monsieur Picard zu Besuch gewesen sei. Ein wenig verändert sei sie auf dem Foto, weniger hübsch als in Wirklichkeit. Als Leblanc ihr mitteilte, dass es sich um das Abbild einer Toten handelte, konnte sie es kaum fassen und bekreuzigte sich, als würde sie einen Fluch bannen, der über dem Haus liege. All das Schreckliche, was in letzter Zeit passiert sei, müsse doch mal ein Ende haben, jammerte sie.

»Madame Picard scheint es besser zu gehen. Es gibt Grund zur Hoffnung, dass sie gesund wird und sich um die Wohnung kümmern kann«, versuchte Leblanc die aufgelöste Hausmeisterin zu trösten.

Tatsächlich machte Madame Picard einen weniger lethargischen Eindruck als beim letzten Mal. Doktor Roubaud hatte berichtet, als er Leblanc und Nadine empfing, dass er allmählich die Dosis der Medikamente verringern würde. Hélène habe einen enormen Schritt auf dem Weg zur Stabilisierung gemacht.

»Dennoch«, fügte er hinzu, »können Sie mit ihr noch nicht wie mit einer gesunden Person reden. Eine logische Argumentationskette werden Sie bei ihr vermissen, und sie ist leicht erschöpfbar. Ich werte ihren Wunsch, mit Ihnen – sie sagte ausdrücklich ›mit dem Kommissar‹ – zu sprechen, als ein Zeichen, dass sie sich mit ihrem Trauma der Vergangenheit befassen möchte. Natürlich wird das noch einige Zeit erfordern, aber ich bin zuversichtlich, dass wir Fortschritte machen werden.«

Der Arzt hatte sie ins Zimmer von Madame Picard begleitet und hielt sich zusammen mit Nadine im Hintergrund. Hélène saß wie beim letzten Mal an ihrem Tisch, Leblanc nahm ihr gegenüber Platz.

»Madame Picard, Sie haben den Wunsch geäußert, mit mir zu sprechen?«, begann Leblanc vorsichtig.

Sie wandte sich ihm zu, schwieg aber eine Weile, bevor sie ansetzte: »Ich habe meine Schuld angenommen und büße dafür mein Leben lang. Aber ich bin nicht allein schuldig, jetzt darf ich es sagen. Es war seine Idee.« Sie stockte.

Leblanc überlegte kurz, wie er ein Verstummen verhindern konnte. Er wollte Hélène Picard nicht mit eindringlichen Fragen verschrecken. Vorsichtig setzte er an: »Sie meinen Ihren Mann?«

Mit Erfolg. »Ja, ich kann ihm jetzt nicht mehr schaden. Ich war unfähig, mich gegen ihn zu wehren. Wie eine überirdische Kraft kam er über mich, sein Wille war mein Wille. Ich existierte nur durch ihn. Er war mein Gott. Aber ich weiß, dass es falsch war. Ich habe den richtigen Weg zu Gott gefunden.«

»Madame«, Leblanc versuchte es mit einer Konfrontation, »ich nehme an, Sie meinen den Fall Roger Verbier.«

Bei diesem Namen zuckte die ehemalige Psychiaterin zusammen, ihre Nervosität kehrte zurück, sie begann zu zappeln, die Augenlieder flatterten. Leblanc glaubte, der Arzt würde eingreifen und das Gespräch beenden. Aber das tat er nicht, und Hélène Picard beruhigte sich nach ein paar Minuten wieder. Es würde noch, das war für alle erkennbar, viel Zeit kosten, bis sie sich dem Sachverhalt würde stellen können.

»Er war mir anvertraut. Ich habe das Vertrauen missbraucht«, sagte sie leise.

»Es ist sicher gut, wenn Sie Ihr Gewissen erleichtern, Madame. Ihr Mann kann Ihnen nichts mehr antun, Sie werden nie wieder unter seinen Einfluss geraten. Können Sie erklären, wie das geschehen konnte?«

Die Frage überforderte die schon erschöpft Wirkende. »Kein

Gott, nein, der Teufel«, stammelte sie, »schleicht sich in meinen Kopf, teuflische Gedanken. Ich Instrument des Teufels. Weit weg von mir.«

Sie keuchte so stark, dass Doktor Roubaud nun einschritt. »Hélène, Sie sind sehr müde. Ich denke, es ist genug für heute. Der Kommissar hat Ihnen zugehört, und er versteht Sie. Sie brauchen jetzt Ruhe, wir setzten das Gespräch ein anderes Mal fort, ja? Nehmen Sie Ihr Medikament.« Er reichte ihr ein Glas Wasser und führte sie zum Bett, damit sie sich hinlegen konnte.

»Was hat es denn mit diesem Roger Verbier auf sich?«, fragte der Arzt, als sie auf dem Flur vor seinem Büro standen.

»Haben Sie nie ein Buch von Monsieur Picard, dem berühmten JPP, gelesen?«, fragte Leblanc zurück.

»Ich lese keine Kriminalromane. Dafür fehlt mir der Humor.«

»*Tödlicher Einfluss* sollten Sie lesen, es ist der erste Roman von Jean-Paul Picard. Es gab einmal einen Fall Verbier, einen Mann, der seine Frau erstochen hat. Er befindet sich noch immer in Haft. Seine Tat ist unbestritten, aber Madame Picard hat, als sie noch als Psychiaterin tätig war, eine Rolle dabei gespielt, der Mann war ihr Patient. Sie hat ihn dazu getrieben, sich seiner Frau zu entledigen. Wie stark und wie direkt sie Einfluss auf den Patienten ausgeübt hat, vermag ich nicht zu beurteilen. Daher kommen jedenfalls ihre Schuldgefühle. Sie haben gehört, was sie gerade gesagt hat: ›Es war seine Idee.‹ Sie meint ihren Mann, Monsieur Picard. Er hatte vor, diese Geschichte als Roman zu veröffentlichen, und er besaß offenbar so viel Macht über sie, dass sie gegen ihre eigenen Prinzipien und gegen jede ärztliche Ethik verstoßen hat. Ihre Aufzeichnungen hat er für seinen ersten Kriminalroman verwendet und damit den Grundstein für seine Karriere als Bestsellerautor gelegt.«

»Darin liegt also der Grund für ihre Traumatisierung. Jetzt verstehe ich auch, warum sie sich bei uns in Sicherheit fühlte und warum der Tod ihres Mannes eine Befreiung für sie darstellt. Sie hat nie darüber gesprochen.«

»Um ihren Mann nicht in Verruf zu bringen. Obwohl er die Ursache ihres Leidens war, hat sie ihn nie verraten, nicht einmal Ihnen, ihrem Arzt, gegenüber, der ihr hätte helfen können.«

»Wir können unsere Patienten nicht zum Reden zwingen. Helfen können wir ihnen nur, wenn sie sich helfen lassen wollen. Ich fand es all die Jahre bedauerlich, dass Hélène so verschlossen war und niemanden an sich herangelassen hat. Manchmal kam sie mir vor wie ein verstörtes, schweigsames Kind, das wir in Obhut genommen haben. Man behütet und beschützt es und wartet, bis es sich öffnet und Vertrauen fasst. Nun bin ich recht zuversichtlich, dass wir die Vergangenheit gemeinsam bewältigen und es für Hélène wieder eine Zukunft gibt.«

Die Rückfahrt nach Deauville verlief ruhig. Nadine saß wieder am Steuer, Leblanc hing seinen Gedanken nach. Alle Frauen, die mit JPP eine Beziehung eingegangen waren, hatten übereinstimmend von einer übermächtigen oder gar überirdischen Verführungskraft gesprochen, Hélène hatte angedeutet, er habe sich ihres Willens bemächtigt. Einige hatten das Wort »Kälte« gebraucht, um ihn zu charakterisieren, andere sahen in ihm etwas »Teuflisches«. Leblancs Vorstellungsvermögen reichte nicht aus, um den schillernden und bösartigen Charakter JPPs bis in die Tiefe ausloten zu können. Fakt war, dass er Menschen benutzte. Aber das taten viele, besonders wenn sie Macht über andere besaßen. Bei JPP musste noch eine Besonderheit zum Tragen gekommen sein, nämlich dass er die Gefühle und Gedanken ihm nahestehender Personen manipulieren, sie willenlos machen und für seine Zwecke beliebig einsetzen konnte. Umpolen, das ist das richtige Wort, dachte Leblanc. Aber wie geschah dieses Umpolen, welche Mechanismen setzte JPP ein, um das zu erreichen, was er wollte? Wahrscheinlich gehörte eine Bereitschaft der Gegenseite dazu, sich manipulieren zu lassen. Manche Frauen flohen nach der ersten Begegnung. Das waren die, die die Gefahr spürten und sich in Sicherheit brachten und daraufhin JPPs Schmähungen und Beleidigungen ausgesetzt waren. Sein besonderes Geschick bestand wohl darin, rasch die psychische Disposition seines Gegenübers zu erfassen und mögliche Opfer zu umgarnen, um sie dann wie eine Spinne auszusaugen. Leblanc erinnerte sich an das Bild, das Marc Charpentier treffend gezeichnet hatte, um JPP zu charakterisieren. Ihn schauderte es bei der Vorstellung.

Nadine setzte Leblanc auf seinen Wunsch zu Hause ab. Bevor er ausstieg, gab er Order für den nächsten Tag: »Morgen Vormittag um elf findet die Beerdigung statt. Wir fahren um halb elf los, und zwar mit meinem Wagen. Wir nehmen kein Dienstfahrzeug. Zieh dir irgendwas Dunkles an, keine Uniform. Und nimm die Kamera mit, ich möchte, dass du unauffällig Fotos von den Anwesenden machst. Ich bin um zehn im Präsidium und hole dich ab.«

»Ist gut, Chef.« Sie fügte mit einem aufmunternden Lächeln hinzu: »Morgen sind Sie bestimmt wieder fit.«

# DREIUNDZWANZIG

Dass er sich todmüde, erschöpft und ausgelaugt fühlte, kam Leblanc erst richtig zu Bewusstsein, als er seine Wohnung betrat. Schuld daran war nicht nur der am Abend zuvor in größerer Menge genossene Alkohol, sondern auch, was schwerer wog, verlorene Illusionen. In den letzten Monaten, seit er Liliane zum ersten Mal begegnet war, hatte er sich so lebendig und zuversichtlich gefühlt wie schon lange nicht mehr. Sie war ihm wie eine Glücksverheißung erschienen. Nein, nicht sie – Lulu hatte recht, er kannte sie gar nicht –, das Bild, das er sich von ihr gemacht hatte. Warum hatte er sich so verrannt? Weil sie jung war, weil sie schön war? Nein, weil er sich einen Impuls für sein eigenes Leben erhoffte. Einen Neuanfang wagen, raus aus eingefahrenen Gewohnheiten, das hatte ihn angetrieben. Nur dass er dabei Liliane, ihre Wünsche, ihre Vorstellungen nicht berücksichtigt hatte, er wusste nichts darüber. Er hatte, wie man so sagt, die Rechnung ohne den Wirt gemacht, und gestern Abend waren ihm die Augen aufgegangen. Der Wirt spielte nicht mit, und ihm wurde für seine Täuschung die Quittung präsentiert. Selten hatte Leblanc so viel über sich nachgedacht. Und selten war er sich selbst so nahe gekommen. Befand er sich in einer Midlife-Crisis? Die Frage half nicht weiter. Aber was half? Vielleicht Bewegung.

Er packte Badehose und Handtuch in eine Plastiktüte, zog, weil er fröstelte, die Daunenjacke über, die er von seiner Mutter zu Weihnachten geschenkt bekommen hatte, und verließ die Wohnung. Es dunkelte, graue Wolken hingen tief, und dünner Regen fiel vom Himmel. Leblanc streifte sich die Kapuze über, was in ihm die angenehme Vorstellung weckte, unsichtbar zu sein. Zügig trabte er in Richtung Strand, bog aber nicht nach rechts auf die Planches ab, sondern nahm das Piscine Olympique ins Visier, dessen Dach sich im Hintergrund wie eine gezackte Muschel abzeichnete. Das Schwimmbecken war, wie er durch die Glaswand erkennen konnte, nicht gerade leer, aber für trainierende Schwimmer hatte man zwei Bahnen abgetrennt.

Fast eine Stunde lang zog er zügig im Crawl- und Brustschwimmstil seine Runden, bis er keuchend aus dem Wasser stieg. Auf dem Heimweg holte er seinen Peugeot ab, der noch immer vor Lulus Bistro stand, ohne das Restaurant zu betreten. Er wollte jetzt nicht mit Lulu reden. Die körperliche Anstrengung hatte ihn entspannt und schläfrig gemacht. Seine Gedanken kreisten nicht mehr um seine »Niederlage«, wie er die Geschichte für sich nannte. Er legte sich ins Bett und schlief bis zum nächsten Morgen durch.

Pünktlich und ausgeruht erschien er am nächsten Tag im Präsidium. Nadine, in schwarzer Jeans und dunkelgrauer Jacke, stellte gerade die Espressomaschine an, als er das Büro betrat.

»Wollen Sie auch einen? Sie sehen heute richtig gut aus, Chef, so … gesund.«

Er nahm das Angebot an, und während Nadine ihm eine Tasse reichte, redete sie weiter. »Ich habe bei der Friedhofsdirektion in Lisieux angerufen. Die Beerdigung findet ohne Trauerfeier statt. Die Trauergäste treffen sich an der kleinen Kapelle, und die Urne wird dann vom Bestatter zum Grab gebracht, wo die Teilnehmenden Abschied nehmen können.«

»Wir machen es wie besprochen. Du hältst dich bedeckt im Hintergrund und fotografierst. Ich schließe mich in gebührendem Abstand dem Trauerzug an. Wir verschwinden, sobald das Grab erreicht ist.«

Um halb elf brachen sie vom Präsidium auf. Auf der Bundesstraße nach Lisieux blockierten häufig landwirtschaftliche Nutzfahrzeuge den Verkehr, aber an diesem Vormittag kamen sie gut durch. Nach zwanzig Minuten erreichten sie Lisieux, durchquerten im Norden das Industriegebiet, bis sie das Zentrum erreicht hatten und im Hintergrund die gewaltige Basilika Sainte-Thérèse aufscheinen sahen. Sie bogen in die Avenue Jean XXIII. ein, die, an der Basilika vorbei, direkt zum Friedhof führte. Den Wagen stellte Leblanc pünktlich um fünf vor elf auf dem Parkplatz am Eingang ab. Der Friedhof lag auf einer Anhöhe, von der aus man weit über die grüne normannische Hügellandschaft blicken konnte. Wind war aufgekommen und trieb die Wolkenballen auseinander, sodass kleine Fetzen blauen Himmels in den Wolkenlücken sichtbar wurden, durch die die Sonne dünne Strahlen schickte.

»Okay, wir treffen uns später wieder hier«, sagte er zu Nadine, die ihre Kamera in einer Handtasche verstaute, zog seinen dunklen Wintermantel über und setzte eine Sonnenbrille auf. Zum zweiten Mal kurz hintereinander fühlte er sich wie ein Privatdetektiv.

Vor der Kapelle warteten acht Personen. Drei Herren in schwarzen Anzügen und zwei Damen, ebenfalls in dunkler Kleidung, alle fünf um die sechzig, bildeten eine Gruppe und redeten miteinander. In einiger Entfernung zu den älteren Trauergästen hielt sich ein jüngeres Paar auf, beide etwa in Camilles Alter, sie in einem hellen Mantel, er in dunkelgrüner Jacke. Neben ihnen stand ein Mann allein mit einer Rose in der Hand. Leblanc wählte seinen Standort in gewissem Abstand zur Trauergemeinde, aber so, dass er alle gut im Visier hatte. Als der Bestatter mit der Urne erschien, wandte er sich sofort an die eine der älteren Damen, offenbar Camilles Mutter, eine hochgewachsene schlanke Frau mit welligen braunen Haaren. Ihre Haltung wirkte gefasst, aber als Leblanc ihr Gesicht genauer sehen konnte, erschrak er. In ihren Zügen spiegelte sich Verbitterung, tiefe Verzweiflung und unterdrückte Wut. Die Frau hatte sich mit dem Tod ihrer Tochter nicht abgefunden, keinen Frieden gemacht.

Die Kapelle war umgeben von einer Hecke, die Nadine Schutz bot, um unbemerkt Fotos zu machen. Leblanc registrierte sie aus den Augenwinkeln heraus, die Trauergäste schienen aber keine Notiz von ihr zu nehmen. Gut, dachte er, aus der Entfernung würde sie alle Anwesenden ablichten können.

Der kleine Zug setzte sich in Bewegung. Der Bestatter mit der Urne in Händen und Camilles Mutter bildeten die Spitze, die anderen folgten, mit einigem Abstand auch Leblanc. Er spähte nach allen Seiten, ob sich ein verspäteter Teilnehmer dem Zug anschließen würde oder jemand aus der Ferne die Trauergemeinde beobachtete. Es war niemand in Sicht, und als der Bestatter in einen Pfad einbog, der zum Grab führte, wo die Urne in die Erde gesenkt werden sollte, trat Leblanc den Rückzug an.

Am Auto traf er auf Nadine, die auf der den Parkplatz umgebenden Mauer saß und auf dem Display der Kamera die Ausbeute ihrer Jagd betrachtete.

»Super, Chef, ich habe alle drauf, auch mit Zoom. Die Hecke war perfekt zum Fotografieren. Es hat mich keiner bemerkt, oder?«

»Sicher nicht. Bei einer Beerdigung achten die Leute kaum auf das, was um sie herum vorgeht.«

»Ist Ihnen etwas Besonderes aufgefallen?«

»Ich schätze, die älteren Leute waren Verwandte, jedenfalls schienen sie in engerem Kontakt mit Camilles Mutter zu stehen. Die beiden jüngeren Personen haben sich abseitsgehalten. Mich interessiert vor allem der Mann mit der Rose. Im Übrigen hat mich gewundert, dass nicht mehr Freunde von Camille gekommen sind, um Abschied zu nehmen.«

»Vielleicht wissen sie gar nichts von Camilles Tod. Entweder die Mutter wollte das absichtlich geheim halten, weil Selbstmord immer noch als Makel gilt, oder sie kannte Camilles Freunde nicht und konnte sie deshalb nicht informieren. Was wollen Sie eigentlich mit den Fotos machen? Soll ich sie zur Personenidentifikation eingeben?«

»Mach das auf jeden Fall. Ich habe noch eine andere Idee. Leclerq vom *Ouest-France* hat einen großen Artikel über den Auftritt von JPP letzte Woche inklusive Fotos gebracht. Er hat bestimmt noch weitere Fotos. Vielleicht landen wir einen Treffer. Irgendwo gibt es eine Verbindung von JPP und Camille Christophe. Ich bin mir mehr als sicher, dass da der Schlüssel liegt, und ich will unbedingt Camilles Mutter befragen.«

»Sie sieht sehr gequält aus.«

»Ja, ich denke, der Tod eines Kindes gehört zum Schlimmsten, was einem im Leben zustoßen kann, dazu noch ein Selbstmord. Viele Eltern machen sich Vorwürfe, sie hätten sich nicht genug um die Kinder gekümmert, und geben sich eine Mitschuld. Heute nehmen wir Rücksicht und lassen sie in Ruhe, aber morgen werden wir mit ihr sprechen.«

Eine halbe Stunde später trafen sie wieder im Präsidium in Deauville ein. Leblanc rief sofort beim *Ouest-France* an. Ja, er könne vorbeikommen, sagte der Journalist und Leiter des Redaktionsbüros in Trouville, Leclerq, er habe die Fotos von der JPP-Lesung noch im Computer.

»Druckst du mir die Fotos vom Friedhof aus, möglichst in Vergrößerung«, bat Leblanc seine Mitarbeiterin.

»Sofort, ich speichere sie gerade ab«, antwortete Nadine, die sich, ohne ihr Jackett ausgezogen zu haben, gleich am Computer zu schaffen machte.

Als sein Handy klingelte und er den Namen seiner Tante auf dem Display sah, stockte ihm reflexhaft der Atem. Schlimmste Szenarien schossen sekundenschnell durch seinen Kopf. Seine Mutter hatte ihre Meinung geändert, keine Heirat mehr, und Amélie nahm sie nicht mehr bei sich auf. Seine Mutter war bei ihren merkwürdigen Ritualen erwischt und inhaftiert worden. Seine Mutter war krank.

»Hallo, Tante Amélie.« Seine Stimme klang spröde.

Am anderen Ende erklang ein Schluchzen. Leblanc geriet in Panik.

»Amélie, was ist passiert?«

»Ach, Jacques«, krächzte Amélie mit heiserer Stimme, »sie ist heute ausgezogen, deine Mutter hat ihre Sachen mitgenommen.«

»Ja, sie zieht zu Ahmadou, ich weiß.«

»Ich dachte, sie würde es sich noch einmal überlegen.«

»Aber Amélie, sie heiratet.«

Seine sonst sehr entschieden auftretende und unbarmherzig Mitmenschen einer anderen religiösen Ausrichtung als ihrer eigenen geißelnde Tante Amélie weinte bittere Tränen. Hilflos wartete Leblanc, bis sie sich beruhigt hatte.

»Ich ertrage das Alleinsein nicht mehr. Sie soll bei mir bleiben.«

»Erinnere dich daran, wie oft du über sie geschimpft und gedroht hast, sie rauszuwerfen. Sie ist dir furchtbar auf die Nerven gegangen.«

»Ich weiß, aber das ist alles besser, als allein zu sein. Sie darf mir auch wieder auf die Nerven gehen. Kannst du nicht mit ihr reden und sie zurückholen?«

Leblanc musste beinahe lachen. Nicht wie Erwachsene, sondern wie sieben, acht Jahre alte Kinder, so verhielten sich die beiden Schwestern. Die eine: Sie soll gehen, nein, sie soll bleiben. Die andere: Du hast mir gar nichts zu sagen, ich mache, was ich will. Aber trotz allem hingen sie aneinander. Als sie Weihnachten bei ihm aufgetaucht waren, da war etwas von diesem engen Band zwischen ihnen spürbar gewesen, was aber von ihren Streitereien gleich wieder überdeckt wurde. Wahrscheinlich handelte es sich um Relikte aus ihrer Kindheit, und sie verfielen, sobald sie miteinander zu tun hatten, in diese Strukturen. Sie selbst bemerkten das Theater, das sie aufführten, gar nicht. Er ließ sich davon jedoch immer wieder ins Bockshorn jagen. Er seufzte.

»Amélie, so wenig ich sie von ihren rituellen Aktivitäten abhalten konnte, so wenig werde ich sie beeinflussen können, was ihre Entscheidungen angeht. Ich fürchte, du musst tapfer sein und sie gehen lassen. Vielleicht ist es ein Trost für dich zu wissen, dass sie einen anständigen Mann heiratet. Ich habe meinen zukünftigen Stiefvater kennengelernt, einen zuverlässigen, großzügigen Menschen, auch wenn er vier Frauen hat, was dir sicher ein Dorn im Auge ist. Aber es gibt nun einmal andere Sitten und Kulturen. Besuch sie doch mal in Kamerun.«

»Ich, nach Afrika? Zu den Hottentotten? So weit kommt es noch. Nein, nein. Suzanne soll schön hierbleiben.« Amélie hatte zu ihrer alten Form zurückgefunden.

Der Starrsinn und die unverrückbare, verbohrte Einstellung seiner Tante allem Fremden gegenüber löste Wut in ihm aus. Er hatte keine Lust, sich weiter mit ihr zu unterhalten, sein anfängliches Mitleid war verflogen. »War nur ein Vorschlag. Amélie, ich muss jetzt arbeiten. Wenn du Sehnsucht nach Maman hast, ruf sie an.« Damit beendete er das Gespräch.

Inzwischen hatte Nadine die Fotos ausgedruckt. »Reichen die Vergrößerungen?«

»Ja, die Gesichter sind gut zu erkennen. Ich nehme sie mit zu Leclerq. Und dann gehe ich etwas essen.«

»Okay, Chef«, Nadine grinste. »Heute wieder ins Central? Das Essen gestern war nicht so nach Ihrem Geschmack, nicht?«

Wie recht Nadine hatte! Wie sehr er das Speisen im Central schätzte! Unvermeidbare Ausflüge in chinesische oder thailändische Lokale führten dazu, dass er die Mittagsmenus im Restaurant in Trouville noch mehr zu würdigen wusste.

Er parkte den Wagen direkt vor dem Redaktionsbüro vom *Ouest-France.* Wenngleich sein Verhältnis zur Presse von Misstrauen geprägt war – wie oft, vor allem in Paris, hatte er es mit sensationslüsternen Journalisten zu tun gehabt, die für eine packende Story auch unlautere Mittel einsetzten –, kam er mit Leclerq gut aus. Der Journalist hielt sich an die Absprachen, dafür rückte Leblanc im Gegenzug auch mal eine Information mehr raus.

»Hallo, Jacques«, begrüßte ihn Leclerq, »du willst die Fotos von JPPs Lesung sehen? Gibt es etwas Neues in dem Fall?«

»Nicht direkt, jedenfalls keinen konkreten Verdacht, im Moment nur Vermutungen.« Leblanc blieb im Vagen.

Er zeigte Leclerq die Ausdrucke der abgelichteten Trauergäste. »Ich möchte wissen, ob eine dieser Personen auf deinen Fotos zu sehen ist, besonders dieser hier wäre für mich von Interesse.« Er wies auf den Mann mit der Rose.

»Ich habe an dem Abend mehr als hundert Fotos gemacht, das artet in Arbeit aus«, erwiderte der Journalist, rief aber bereitwillig in seinem Computer die gewünschten Fotos auf.

Gemeinsam starrten sie auf den Bildschirm. Leclerq klickte ein Foto nach dem anderen an. Vielfach zeigten sie JPP auf der Bühne, aber auch die Zuschauer im Saal aus verschiedenen Perspektiven. Auf einem Bild erkannte Leblanc seine Mutter mit Ahmadou.

»Warte mal eben, kannst du mir das Foto ausdrucken?«

»Wieso? Ist da einer von deinen Verdächtigen drauf? Ich kann keinen erkennen.«

»Nein. Ist privat. Das da ist meine Mutter mit ihrem zukünftigen Mann.«

Leclerq lachte. »Ach so, alles klar.«

Ein Foto nach dem anderen erschien auf dem Bildschirm. Vom Rosenmann und den anderen Trauergästen keine Spur. Die letzten Aufnahmen hatte Leclerq gemacht, als die Lesung vorbei war, beim Hinausströmen der Zuschauer aus dem Casino. Leblancs Aufmerksamkeit ließ nach. Schade, dachte er, aber einen Versuch war es wert. Da, auf einem der letzten beiden Bilder, fiel ihm eine Frau auf, das Gesicht war nur im Profil zu sehen.

»Kannst du den Ausschnitt mal vergrößern, diese Frau hier?« Leblanc zeigte mit dem Finger auf die Stelle, die er meinte.

»Wer soll das sein? Sie gehört nicht zur Riege deiner Verdächtigen, soweit ich sehe.« Leclerq zoomte das Gesicht der Frau im Profil heran.

»Warte mal, ja, das ist sie. Ich habe ihr Foto gar nicht mitgebracht. Das ist die Mutter einer Freundin von JPP, die sich umgebracht hat.«

Eindeutig, die Frau auf dem Bildschirm war Camille Christophes Mutter, die am Morgen auf dem Friedhof die Urne ihrer Tochter zu Grabe getragen hatte. Sie war also letzte Woche im Casino bei JPPs Lesung gewesen. Warum? Was hatte sie dort gewollt? War sie später zu JPP ins Hotel gegangen, um ihn zur Rede zu stellen? Hat sie ihn umgebracht? Allein, oder hat ihr jemand dabei geholfen? Leblancs Instinkt sagte ihm, dass er auf der richtigen Spur war. Der Schlüssel für den Mord an JPP war bei Camille Christophe und ihrem Selbstmord zu suchen.

»Mail mir bitte das Foto, es ist ein Beweismittel. Und Leclerq, bitte, bewahre noch Schweigen darüber. Wenn der Täter überführt ist, erfährst du es als Erster, versprochen. Danke für deine Hilfe.«

»Es war mir ein Vergnügen, Herr Kommissar.«

Gut gelaunt, wie immer, wenn er in einem Fall eine erfolgversprechende Witterung aufgenommen hatte, verließ Leblanc das Redaktionsbüro und stieß, kaum war er auf den Bürgersteig getreten, heftig mit einem kleinen, zarten Mann zusammen, den der Schubs zum Stolpern brachte. Nachdem Leblanc, Verursacher dieses Zusammenpralls, sich mehrfach entschuldigt hatte, setzte er seinen Weg in Richtung Central fort, als er den Ruf »Jacques« vernahm.

Das war zweifellos sein Name, und er drehte sich zu dem Rufer um. Wer war der Mann? Er sah genauer hin.

»Claude?«

»Ja«, sagte der, »ich bin's.«

»Ich hätte dich nicht wiedererkannt, du hast mindestens dreißig Kilo abgenommen.«

Der Mann, den Leblanc Claude nannte, war Doktor Claude Leduc, Leiter des Psychologischen Diensts der Polizei in Paris. Leblanc hatte jahrelang mit ihm zusammengearbeitet und ihn oft aufgesucht, wenn es um die Erstellung eines Täterprofils ging. Claude hatte ihm immer gute Tipps gegeben, auch wenn sein Tätigkeitsbereich vorwiegend in der psychologischen Betreuung von Polizeibeamten und der Beratung vor und nach Einsätzen lag. Aber zu der Zeit hatte der Psychologe anders ausgesehen, er hatte Massen an Körperfett mit sich herumgeschleppt und war von den Kollegen, die das despektierliche *le Gros – der Dicke* – vermeiden wollten, *Claude le Grand – der Große* – genannt worden. Das Fett war nun weggeschmolzen, und der ganze Mann wirkte geschrumpft. Geblieben waren seine wachen grauen Augen.

»Was ist passiert, Claude?«, fragte Leblanc. Er erinnerte sich daran, dass bei dem Psychologen eine schwere Krankheit festgestellt worden war, jedenfalls hatten das die Kollegen gesagt. Das war kurz bevor er seinen Versetzungsantrag gestellt hatte, und er hatte sich danach nicht mehr nach dem kranken Claude erkundigt.

»Vor drei Jahren hat mich meine Frau verlassen, danach wurde bei mir Magenkrebs festgestellt. Es folgten Operation, Chemotherapie, das ganze Programm. Ich hatte Glück und gelte als geheilt. Nach dieser Geschichte habe ich mich frühzeitig pensionieren lassen. Ich bin jetzt achtundfünfzig, habe meine Wohnung in Paris verkauft und mir zehn Kilometer von hier, in Beaumont, ein kleines Häuschen mit großem Garten zugelegt, um meiner Leidenschaft als Gärtner nachzugehen. Du glaubst gar nicht, wie entspannend und befriedigend das Pflanzen von Erbsen oder Tomaten ist. Und du, seit wann bist du in Deauville? Ich habe gehört, dass du dich hast versetzen lassen. Keiner von den Kollegen hat deine Entscheidung verstanden.«

»Seit zwei Jahren bin ich hier. Klar, damit ist die Karriereleiter erst mal versperrt. Der Posten gefällt mir, und verglichen mit Paris ist es sehr viel ruhiger. Aber«, Leblanc grinste, »auch hier wird gemordet. Gerade stecke ich mitten in einem schwierigen Fall. Während des Krimi-Festivals *Mord am Meer* wurde ein Bestsellerautor umgebracht, in seinem Hotelzimmer mit Meerblick im Royal Plage. Man könnte es Ironie des Schicksals nennen.«

»Darüber habe ich in der Zeitung gelesen. Besuch mich doch mal, mit dem Auto bist du in zehn Minuten da. Hier ist meine Telefonnummer, und auf der Rückseite steht die Adresse. Schwierige Fälle wecken noch immer mein Interesse, manchmal jedenfalls, in der Rangfolge nach Erbsen und Tomaten.«

»Schön, dass du wieder gesund bist, Claude. Ich hätte dich mal anrufen sollen, damals.«

»Ist schon gut, Jacques. Du bist jederzeit willkommen.«

»Danke, ich melde mich.«

Leblanc blieb noch einen Moment stehen und winkte dem früheren Kollegen hinterher. Dann machte er sich auf in Richtung Central.

Als hätte sich der Koch Leblancs geheimen Lobpreisungen würdig erweisen wollen, hatte er das Tagesmenü mit besonderen Leckerbissen zusammengestellt: gratinierte Jakobsmuscheln und gedünsteter Steinbutt mit Spinat und Kartoffeln. Leblancs Entzücken kannte keine Grenzen. Die Jakobsmuscheln wurden in der Schale serviert. Mit feinen Champignon- und Lauchstreifen und einer Béchamelsauce bedeckt und im Ofen überbacken, umhüllte sie eine knusprige Schicht. In der nächsten halben Stunde ließ sich

Leblanc weder vom lärmenden Geschwätz der Touristengruppe, die die Sitzreihe ihm gegenüber eingenommen hatte, noch von seinen Gedanken stören. Er gab sich ganz dem Genuss der servierten Speisen hin.

Zurück im Präsidium empfing ihn Nadine mit der Botschaft, sie habe mithilfe des Melderegisters die Personen identifiziert, die an der Trauerfeier teilgenommen hatten.

»Das hier ist das Ehepaar Édouard und Marguerite Christophe, offenbar Bruder und Schwägerin von Camilles Mutter. Der Dritte im Bunde trägt auch den Namen Christophe und ist ein Cousin, Jean Christophe. Die jüngere Frau heißt Nathalie Grassien, der Mann neben ihr Paul Aubry. Alle fünf sind in Lisieux ansässig. Der Sechste, der Mann mit der Rose, Denis Berthier, wohnt in Paris-Neuilly. Straffällig geworden ist bisher keine der Personen.«

»Gut gemacht«, sagte Leblanc und rückte dann mit der Neuigkeit raus. »Mein Besuch bei Leclerq hat sich gelohnt. Stell dir vor, wer bei JJPs Lesung war!« Er machte eine spannungssteigernde Pause. »Camilles Mutter. Leclerq wollte mir das Foto mailen.« Leblanc schaltete seinen Computer an. »Ja, es ist angekommen. Hier, sieh es dir an.«

Nadine stellte sich neben ihren Chef. »Man sieht ihr Gesicht nur halb. Doch, Sie haben recht, sie ist es. Was bedeutet das? Dass sie JPP umgebracht hat?«

»Dass sie die Veranstaltung besucht hat, ist natürlich kein Beweis. Aber es würde alles zusammenpassen. Sie kannte JPP. Sie wusste, dass ihre Tochter mit ihm liiert war. Vielleicht gab sie ihm die Schuld an ihrem Selbstmord.«

»Übrigens, ich habe recherchiert, wo Madame Christophe wohnt und was sie beruflich macht.«

»Lass mich raten. Sie ist Apothekerin und hat freien Zugriff auf Gifte aller Art«, witzelte Leblanc.

»Nein, leider nicht. Sie besitzt einen Juwelierladen im Zentrum von Lisieux, Place François Mitterrand, das Haus gehört ihr.«

»Heute lassen wir sie noch in Ruhe, nach der Beerdigung ihrer Tochter wird sie sowieso nicht in der Lage sein, Fragen zu beantworten. Aber morgen fahren wir zu ihr, und zwar ohne Vorankündigung.«

Den Rest des Nachmittags war Leblanc mit Telefonaten beschäftigt.

Als sich gegen Abend ein besorgter Lulu bei ihm meldete, wurde ihm klar, dass er den ganzen Tag weder an eine Lilie noch an seinen Alkoholexzess vom vorletzten Tag gedacht hatte.

»Entschuldige, Lulu, ich hätte dich anrufen sollen. Alles bestens, und danke für deine Hilfe.«

»Das beruhigt mich, dein Zustand hat mir Sorgen bereitet. Kommst du später vorbei?«

»Kann ich noch nicht sagen, ich stecke mitten in der Arbeit.«

Das stimmte und war doch gelogen. Denn Leblanc fühlte sich mental und körperlich so gefestigt, dass er Lust verspürte, einen unbeschwerten Abend mit Isabelle zu verbringen. Ja, er war wieder der Alte. Und er hatte Glück. Isabelle war noch nicht verabredet – und ihre Suche nach einem finanziell potenten Ehemann offenbar noch nicht von Erfolg gekrönt. Sie murrte anfänglich ein bisschen, weil er sich so lange nicht gemeldet hatte – »untreuer Jacques, du Verschollener, ich sollte dich schmoren lassen wie ein Bœuf bourguignon« –, willigte dann aber ein, mit ihm in die O2 Sofa Bar zu gehen. »Ich bin mal wieder zu gutmütig, dir kann man einfach nichts abschlagen.«

Und Leblanc stimmte ein Loblied an auf die unkomplizierte Isabelle, die hingerissen seinen Geschichten lauschte und bei seinen Witzen in lautes Lachen ausbrach. Eine dankbarere Zuhörerin konnte es kaum geben. Und wie sie die Atmosphäre in der Casino-Bar genoss, das Sehen und Gesehenwerden im Umkreis der Reichen und Schönen! Wie sie mit ihrem durch Disziplin und Fitnessübungen zu voller Pracht entfalteten Körper in aufrechter Haltung das Lokal durchschritt, den Kopf nach rechts und links drehte, als sei auf beiden Seiten Publikum zu begrüßen! Isabelle betrachtete die Welt als eine Bühne, die sie bespielte. Heute Abend spielte Leblanc mit. Das Spiel hieß: ausgehen, Spaß haben, nicht nachdenken.

# VIERUNDZWANZIG

Fast hätte Leblanc seine Lippen gespitzt, um ein Lied zu pfeifen, als er am Morgen aus Isabelles Wohnung auf die Straße trat. Es fiel ihm nur keines ein. Der Abend und die Nacht hatten sich zu seiner vollen Zufriedenheit gestaltet, und nun wurde er von Vogelgesang und herrlichstem Frühlingsblühen empfangen. Der Regen der letzten Tage hatte sich verzogen und einem azurblauen Himmel mit strahlender Sonne Platz gemacht. Wie einfach doch das Leben sein konnte! In seiner euphorischen Stimmung nahm er in der nächsten Bar einen Espresso und eine Brioche zu sich. Stärkung für die kommenden Aufgaben. Kurz nach Hause, duschen und dann ins Präsidium.

Die Fahrt nach Lisieux ging heute schleppender voran als am Tag zuvor, ein Lastwagen reihte sich an den anderen. Erst nach fünfundvierzig Minuten rollte der Wagen mit Leblanc und Nadine in dem Städtchen ein. Mitten im Zentrum, in der Nähe der Kathedrale Saint-Pierre, parkte Leblanc. Es waren nur ein paar Schritte bis zur Place François Mitterrand, einem von Bäumen umsäumten, gepflasterten Platz mit einem Springbrunnen. Rechts neben der Kathedrale reihten sich vier schmale, zweistöckige Fachwerkhäuschen aneinander. In einem davon befand sich Madame Christophes Juwelierladen *Die Goldstube*. Die zwei kleinen Schaufenster zeigten sorgsam dargebotenen Gold- und Silberschmuck. In den oberen Stockwerken lag die Wohnung der Besitzerin, wie man dem Schild an der Klingel entnehmen konnte. Nadine warf einen Blick in die Vitrine: Ringe, Broschen und Armreifen mit dem Vermerk »Eigene Kreationen«.

»Madame Christophe scheint auch Goldschmiedin zu sein, sie stellt ihren Schmuck selbst her. Sehr schöne Teile, so einen Armreif hätte ich auch gern.«

»Dann mal hopp, schnell Kommissarin werden.«

»Ach, Chef, ich glaube, ich verzichte auf den Armreif und bleibe lieber in Trouville, jedenfalls solange Sie da sind.«

Konnte es eine schönere Liebeserklärung an einen Vorgesetzten geben? Um sich seine Rührung nicht anmerken zu lassen, sagte Leblanc eine Spur zu forsch: »Der Tag wird kommen, an dem du von mir nichts mehr lernen kannst. Spätestens dann solltest du dich um einen verantwortlichen Posten bewerben. Du bist eine ausgezeichnete Polizistin und hast noch viel vor dir.«

Die Eingangstür des Ladens ließ beim Öffnen ein altmodisches Gebimmel hören. Madame Christophe trat aus einem hinteren Zimmer in den Verkaufsraum. Anders als gestern bei der Beerdigung trug sie heute keine schwarze Kleidung, sondern ein maisgelbes Kostüm mit einer braunen Bluse, die im Ton zu ihren wahrscheinlich nicht mehr naturbelassenen braunen Haaren passte. Die sechzig Jahre sah man ihr nicht an, groß und schlank, gepflegt und dezent geschminkt, wie sie war. Nur bei näherem Hinsehen zeugten tiefe Falten im Gesicht und Ringe unter den Augen von Enttäuschung und Verbitterung. Ein professionelles Lächeln empfing die beiden Eintretenden, was sich auch durch den Anblick von Nadines Uniform nicht verflüchtigte.

»Bonjour, Madame, Monsieur, kann ich Ihnen helfen?«

Leblanc ergriff das Wort. »Wir sind von der Kriminalpolizei in Deauville, Leblanc ist mein Name, das ist meine Kollegin Liard.«

Madame Christophe verzog keine Miene. »Ja, bitte?«

Das wird keine leichte Aufgabe, dachte Leblanc, sie blockt ab. »Sie wissen vermutlich, warum wir hier sind.«

Der Juwelierin war keine Empfindung anzumerken, sie hatte sich vollkommen im Griff und zog es vor zu schweigen und den Kommissar fragend anzusehen.

Der warf nur einen Namen hin: »Jean-Paul Picard.«

»Für Monsieur Picard war meine Tochter zuständig. Leider können Sie sie nicht mehr dazu befragen, sie hat es vorgezogen, für immer zu schweigen.« Sie presste die Lippen aufeinander.

»Das wissen wir, und es tut uns sehr leid. Es wird Ihnen nicht entgangen sein, dass auch Monsieur Picard nicht mehr unter den Lebenden weilt. Da er eines gewaltsamen Todes gestorben ist, haben wir einen Mord aufzuklären. Wir hoffen, dass Sie uns dabei behilflich sein werden.«

»Ich kann Ihnen sagen, was ich von meiner Tochter weiß. Ich selbst hatte keinen Kontakt zu dem Mann. In meinen Augen hat Camille den größten Fehler ihres Lebens gemacht, als sie sich auf diesen Schriftsteller eingelassen hat.«

Ein wenig entspannten sich die harten Gesichtszüge. Aber auch als Madame Christophe ihren Besuchern zwei Sessel zum Platznehmen anbot, gab sie ihre Habachtstellung nicht auf.

»Erzählen Sie uns die Geschichte«, forderte Leblanc sie auf. »Wie hat Camille JPP kennengelernt? Was hat sie dazu bewogen, ihren Beruf aufzugeben?«

»Ich muss etwas ausholen, denn ich glaube, dass Camilles Vorliebe für diesen viel älteren Mann mit ihrer Kindheit zusammenhängt. Camille ist ohne Vater aufgewachsen. Ihr Vater ist Amerikaner, Schauspieler, ich bin ihm während meiner Ausbildung in Paris begegnet. Gelernt habe ich bei einem der bekanntesten Goldschmiede für maßgefertigten Schmuck an der Place Vendôme. Bei ihm verkehrten die Gäste des benachbarten Hôtel Ritz. Mit zweiundzwanzig war ich verliebt, mit dreiundzwanzig schwanger, und Robert ging nach den Dreharbeiten zurück nach Amerika. Im Übrigen hatte er eine Frau und zwei Kinder, ich machte mir keine Illusionen. Robert war finanziell sehr großzügig. Er hat dafür gesorgt, dass ich mir nach der Ausbildung eine Existenz mit dem Laden aufbauen konnte, und mir dieses Haus geschenkt. Ich habe mich für Lisieux entschieden, weil mein Bruder und meine Schwägerin hier leben. Sie haben mir sehr geholfen, als Camille klein war. Für Camille hat Robert alles getan, sie besuchte erstklassige Schulen und Universitäten, Geld spielte keine Rolle. Und Camille war ein kluges Mädchen, immer die beste Schülerin, immer den besten Abschluss, und sie besaß ein Talent zum Schreiben, das uns alle verblüfft hat. Schon zu Schulzeiten wurden ihre Geschichten in Zeitungen gedruckt. Sie gewann mehrfach Preise und wurde zu einem nationalen Wettbewerb für junge Schriftstellertalente geschickt. Auch da war sie die Beste. Wir haben gedacht, sie würde sich nach der Schule für Journalismus entscheiden, für irgendeinen Beruf, in dem sie ihr Schreibtalent hätte verwirklichen können. Aber nein, sie wollte Ökonomie studieren.«

»Gab es Männer in Camilles Leben, Freunde, Partner?«, wollte Nadine wissen.

»Als sie in London arbeitete, lernte sie Denis kennen.«

»Denis Berthier?«, fragte Nadine nach.

Erstauntes Aufblicken von Madame Christophe. »Sie haben sich informiert? Ja, Denis Berthier. Ihretwegen hat er London verlassen, als sie nach Paris zurückkehrte. Er folgte ihr und warb mit großem Eifer und Ernst um sie. Ich hätte die beiden gern als Paar gesehen, sie hat Denis zweimal hierher mitgebracht, ein wunderbarer Junge, er hätte Camille auf Händen getragen.«

»Aber sie wollte ihn nicht?«

»Am Anfang schien sie nicht abgeneigt, aber mir war bald klar, bevor Denis es merkte, dass Camille das Interesse verlor. Mir hat sie gesagt, sie wolle sich nicht so früh binden, sondern ihre Freiheit behalten. Aber so etwas sagt man, wenn man einen anderen nicht verletzen will. Warum sie Denis schließlich den Laufpass gab, weiß ich nicht. Camille hatte generell Schwierigkeiten, sich zu binden. Ich habe schon während ihrer Schulzeit festgestellt, dass sie kaum Freundschaften einging, das Alleinsein dagegen machte ihr nichts aus. Meine Versuche, sie in Kontakt mit anderen Kindern zu bringen, indem ich Schulkameraden von ihr einlud, ignorierte sie. Sie saß lieber mit einem Buch in ihrem Zimmer, lernte oder las. Beim Lesen vergaß sie die ganze Welt um sich herum. Der Schulpsychologe im Gymnasium bescheinigte ihr eine mangelnde soziale Kompetenz, aber da sie sonst nicht auffiel und mit Abstand die beste Schülerin war, verliefen Therapieansätze im Sande. Ich ließ sie irgendwann einfach in Ruhe. Außer Denis hat sie mir niemanden vorgestellt, und ich weiß wirklich nicht, ob es andere Männer gegeben hat.«

Das Reden über ihre Tochter lockerte Madame Christophe auf. Leblanc hatte schon häufig bei Vernehmungen festgestellt, dass die Befragten, wenn er sie zum Erzählen brachte, egal worüber, danach bereitwilliger auf heikle Fragen antworteten. Die Strategie wandte er gern an, um verstockte Menschen zu lösen.

»Können Sie uns etwas über die berufliche Laufbahn Ihrer Tochter sagen«, forderte er Camilles Mutter auf.

»Kometenhaft, anders kann man es nicht ausdrücken. Mühelos durchlief sie alle Stationen, bis sie bei der ENSAE in Paris genommen wurde, der École Nationale für Ökonomie. Wie gesagt, ich hätte bei ihrer Berufswahl eher auf Journalismus getippt. Ich weiß auch nicht, woher ihr Interesse für Wirtschaft und Management stammt, von mir hat sie es nicht und von Robert auch nicht. Aber sie wollte partout in die Wirtschaft oder an eine Bank. Während des dreijährigen Studiums an der ENSAE hat sie Kurse über Statistik, Marktanalysen und Wirtschaftsrecht belegt. Mir schwirrte immer der Kopf, wenn sie davon berichtete. Ich kenne mich in Ökonomie gerade so gut aus, dass ich meinen kleinen Laden führen kann. Das dritte Studienjahr hat sie in Harvard verbracht. Nach Abschluss aller

Prüfungen nahm sie ein sehr lukratives Angebot einer Londoner Bank an und war dort in einer hohen Position im Management tätig. Ich hätte ihr diese Ausbildung nicht finanzieren können. Robert hatte schon ein privates Gymnasium in Paris und die Vorbereitungsklasse auf die Universität bezahlt, dazu eine Wohnung. Wissen Sie, was so ein dreijähriges Studium an einer École Nationale kostet? Ungefähr fünfzigtausend Euro. Allerdings steigen die Absolventen danach sofort mit höchsten Gehaltsstufen ein.«

»Ihre Tochter ist aber nicht in London geblieben. Warum nicht?«, wollte Nadine wissen.

»Sie hatte einen Freund im Finanzministerium – Camille kannte durch ihr Studium viele einflussreiche Leute – und durch ihn erfahren, dass eine Stelle frei wurde. Wieder einmal wurde sie genommen. Deshalb kam sie nach Paris zurück. Mir hat sie gesagt, dass sie ihr Tätigkeitsprofil verändern wolle.«

»Wann war das?«

»Vor sieben Jahren.«

»Da war Camille zweiunddreißig?«

»Dreiunddreißig. Camille wäre vor zwei Wochen vierzig geworden. Ihren Geburtstag hat sie nicht mehr erlebt.«

»Sie haben vorhin gesagt, dass Camilles Freund Denis ihr aus London nach Paris gefolgt ist und dass sie ihn abgewiesen hat. Könnte es sein, dass sie während dieser Zeit Jean-Paul Picard traf?«

»Das ist möglich. Erfahren habe ich von ihm erst später. Aber natürlich kann es sein, dass er der Grund war für ihre Abkehr von Denis. Würden Sie mich einen Augenblick entschuldigen, ich möchte mir ein Glas Wasser holen. Möchten Sie auch etwas zu trinken?« Madame Christoph erhob sich.

Nadine und Leblanc lehnten dankend ab. Die Juwelierin verschwand in dem hinteren Zimmer, aus dem sie gekommen war, und kehrte nach kurzer Zeit mit einem Glas Wasser in der Hand zurück.

»Ist dort hinten Ihre Werkstatt?«, erkundigte sich Nadine.

»Ja. Ich stelle den Schmuck, den ich verkaufe, selbst her, mit wenigen Ausnahmen. Viele Stücke gestalte ich nach Kundenwünschen. Natürlich herrscht in der Provinz ein anderer Geschmack vor als in Paris, aber auch hier wollen die Leute nach eigenen Vorstellungen Ringe zur Hochzeit, einen Armreifen zum Geburtstag, eine Kette zur Kommunion. Alles wird auf individuellen Wunsch gefertigt. Ich kann mich nicht beklagen, das Geschäft läuft gut, und ich mache die Arbeit gern.« Madame Christophe trank einen Schluck Wasser. Das Gespräch hatte sie belebt und den starren Ausdruck aus ihrem Gesicht verschwinden lassen.

»Wann und wie haben Sie denn von der Bekanntschaft Ihrer Tochter mit JPP erfahren?«, setzte Leblanc die Befragung fort.

»Genau kann ich das nicht sagen, vor fünf Jahren etwa. Camille besuchte mich alle zwei bis drei Wochen. Eines Tages überfiel sie mich mit einer überraschenden Neuigkeit: ›Maman, ich habe den Mann meines Lebens gefunden.‹ Ich horchte auf, weil ich solche Geständnisse von ihr nicht gewohnt war, sie hat mir nie viel über ihr Privatleben erzählt. Als ich wissen wollte, wer der Erwählte sei, nannte sie keinen Namen, sondern sagte nur: ›Wir haben eine ganz große Sache zusammen vor.‹ Mein verschreckter Gesichtsausdruck führte dazu, dass sie in Lachen ausbrach. ›Nicht, was du denkst, wir rauben keine Bank aus. Er braucht mich und meine Fähigkeiten. Und er gibt mir jeden Tag zu verstehen, dass ich die Frau seines Lebens bin. Es wird fantastisch, Maman.‹ Ich hätte mich gern für sie gefreut, aber irgendetwas in mir reagierte mit Misstrauen, sei es ihre ungewohnte Euphorie oder ein Zuviel an Mann-und-Frau-meines-Lebens. Für meine Ohren klang es unglaubwürdig, aber ich wollte ihr die Freude nicht verderben. Sie wirkte glücklich. Eine Zeit lang, etwa drei Jahre, hielt der Zustand an, und ich schalt mich wegen meines Argwohns. Dann bemerkte ich eine Veränderung an Camille.«

»Wann war das?«, fragte Leblanc dazwischen.

»Vor zwei Jahren wurde es ganz offensichtlich. Der glückliche Ausdruck verschwand, und sie wirkte düster und in sich gekehrt, manchmal verzweifelt. Ich fragte sie natürlich, was los sei, aber sie gab keine Antwort. Erst Monate später erfuhr ich von Denis, der Camille nicht vergessen konnte und ihr Leben aus einiger Entfernung verfolgte, dass sie ihren Posten beim Finanzministerium aufgegeben hatte. Das hat mich so alarmiert, dass ich zu ihr nach Paris gefahren bin. In ihrer Wohnung traf ich sie nicht an, und die Nachbarn, ein sehr nettes älteres Ehepaar, haben mir berichtet, dass Camille in ihrer Wohnung nur gelegentlich auftauchte und häufig abwesend war. Diese Leute nahmen mich freundlich auf, ich konnte bei ihnen auf Camille warten. Sie erschien erst gegen Abend, und ich bedrängte sie so sehr, dass sie sich schließlich öffnete. Wahrscheinlich habe ich nur einen Teil der Wahrheit erfahren, aber das allein hat mich in tiefe Besorgnis gestürzt. Dieser Mann, den sie Jean-Paul nannte, ließ sie Romane schreiben, die er unter seinem Namen veröffentlichte. Sie sagte, sie habe die Bücher, in die ihre Kenntnisse des Banken- und Finanzwesens eingeflossen seien, mühelos und mit großer Freude geschrieben. Jean-Paul, ihr Talent bewundernd und voller Begeisterung, habe ihr ein himmlisches Leben in Aussicht gestellt, gemeinsame Reisen, ein Schriftstellerdasein zu zweit, ein Haus auf dem Land. Er habe versprochen, das Geheimnis ihrer Autorschaft zu lüften und mit ihr als Duo aufzutreten. Dieses Vorhaben sei aber immer wieder aufgeschoben worden, bis er es ganz verworfen habe. Auch der Plan, dass sie ganz zu ihm in seine Wohnung ziehen sollte, sei aufgegeben worden. An manchen Tagen habe er sie ohne jeden Grund vor die Tür gesetzt. Sie habe den Verdacht, dass andere Frauen im Spiel seien. Überhaupt sei er sprunghaft und unberechenbar geworden, manchmal habe er vor ihr einen Kniefall gemacht und ihr vermittelt, dass er sie anbete. Dann wieder habe er sie beschimpft und wie eine Sklavin behandelt. Als ich das alles hörte, habe ich ihr so eindringlich wie möglich geraten, den Mann sofort zu verlassen. Ich habe ihr angeboten, sie könne eine Weile zu mir nach Lisieux ziehen, um sich zu erholen und in Ruhe nachzudenken. Wissen Sie, wie sie reagiert hat?«

»Ich kann es mir denken«, antwortete Leblanc. »Sie hat abgelehnt.«

»Ja. ›Ich liebe ihn und werde ihn niemals verlassen‹, sagte sie. ›Ich kann nicht anders, verzeih mir, Maman, und versprich mir, dass du dich nicht einmischst, das würde die Sache nur verschlimmern.‹ Ich merkte, dass ich nichts ausrichten konnte. Liebeskummer, dachte ich, sie wird darüber hinwegkommen, sie wird wieder vernünftig werden, meine kluge, erfolgreiche Camille. Ich muss mir vorwerfen, das Ausmaß ihrer Verzweiflung nicht erkannt zu haben. Aber selbst wenn ich es erkannt hätte, sie hätte sich nicht helfen lassen.«

»Haben Sie versucht, mit Monsieur Picard zu reden?«

»Nein, ich habe mich an Camilles Bitte gehalten, mich nicht einzumischen. Vielleicht ein Fehler. Aber auf Camille habe ich wiederholt eingeredet und sie gebeten, diese Geschichte zu beenden. Das hat sie am Ende so genervt, dass sie mich kaum noch besucht hat. Ich war machtlos.« Bei der Erinnerung daran stiegen Tränen in Madame Christophs Augen. »Entschuldigung.« Verstohlen wischte sie sich die Tränen ab.

Leblanc hielt den Zeitpunkt für gekommen, sie mit den Verdachtsmomenten zu konfrontieren. »Madame, Sie waren letzte Woche am Donnerstagabend im Casino in Deauville bei der Lesung von JPP.«

Schlagartig verschwand der Ausdruck der Trauer, Madame Christophs Miene verhärtete sich wieder. Ihre Augen blickten starr. »Das wissen Sie?«, murmelte sie. »Ich wollte ihn einmal sehen, einmal den Teufel betrachten, der meine Tochter auf dem Gewissen hat.«

»Warum?«, fragte Nadine, »sein Anblick muss Sie doch gequält haben.«

»Eine größere Qual als die, die ich beim Tod meiner Tochter empfunden habe, war kaum denkbar. Mein ganzes Leben ist eine Qual, seit ich Camille verloren habe.«

»Madame«, setzte Leblanc wieder an, »kann es sein, dass Sie Rache geübt haben an dem Mann, der Ihnen Ihre Tochter genommen hat? Dass Sie ihn später, nach der Lesung, in seinem Hotelzimmer aufgesucht und ihn vergiftet haben?«

Die Reaktion der Beschuldigten kam unerwartet. Sie sprang auf und schrie laut: »Was fällt Ihnen ein, mir so etwas zu unterstellen.« Wutentbrannt fuchtelte sie mit den Armen. »Ich wollte ihn nur sehen. Aber ich bin froh, dass dieser Unmensch seine verdiente Strafe erhalten hat.« Nach diesem Ausbruch fiel Madame Christophe in sich zusammen.

Nadine reichte ihr das Glas Wasser. »Trinken Sie und beruhigen Sie sich. Was haben Sie nach der Lesung gemacht, Madame?«

»Ich bin nach Hause gefahren«, flüsterte die Erschöpfte.

Für Leblanc zeichnete sich das Ende der Befragung ab, Camilles Mutter würde nichts mehr aussagen. »Wir gehen jetzt, Madame, aber meine Kollegin scannt noch Ihre Fingerabdrücke ein, wir brauchen sie für einen Abgleich. Und ich kann Ihnen versichern, dass wir wiederkommen werden, sobald sich Beweismittel ergeben, die Sie belasten, und Sie mit aufs Präsidium nehmen. Sie stehen unter Verdacht, Monsieur Picard umgebracht zu haben.«

Nadine holte den Scanner aus ihrer Tasche und setzte sich neben Madame Christophe, die willenlos die Prozedur über sich ergehen ließ. Sie spürte die Körperanspannung und das Zittern der Juwelierin.

Dann ließen Leblanc und Nadine die sichtlich verstörte Frau zurück und traten den Rückweg an.

# FÜNFUNDZWANZIG

Nadine hatte Madame Christophes Fingerabdrücke sofort zu Bernard gebracht, und nun warteten sie ungeduldig auf das Ergebnis.

Leblanc war von der Schuld der Juwelierin überzeugt, er musste es nur noch beweisen und einige offene Fragen klären. Wie hatte sie es angestellt, in JPPs Hotelzimmer zu gelangen? Sie musste ihn nach der Lesung beobachtet haben. Woher hatte sie das Gift? Auch ihre Tochter hatte sich mit Kaliumzyanid umgebracht. Es musste einen Zusammenhang geben. Leblanc war sich sicher, dass die Fingerabdrücke Madame Christophe überführen würden. Das würde auch die Spuren von Goldstaub erklären. Keine Mafia, keine Russen, nein, eine Goldschmiedin, die Goldstaub an der Kleidung oder an den Schuhen mitgebracht und ohne ihr Wissen im Zimmer des Ermordeten hinterlassen hatte. Er griff sofort zum Hörer, als er Bernards Nummer auf dem Display sah.

»Und?«, fragte er gespannt.

»Ich muss dich leider enttäuschen. Keine Übereinstimmung mit den Fingerabdrücken aus der Suite. Ich habe alle noch einmal mit den neuen verglichen. Nichts. Tut mir leid, Jacques.«

»Verflixt, ich hätte wetten können, dass sie es war.«

»Lass dich nicht von deinem Verdacht abbringen. Es wäre möglich, dass die Täterin Handschuhe getragen hat und die noch nicht identifizierten Fingerabdrücke von irgendeinem Hotelangestellten stammen.«

»Sag mal, der Goldstaub, den ihr gefunden habt, könnte der an den Schuhen einer Goldschmiedin ins Zimmer geschleppt worden und dort auf dem Teppich hängen geblieben sein?«

»Das wäre eine treffende Erklärung. Es waren minimale Spuren. Eine Goldschmiedin, die an Schmuck herumfeilt, könnte sehr gut Reste von Gold an ihrer Kleidung oder an den Schuhen mit sich herumtragen.«

»Wenn ich dir Goldspäne aus ihrer Werkstatt bringen würde, könntest du dann feststellen, ob das Gold identisch ist?«

Bernard lachte. »Nein, das kannst du vergessen. Jeder Goldschmied arbeitet mit verschiedenen Legierungen. Selbst wenn die Legierung gleich sein sollte, besagt das gar nichts, das wäre kein Beweismittel.«

»Schade. Ich bin sicher, dass sie die Mörderin ist, aber ich habe keinen schlagenden Beweis.«

»Kannst du mir ein Haar von der betreffenden Person besorgen oder Fasern von ihrer Kleidung? Es wäre nur ein Versuch. Ich könnte nachprüfen, ob wir etwas Identisches in unseren Fundstücken haben.«

»Gut, ich werde sehen, was sich machen lässt. Danke erst einmal.«

Enttäuschung machte sich in Leblanc breit. Er hatte gedacht, dass der Fall eigentlich gelöst wäre. Wie sollte er nun vorgehen? Er könnte auf Madame Christophe heftig Druck ausüben, aber dabei müsste er in Ermangelung von Beweisen pokern. Und er hatte nicht einmal einen Drilling, geschweige denn ein Full House. Dass die Juwelierin gestehen würde, ohne dass er Zeugen oder Indizien vorweisen könnte? Mehr als unwahrscheinlich. Zweitens war da Bernards Vorschlag, es mit einem Haar oder Kleidungspartikeln der Juwelierin zu versuchen. Die Chancen standen nicht sehr gut, es wäre ein Zufallstreffer. Dritte Möglichkeit, er könnte das Foto von Madame Christophe den Angestellten im Royal Plage zeigen. Aber auch da sah er wenig Aussicht auf Erfolg. Je länger die Sache zurücklag, desto mehr schwand die Erinnerung.

»Nadine«, rief er seiner Kollegin zu, »würdest du nachher mit dem Foto von Madame Christophe ins Royal Plage gehen und die Angestellten fragen, ob sie sie am fraglichen Abend gesehen haben? Und nimm vielleicht auch das Foto des Rosenkavaliers mit. Wäre denkbar, dass sich die beiden Trauernden zusammengetan haben.«

»Okay, Chef. Ich habe schon mitgekriegt, dass die Fingerabdrücke nicht übereinstimmen. Aber Sie sind nach wie vor überzeugt, dass sie es war?«

»Ja. Rache ist ein einleuchtendes Motiv, und die Teile des Puzzles passen zusammen. Aber ohne ausreichende Beweise …«

Leblanc zog sein Handy aus der Jackentasche und legte es auf den Tisch. Dabei fiel die Karte, die Claude ihm gegeben hatte, auf den Boden. Er hob sie auf. Claude Leduc, ja, er würde mit Claude sprechen. Der Polizeipsychologe hatte ihm in Paris mit seiner Herangehensweise, die psychischen Voraussetzungen der Personen als Erklärung für mögliche Motive heranzuziehen, schon mehrmals neue Wege eröffnet. Er rief ihn an. Und hörte am Vogelgezwitscher, dass Claude sich im Freien aufhielt.

»Klar, komm vorbei. Ich bin noch mit Umgraben beschäftigt, aber für dich unterbreche ich die Gartenarbeit gern. Wenn du willst, mache ich uns eine feine Omelette mit Eiern von meinen Hühnern und Kräutern aus dem Garten.«

»Ich bin in einer halben Stunde da«, bestätigte Leblanc.

»Sie waren heute Mittag nicht im Central, Chef«, bemerkte Nadine, da es bereits auf sechzehn Uhr zuging.

»Stimmt, aber das macht nichts. Ich bekomme gleich eine Omelette serviert. Unser ehemaliger Polizeipsychologe aus Paris hat sich in Beaumont niedergelassen und sich dem Anbau von Gemüse und der Hühnerhaltung verschrieben. Er ist ein scharfsinniger Analytiker, und als Psychologe kennt er die Abgründe der menschlichen Seele wie kaum ein anderer. Eine andere Sichtweise bringt einen manchmal auf neue Ideen.«

Leblanc nahm die Landstraße über Saint-Arnould, am Kreisel zweigte er auf die D 275 ab. Es ging vorbei an Wiesen, kleinen Wäldchen, Getreidefeldern, eingebettet in die normannische Hügellandschaft. Man war auf dem Land. Ab und zu ließ sich in einiger Entfernung ein Gehöft blicken. Beaumont-en-Auge, wie das Fünfhundert-Seelen-Dorf richtig hieß, war nur zwölf Kilometer von Deauville entfernt und doch eine andere Welt. Eine Hauptstraße mit ein paar kleinen Läden, ein Café, ein Restaurant, eine Kirche, ein Platz zum Boule-Spielen. Einmal war Leblanc vorher in diesem Ort gewesen, der ihm idyllisch erschienen war. Später hatte er erfahren, dass kurz vor seiner Ankunft in Deauville ein Mann in Beaumont seine Frau, die drei Kinder und dann sich selbst mit einem Gewehr erschossen hatte. Die Leute in dieser Gegend gingen gern auf die Jagd und waren mit entsprechenden Schusswaffen ausgerüstet. Ein solches Ereignis hatte sich aber seitdem nicht wiederholt. In dem Dorf fühlte man sich ins 19. Jahrhundert zurückversetzt.

Leblanc fuhr bis zur Kreuzung, bog dann rechts ab, folgte der Straße bis zum Ortsausgang und ließ den Wagen vor einem Fachwerkhaus stehen, das ein wenig zurückversetzt an einem abschüssigen Hang lag. Er trat durch die hölzerne Gartenpforte und stieg eine Steintreppe hinab, bis er vor der Eingangstür stand. Auf sein Klingeln hin rührte sich nichts. Er ging rechts um das Haus herum, rief laut »Claude!« und erreichte eine Terrasse, die selbst ihm, der für Immobilienschönheiten nicht sehr empfänglich war, ein anerkennendes »Wow« entlockte. Als Verlängerung der Küche ins Freie überragte sie den Hang und gab den Blick auf das ganze Tal frei. In der Ferne glaubte man das Meer sehen zu können, dort, wo jetzt die Sonne wie ein goldener Ball am Himmel stand. Eine weitere, schmalere Steintreppe führte zu einer noch tieferen Ebene, wo sich ein ausgedehnter Garten befand. Mitten darin, in grüner Gärtnerhose und kariertem Hemd, einen Spaten in der Hand: Claude.

»Hallo, Claude«, rief Leblanc, als er unten angekommen war.

Der Polizeipsychologe hob den Kopf und hörte auf zu graben.

»Oh, Jacques. Wenn ich hier unten arbeite, höre ich nichts.« Er stellte den Spaten an der Wand eines kleinen Holzschuppens ab und gesellte sich zu Leblanc.

»Da hast du noch viel zu tun«, sagte Leblanc und wies auf die im März erst kärglich grünende Fläche.«

Während Leblanc an das Abschreckende der mühseligen, schweißtreibenden Tätigkeit des Grabens und Pflanzens dachte, entlockte diese Zukunftsaussicht dem Gärtner ein begeistertes Strahlen. »Ja, jetzt geht es los mit der Aussaat. Ich habe schon Lauchzwiebeln, Spinat, Karotten, Radieschen und Salat gesät, anderes Gemüse ziehe ich im Gewächshaus vor.«

»Woher hast du diese Kenntnisse? In Paris hast du dich wohl kaum mit Gartenarbeit beschäftigt.«

»Während meiner Krankheit hatte ich genügend Zeit und habe mir einen ganzen Stapel Gartenbücher bestellt. Und mit großem Vergnügen habe ich Flauberts Roman *Bouvard und Pécuchet* noch einmal gelesen, über die beiden verrückten Pariser Angestellten, die aufs Land ziehen und sich in so ziemlich allem versuchen, was ihnen über den Weg läuft, Landwirtschaft, Biologie, Medizin – und alles geht gründlich schief. Ich hoffe nicht, dass mir das passiert, aber ich beschränke mich auch aufs Gärtnern – und meine Hühner.« Er wies auf ein umzäuntes Gelände auf der anderen Seite des Schuppens, auf dem gackernde braune Hühner auf dem Rasen herumpickten. »Komm, wir gehen ins Haus, ich habe dir etwas zu essen versprochen. Ein paar Kräuter nehme ich noch mit.« Er zog aus einer Seitentasche seiner Hose eine Gartenschere und machte sich über Petersilie und Schnittlauch her.

In Leblanc kämpften Bewunderung und Neid, Unbehagen und Misstrauen gegenüber dem Erdhaft-Unheimlichen um den ersten Platz in der Rangfolge seiner Neigungen.

In Claudes Küche konnte Leblanc beobachten, wie flink der gärtnernde Psychologe Kräuter hackte und Eier verquirlte, um sie dann in einer Pfanne goldbraun anbraten zu lassen. Es war warm genug, um auf der geschützten Terrasse zu sitzen, und nachdem die Omelette verspeist war und in den Gläsern ein Rosé-Wein von der Rhône darauf wartete, getrunken zu werden, begann Leblanc, seinem ehemaligen Kollegen den Fall JPP in allen Einzelheiten zu schildern. Bis auf ein gelegentlich eingeworfenes »Hm« unterbrach der Psychologe den Kommissar nicht. Leblanc fasste alle Aussagen über JPPs Charakter zusammen, um ein vollständiges Bild von dessen Persönlichkeit zu geben. Er beschrieb das Verhalten von Camille Christophe, wie er es von den Nachbarn und ihrer Mutter gehört hatte, und seinen Eindruck von Madame Christophe, von der er annahm, dass sie den Mord an JPP verübt hatte, der er aber nichts nachweisen konnte.

Aufmerksam hatte Claude Leduc den Worten seines früheren Kollegen gelauscht. Dann setzte er zu seinen psychologischen Einschätzungen an. »Beginnen wir mit dem Mordopfer, dem Schriftsteller. Alles deutet darauf hin, dass er am Borderline-Syndrom litt, gepaart mit einer narzisstischen Persönlichkeitsstörung und der Neigung zu Destruktion und Aggression. Borderline-Patienten zeichnen sich durch Impulsivität und Instabilität in zwischenmenschlichen Beziehungen aus. Ihre Gefühle und Handlungen anderen Menschen gegenüber sind beeinträchtigt. Daraus ergeben sich teilweise paradox wirkende Verhaltensweisen, wie zum Beispiel der Wechsel von extremer Idealisierung und ebenso starker Ablehnung. Das war bei deinem Schriftsteller der Fall, würde ich sagen. Dazu können Stimmungsschwankungen, Reizbarkeit und auch Wut kommen, das Krankheitsbild kann sehr verschiedene Erscheinungsformen haben. Eine narzisstische Störung sehe ich in seinem arroganten und selbstsicheren Auftreten, dem Imponiergehabe und dem Fehlen von Emotionalität. Wenn dann noch ein Destruktionstrieb dabei ist, haben wir es mit einer komplizierten Mischung zu tun. Für Angehörige ist es nahezu unmöglich, solche gestörten Menschen zu durchschauen oder mit ihnen umzugehen. Umso weniger, wenn sie eine emotionale Bindung entwickelt haben. Ich muss zugeben, dein Schriftsteller ist schon ein extremes Beispiel.«

»Die Frauen, die mit ihm in Beziehung standen, haben ihn auch mit extremen Worten charakterisiert: Gott und Teufel, Himmel und Hölle, verführerisch und zerstörerisch«, warf Leblanc ein.

»Du hast ja gesagt, entweder sie haben sofort das Weite gesucht – in dem Fall haben sie ihn instinktiv durchschaut –, oder sie erlagen ihm aus welchen Gründen auch immer und wurden gewissermaßen zum Opfer. Eine Ablösung ist dann tatsächlich sehr schwierig und nur unter Mühen und mit professioneller Hilfe zu vollziehen. Denn das Opfer bringt seine eigenen Dispositionen mit, oft ist Hörigkeit oder Blindheit im Spiel. Die zerstörerischen Seiten der Beziehung werden ausgeblendet und lange Zeit ignoriert, bis der Leidensdruck so groß wird, dass die Illusion schlagartig platzt. Wenn dann keine Hilfe zur Stelle ist, kann es, wie bei Camille Christophe, zur Katastrophe, zur Selbstdestruktion kommen. Ob dabei ihre vaterlose Kindheit und Jugend eine Rolle gespielt hat, vermag ich nicht zu beurteilen.«

Leblanc war aufgefallen, dass sein Gegenüber nur ab und zu an seinem Wein nippte, ansonsten aber zum Wasserglas griff. »Trinkst du keinen Wein mehr?«

»Nicht mehr als zwei, drei Schlucke. Beim Essen und Trinken bin ich wegen meiner Krankheit etwas eingeschränkt, aber man gewöhnt sich daran.«

Es wurde langsam dunkel, und Claude schlug vor, ins Haus zu gehen. Den Kamin hatte er schon vorher angezündet, und ihnen schlug im Wohnzimmer angenehme Wärme entgegen.

»Was sagst du zu Camilles Mutter?«, setzte Leblanc das Gespräch fort.

»Eine Mutter, deren Kind sich umbringt – es gibt kaum etwas Schlimmeres. Und in diesem Fall hat die Mutter einen Schuldigen, nämlich den Schriftsteller, der ihr die Tochter genommen hat. Was läge näher, als den Schuldigen zu bestrafen, um die Gerechtigkeit wiederherzustellen. Da sind wir beim Thema Rache, und das ist ein weites Feld, mein Lieber, seit der Antike ist die Welt voll von Rachegeschichten. Man könnte meinen, ein Rächer würde immer impulsiv und unmittelbar handeln, aber nein, Rache wird auch mit zeitlicher Verzögerung und genau geplant geübt. Doch selbst dann kann sich der Handelnde in einem Ausnahmezustand befinden, wenn er aus der Spirale von Leid, Wut und Ohnmacht nicht herauskommt und als einzigen Ausweg die Befreiung vom angeblichen Verursacher ansieht.«

»Das heißt, Camilles Mutter hat erst nach einiger Zeit wirklich begriffen, dass ihre Tochter nie mehr zurückkommt, und ist dann zur Handlung geschritten?«

»So könnte es gewesen sein. Du hast gesagt, sie ist Goldschmiedin?«

»Ja, sie besitzt ein Juweliergeschäft.«

»Dann ist sie gewissermaßen für einen Giftmord prädestiniert.«

Leblanc sah seinen Gesprächspartner erst fragend, dann fassungslos an. »O nein«, rief er aus, »das ist nicht wahr! Wie konnte ich das übersehen! Ein unverzeihlicher Fehler.«

»Ja, Goldschmiede gehören wie Drogisten oder Schädlingsbekämpfer zu dem Personenkreis, der sich einen so genannten Giftschein für Zyankali ausstellen lassen kann. Mit diesem Schein erhalten sie in jeder Apotheke die gewünschte Menge. Goldschmiede brauchen Kaliumzyanid zur Goldreinigung und -verarbeitung.«

»Dass ich daran nicht gedacht habe.« Leblanc griff sich an den Kopf. »Das steht in jedem rechtsmedizinischen Handbuch der Kriminalpolizei. Ich hätte unseren Rechtsmediziner fragen können, aber auf die Idee bin ich gar nicht gekommen. Habe noch rumgewitzelt, ob Camilles Mutter vielleicht Apothekerin ist. Der Zusammenhang wäre mir sofort klar gewesen. Aber Goldschmiedin – da hat nichts gefunkt. Das ist mir in meiner ganzen beruflichen Laufbahn noch nicht untergekommen.« Zerknirschung seitens des Kommissars. Dieser Fauxpas hätte ihm nicht passieren dürfen.

Claude tröstete ihn. »Ruhig Blut, du hast ja noch gar nichts unterlassen. Wenn du die Werkstatt der Juwelierin durchsuchen lässt, finden deine Leute mit Sicherheit Zyankali. Und dann? Die Verdächtige wird sagen, dass sie den Stoff für ihre Arbeit braucht. Was größer geworden ist, ist die Wahrscheinlichkeit, dass sie als Täterin infrage kommt, zumal sich ihre Tochter auch durch Zyankali umgebracht hat. Vielleicht kannst du sie damit kriegen. Zu ihren Schuldgefühlen, als Mutter versagt zu haben, gesellt sich sicher der Vorwurf, dass sich ihre Tochter durch sie das Gift leicht beschaffen konnte. Zweimal Zyankali ist kein Zufall. Versuch, bei ihrer Tochter anzusetzen, das ist ihr Schwachpunkt.«

Leblanc fiel noch etwas ein. »Natürlich tragen Goldschmiede bei der Arbeit Handschuhe, oder?«

»Sicher, Schutzhandschuhe und Schutzbrille, wenn sie mit bestimmten Stoffen hantieren.«

»Claude, du hast mir sehr geholfen.«

»Gerne, jederzeit wieder. Ab und zu mal wieder den alten Beruf auszuüben ist neben dem Grünzeug ganz schön.«

»Dieses Haus hast du wirklich gekauft?«

Claude lachte. »Ja, ich besaß neben der Wohnung in Paris etwas Gespartes, und ich habe nicht vor, diesen Ort wieder zu verlassen. Paris kann mir gestohlen bleiben, und wenn ich mir das Tätigkeitsfeld meines Nachfolgers ansehe, Beratung der Polizisten im Einsatz gegen Terroristen, nein danke, das wäre nichts für mich.«

Leblanc bekam noch drei Eier und Frühlingszwiebeln mit auf den Weg und wurde von Claude bis zu seinem an der Straße geparkten Auto begleitet.

Dort erst bemerkte er, dass er sein Handy auf dem Beifahrersitz vergessen hatte. Es zeigte einen Telefonanruf an. Auf seiner Mobilbox hatte Nadine eine Nachricht hinterlassen: »Chef, ich wollte es Ihnen gleich sagen. Der Empfangschef vom Royal Plage glaubt, Madame Christophe im Hotel gesehen zu haben. Er ist nicht hundertprozentig sicher, aber fünfzig Prozent sind doch nicht schlecht. Das ist immerhin ein Lichtblick. Einen schönen Abend.«

# SECHSUNDZWANZIG

Die Verdachtsmomente reichten aus, um Madame Christophe zu verhaften, der Meinung schloss sich auch der Untersuchungsrichter an. Von einem Verhör auf dem Präsidium versprach sich Leblanc, dass die einschüchternde Umgebung und die Tatsache der Inhaftierung die Verdächtige letztendlich zum Reden brachten. Er ließ sich einen Durchsuchungsbeschluss für Madame Christophes Werkstatt und Wohnung faxen und forderte drei Kollegen von der Spurensicherung an.

»Nehmen wir Madame Christophe fest?«, fragte Nadine, nachdem sie detailliert das Gespräch mit dem Empfangschef des Royal Plage wiedergegeben hatte. Der hatte seine Bereitschaft zu einer Gegenüberstellung erklärt, die, wie er meinte, seiner Erinnerung auf die Sprünge helfen würde.

»Auf jeden Fall. Wir konfrontieren sie mit der Zeugenaussage und stellen ihren Besitz von Zyankali in den Mittelpunkt.«

Erneut ging es nach Lisieux, dieses Mal mit zwei Wagen. Die Juwelierin erschien, wie schon am vorigen Tag, sorgfältig gekleidet und perfekt geschminkt in ihrem Verkaufsraum. Kein Wort kam über ihre Lippen, als sie die fünf Polizisten erblickte.

»Madame Christophe«, begann Leblanc, »ich habe hier einen Haftbefehl und einen Durchsuchungsbeschluss. Sie stehen im Verdacht, den Schriftsteller Jean-Paul Picard mit Zyankali umgebracht zu haben. Ich kläre Sie jetzt über Ihre Rechte auf und nehme Sie dann mit aufs Präsidium zur Vernehmung. Sie dürfen einen Anwalt hinzuziehen und einen Angehörigen benachrichtigen.«

Die Frau verzog keine Miene, nickte nur leicht.

»Sagen Sie, Madame Christophe, welche Kleidung haben Sie letzte Woche bei der Lesung von Jean-Paul Picard getragen?«

»Ein dunkelgrünes Kostüm und eine weiße Bluse.«

»Würden Sie uns die Sachen bitte aushändigen, auch die Schuhe, die Sie anhatten. Es hat keinen Sinn, uns zu belügen, wir haben ein Foto von Ihnen, das Sie bei der Lesung zeigt, und es wird ganz einfach sein, Ihre Aussage zu überprüfen.«

Die Juwelierin stieg die Treppe hinauf, um die Kleidung aus ihrer Wohnung zu holen. Leblanc schickte Nadine zur Überwachung mit in die obere Etage. Unterdessen begaben sich die Kollegen der Spurensicherung in die Werkstatt, die aussah wie eine Mischung aus einem zahnmedizinischen Labor und einer Alchimistenküche, mit verschieden großen Messern, Zangen und Feilen, mit Schleifwerkzeugen, Pinzetten, kleinen Wannen und Schalen, einem Lötgerät und Flaschen und Dosen mit diversen Chemikalien.

In einem weiten beigefarbenen Wollmantel, der ihren schmalen Körper umspielte, schritt Madame Christophe die Treppe herab, gefolgt von Nadine. Sie sagte nur: »Ich bin bereit.« Nadine reichte Bernard eine Plastiktüte mit dem Kostüm und den Schuhen, die Madame Christophe an besagtem Abend getragen hatte.

»Ihr wisst, wonach ihr suchen sollt«, rief Leblanc den Kollegen zu. Dann ließ er die Juwelierin, nachdem er ihr Handschellen angelegt hatte, in den vor dem Haus geparkten Wagen einsteigen. Nadine setzte sich neben sie.

Weder Angst noch Unsicherheit strahlte die Festgenommene aus, als sie im Büro des Präsidiums vor Leblancs Schreibtisch Platz nahm. Einen Anwalt brauche sie nicht, ließ sie verlautbaren. Ihren Mantel wollte sie anbehalten, sie schlang ihn um sich wie eine schützende Hülle.

Dieses Mal verzichtete Leblanc auf ein aufwärmendes Gespräch. Er schaltete das Aufnahmegerät an und kam gleich zur Sache. »Sie haben in Ihrer Werkstatt Kaliumzyanid.«

Die Reaktion kam prompt, so wie Claude es vorausgesagt hatte. »Natürlich, jeder Goldschmied arbeitet mit diesem Stoff. Wir benötigen Kaliumzyanid zum Beispiel zur Oberflächenveredelung und Bearbeitung von Gold.«

Madame Christophe sagte kein Wort zu viel. Sie würde sich anhören, was der Kommissar ihr zur Last legte, und ihre Reaktion darauf abstimmen. Leblanc richtete sich auf eine längere Vernehmung ein.

»Sie sagten gestern, sie würden Monsieur Picard nicht kennen.«

»Das stimmt, ich kannte ihn nicht.«

»Haben Sie ihn vor diesem Abend letzte Woche im Casino nie zuvor gesehen?«

»Ich habe nicht gesagt, dass ich ihn noch nie gesehen habe, nur, dass ich ihn nicht kannte.«

»Wo haben Sie ihn denn gesehen?«

»Meine Tochter hat mich einmal zu einer Lesung in Paris mitgenommen. Sie wollte ihn mir vorstellen, aber ich habe darauf verzichtet. Das ist fünf Jahre her.«

»Warum wollten Sie den Freund Ihrer Tochter nicht kennenlernen?«

»Aus dem, was ich Camilles Äußerungen und dem Auftritt des Mannes an jenem Abend entnehmen konnte, schien er mir nicht der richtige Partner für meine Tochter zu sein. Gegen ihren Willen war ich machtlos, aber ich für meinen Teil wollte dem Mann nicht begegnen. Ich ließ Camille in Ruhe und schaltete mich erst ein, als sie immer verzweifelter wurde. Das habe ich Ihnen bereits erzählt. Leider war es zu diesem Zeitpunkt zu spät. Camille war verloren.«

»Ihre Tochter hat sich das Leben genommen. Das muss ein Schock für Sie gewesen sein. Wie ist es Ihnen seitdem gegangen?«

»Sie glauben nicht, wie viele Dinge nach dem Tod eines Menschen zu regeln sind, Abmeldungen, die Räumung der Wohnung, Auflösung des Kontos. In der ersten Zeit kommt man gar nicht zum Nachdenken.«

Das war keine Antwort auf seine Frage, aber Leblanc hakte in dem Moment nicht weiter nach. »Camille hat teilweise bei Monsieur Picard gewohnt. Was ist mit ihren Sachen passiert? Haben Sie sie dort gelassen? Oder abgeholt? Dann müssten Sie doch mit ihm in Kontakt getreten sein.«

»Ich habe ihn angerufen und über den Tod meiner Tochter informiert. Er hat sich weder bestürzt noch betrübt oder unglücklich gezeigt. Er würde am nächsten Tag eine einwöchige Reise antreten, sagte er. Er würde Camilles persönliche Dinge in einen Karton packen, vor seine Wohnungstür stellen und der Concierge Bescheid sagen. Das war das ganze Gespräch. Ein paar Tage später habe ich den armseligen Karton abgeholt.«

»Was war darin?«

»Körperpflegemittel, Kosmetik, Kleidung, zwei Bücher und eine goldene Kette, die ich Camille zur Kommunion geschenkt hatte. Ich habe sie selbst angefertigt, mit einem Medaillon, in das ich ihren Namen eingraviert habe. Vielleicht hat sie ihm die Kette geschenkt.«

Die Erinnerung daran berührte Madame Christophe, und sie musste ihre Tränen zurückhalten. *Über ihre Tochter kriegst du sie.* Leblanc dachte an Claudes Worte. Wieder hatte der Psychologe richtiggelegen. Er setzte nach. »Woher hatte Camille das Zyankali? Aus Ihrer Werkstatt?«

Der Hieb saß. Madame Christophe erbleichte. »Ich muss es wohl annehmen. Natürlich war Camille bekannt, dass ich solche Stoffe verwende, sie hat mir früher oft genug bei der Arbeit zugesehen. Ich bin immer sorgsam mit den Chemikalien umgegangen, ich habe sie in einem verschlossenen Schrank aufbewahrt. Aber meine

Tochter wusste, wo der Schlüssel lag. Niemals habe ich auch nur einen Gedanken daran verschwendet, dass ich die Chemikalien vor Camille verstecken müsste. Aber, ja, Sie haben recht, wenn Sie darauf hinauswollen, dass ich eine Mitschuld an ihrem Tod trage. Auch wenn ich denke, sie hätte ohne das Kaliumzyanid andere Möglichkeiten gefunden. Jemanden, der fest entschlossen ist, aus dem Leben zu scheiden, können Sie nicht davon abhalten.« Sie lächelte traurig. »Ich lasse mir nicht vorwerfen, ich hätte mich nicht um sie gekümmert. Aber ich bin einfach nicht mehr an sie herangekommen.« Bitterkeit drückte ihre Miene aus und eine Härte, die von unterdrückter Verzweiflung zeugte.

»Sie müssen eine unbändige Wut auf den Menschen gehabt haben, den Sie als Ursache für das Leiden und den Tod Ihrer Tochter ansahen, nämlich Monsieur Picard.«

»Ja, ich habe ihn verflucht.«

»Dabei ist es aber nicht geblieben. Sie sind zur Tat geschritten. Sie haben ihn getötet. Wenn Camille nicht mehr lebte, sollte auch er sterben. Waren das Ihre Gedanken?«

Madame Christophe schwieg.

»Gut«, sagte Leblanc, »sprechen wir über den Abend der Lesung. Sie waren also im Casino bei JPPs Auftritt. Und dann? Was haben Sie gemacht?«

»Ich bin nach Hause gefahren.«

Leblanc zog seinen Trumpf. »Sie lügen, Madame. Sie sind im Hôtel Royal Plage gesehen worden, dort, wo Monsieur Picard wohnte und wo er umgebracht wurde.«

Die Beschuldigte zog ihren Mantel enger um sich. »Ich bin nach Hause gefahren.«

»Sie sind nach Hause gefahren? Was haben Sie dort gemacht? Das Gift vorbereitet? Sind Sie danach noch einmal nach Deauville gefahren? Es ist zwecklos zu leugnen, der Portier vom Hotel hat Sie gesehen und würde Sie bei einer Gegenüberstellung wiedererkennen.« Dies war der Dreh- und Angelpunkt der Vernehmung, wusste Leblanc. Hier entschied sich, ob er ein Geständnis bekam oder nicht.

Madame Christophe senkte den Kopf. Als sie ihn wieder hob, war ein Ausdruck von Entschlossenheit in ihr bleiches Gesicht getreten.

»Es hat alles keinen Sinn mehr. Ist auch besser so. Ich gebe zu, Monsieur Picard getötet zu haben.«

Leblanc, der mit mehr Widerstand gerechnet hatte, wunderte sich über den raschen Einbruch seiner Delinquentin. Er hatte gedacht, sie würde sich noch länger herauszuwinden versuchen oder in Schweigen verfallen. Vermutlich hatte der Hinweis auf einen Zeugen den inneren Druck, den die Tat auf ihr Gewissen ausübte, so verstärkt, dass der Knoten geplatzt war. Denn dass Madame Christophe ein Gewissen besaß und die Tat in einer psychischen Ausnahmesituation verübt hatte, davon war Leblanc überzeugt. »Dann schildern Sie in allen Einzelheiten, wie Sie vorgegangen sind.«

Madame Christophe atmete tief ein. »Wenn Sie das so sagen, hört sich das an, als hätte ich einen Plan gehabt. Den hatte ich aber nicht. Es begann mit einem Zufall. Meine Schwägerin, die übrigens keine Ahnung von der ganzen Geschichte mit Camille und dem Schriftsteller hatte, schenkte mir die Eintrittskarte für die Veranstaltung in Deauville, weil sie verhindert war. Warum ich zu dieser Lesung gegangen bin, weiß ich nicht. Meine Qual seit Camilles Tod war wie ein unendliches Meer. Vielleicht dachte ich, ich würde den tiefsten, den allertiefsten Punkt meiner Pein erreichen, wenn ich den Mann sähe, der Camille auf dem Gewissen hatte, wenn ich hörte, wie er ihre Worte vortrug, als wären es seine. Sie hatte die Bücher geschrieben, die ihn reich und berühmt gemacht haben. Vielleicht dachte ich das alles, aber ich weiß es nicht mehr. Als ich ihn auf der Bühne sah, stieg Wut in mir auf, Wut darüber, dass er lebte und Camille tot war. In dem Augenblick wurde mir richtig bewusst, dass ich meine Tochter niemals wiedersehen würde. Nach der Lesung fuhr ich tatsächlich nach Hause. Aber schon im Auto merkte ich, dass die Wut mich nicht losließ, dass sie mich verwandelte. Sie verwandelte mich in ein Ungeheuer, das diesen Mann vernichten wollte. Ich war nicht mehr ich selbst. Das Ungeheuer, zu dem ich geworden war, tat alles wie von selbst. Es öffnete den Giftschrank, füllte eine Dosis vom Kaliumzyanid in ein Glasfläschchen und löste das Pulver in etwas Wasser auf. Danach stand ich da und wusste nicht weiter. Ich hatte keine Ahnung, wo Monsieur Picard wohnte, ich vermutete, im Royal Plage. Ich rief im Hotel an, meine Annahme war zutreffend, ich bekam auch seine Zimmernummer. Es war alles so einfach, als sei es vorherbestimmt. In einen Umschlag steckte ich Fotos von Camille und schrieb JPP darauf.

Ja, dann fuhr ich wieder nach Deauville, ich betrat das Hotel wie ein Gast, niemand achtete auf mich. Als ich gerade aus dem Treppenhaus in den Flur vom fünften Stock trat und die Zimmernummer entdeckt hatte, öffnete sich die Tür. Ich versteckte mich hinter der Wand zum Treppenhaus, konnte aber erkennen, wie eine Afrikanerin aus dem Zimmer trat und auf dem Flur mit einem Mann, ebenfalls einem Afrikaner, sprach. Die beiden verschwanden sehr schnell, und ich wartete fünf oder zehn Minuten. Das war der Moment, in dem sich das Weitere entschied. Ich hätte noch umkehren können. Fast hätte ich es getan. Aber das Ungeheuer in mir war stärker und drängte darauf, es zu wagen. Ich glaubte, ich könnte es dem Zufall überlassen, was dann passieren würde. Es hätte ja sein können, Monsieur Picard hätte die Tür nicht geöffnet oder mich nicht hereingelassen oder er hätte mein Vorhaben bemerkt und mich der Polizei übergeben. All das geschah nicht.« Madame Christophe machte eine Pause.

Leblanc hatte sie bis dahin nicht durch Nachfragen unterbrochen. Jetzt bemerkte er: »Nach Zufall sieht Ihre Vorgehensweise nicht gerade aus.«

»Ich versuche Ihnen zu vermitteln, was in dem Moment in mir vorging, ich habe mich tatsächlich als Vollstreckerin des Schicksals gefühlt. Ich klopfte also. Er öffnete in dem Glauben, es sei die Person, die ihn gerade verlassen hatte. Ich sagte, ich sei Camilles Mutter und hätte ihm etwas aus dem Nachlass meiner Tochter auszuhändigen. Er schwankte, ob er mich anhören sollte, aber seine Neugier siegte. Er war nur mit einem Morgenmantel bekleidet, aber er bat mich herein und schien sich nicht einmal zu wundern, warum ich ihn um diese Uhrzeit mitten in der Nacht aufsuchte. Da stand ich also in dieser Suite neben dem Mann, den ich töten wollte. Ich gab ihm den Umschlag. Er zog die Fotos heraus und sah mich fassungslos an. ›Was für ein sentimentaler Quatsch ist das denn?‹, brüllte er. Dann begann er, wütend im Zimmer auf und ab zu laufen und auf Camille zu schimpfen, sie sei unzuverlässig und kapriziös gewesen. Ich fragte, ob ich ein Glas Wasser haben könnte, dann würde ich sofort verschwinden. Er ging ins Bad. Das war der Augenblick, als ich das Kaliumzyanid in das Glas mit Calvados schüttete, das auf dem Tisch stand. Er reichte mir das Glas mit dem Wasser, es fiel ihm nicht auf, dass ich Handschuhe trug. Und vor allem, er bemerkte den Geruch nach Bittermandel nicht. Ich trank nicht, aber er leerte sein Glas in einem Zug. Es ging sehr schnell. Bevor er zu Boden fiel, sah er mich eine Sekunde lang an, und an seinen Augen konnte ich erkennen, dass er begriff, was mit ihm passierte. Diese Sekunde war mir Genugtuung für alles, was er Camille und mir angetan hat. Ich stellte das Glas auf den Tisch, sammelte die Fotos ein und öffnete die Tür einen Spaltbreit, um mich zu vergewissern, dass sich niemand auf dem Flur befand. Dann ging ich die Treppe hinunter.«

»Sie ließen die Tür offen, warum?«, wollte Leblanc wissen.

»Habe ich die Tür offen gelassen?«, fragte Madame Christophe.

»Das weiß ich nicht mehr. Es war keine Absicht. Ich kann mich nicht einmal mehr daran erinnern, wie ich nach Hause kam. Als ich am Morgen erwachte, lag mein Kopf auf meinem Arbeitstisch in der Werkstatt. Ich muss dort eingeschlafen sein. Zuerst dachte ich, ich hätte das alles geträumt. Dann sah ich den Umschlag, der mir aus der Hand gefallen war, und Camilles Fotos, die verstreut auf dem Boden lagen. Da wusste ich, dass ich es getan hatte.« Hoch aufgerichtet und mit einer Würde, die einem japanischen Krieger zur Ehre gereicht hätte, gab die Goldschmiedin jetzt das Bild einer furchtlosen Rächerin ab.

Hatte sie noch nicht verstanden, was dieses Geständnis bedeutete?, fragte sich Leblanc. Oder war es ihr egal, dass sie vermutlich den Rest ihres Lebens im Gefängnis verbringen würde? Er musste ihr klarmachen, dass sie, auch unter Berücksichtigung der Umstände, eine Mörderin war und dafür verurteilt werden würde.

»Könnte ich ein Glas Wasser haben?«, bat Madame Christophe.

Nadine, die im Hintergrund dem Verhör beigewohnt hatte, erhob sich, um das Gewünschte aus der Küche zu holen.

»Selbstverständlich«, sagte Leblanc, »sofort. Madame Christophe, Sie werden heute noch dem Untersuchungsrichter vorgeführt und dann in Haft genommen.«

Aber seine Worte schienen bei der Geständigen nicht anzukommen. »Haben Sie gehört, was ich gesagt habe?«

Keine Reaktion. Nadine betrat mit einem Glas Wasser das Büro, Leblanc stand auf, ging auf Nadine zu und nahm das Glas entgegen. Er stellte es vor Madame Christophe auf den Tisch. Ehe er um seinen Schreibtisch herumgegangen war und wieder seinen Platz eingenommen hatte, hatte Madame Christophe einen Schluck getrunken, rutschte vom Stuhl und blieb in gekrümmter Haltung auf dem Boden liegen.

Nadine schrie. Leblanc sprang auf, beide stürzten zu der Frau, die röchelte.

»Bittermandel«, rief Nadine. »Sie hat Zyankali genommen.«

»Schnell, ruf den Notarzt, schnell«, schrie Leblanc. »Verdammt.« Ihm war klar, dass es zu spät sein würde, ehe der Arzt eintraf.

Sie drehten die am Boden Liegende auf die Seite, für den Fall, dass sie erbrechen sollte. Aber das tat sie nicht. Ihre Atemnot hielt noch eine Weile an, dann setzte Atemstillstand ein, das Herz hörte auf zu schlagen. Als sich der Notarzt nach fünfzehn Minuten über die Frau beugte, konnte er nur noch den Tod feststellen.

»Sie wird in die Rechtsmedizin gebracht«, sagte Leblanc. »Bei einem nicht natürlichen Tod wird automatisch ein Todesermittlungsverfahren eingeleitet.« Er rief Serge, den Rechtsmediziner, an, und sie warteten, bis er mit seinen Kollegen anrückte und die Leiche begutachtete.

»Zyankali?«, fragte er sofort. »War sie die Mörderin des Schriftstellers?«

»Ja. Wir haben ein Geständnis.«

»Ihr konntet den Suizid sicher nicht verhindern.«

»Sie muss damit gerechnet haben, dass wir sie abholen, und hatte alles genau vorbereitet. Ich nehme an, die Giftkapsel hatte sie griffbereit in die Manteltasche gesteckt. Es ging so rasend schnell, dass wir nicht eingreifen konnten.«

Serge zog der Toten den Mantel aus. »Hier, den braucht ihr für eure Untersuchung. Schau mal in die Tasche, da ist ein Papier drin«, sagte er zu Leblanc und reichte ihm das Kleidungsstück. Leblanc holte ein beschriebenes Blatt aus der Manteltasche. Handschriftlich stand darauf: »Jemanden, der fest entschlossen ist, aus dem Leben zu scheiden, können Sie nicht davon abhalten. Es ist mein Wunsch und mein Wille.«

»Wir nehmen die Tote jetzt mit«, sagte Serge. »Ein Ermittlungsverfahren wird euch nicht erspart bleiben.«

»Ich weiß, ich werde sofort den Untersuchungsrichter benachrichtigen.«

Leblanc begleitete den Abtransport der Leiche bis ins Erdgeschoss. Als er ins Büro zurückkehrte, fand er Nadine in Tränen aufgelöst auf dem Boden sitzend vor.

»Es ist meine Schuld, ich hätte sie durchsuchen müssen, ich hätte das Gift finden müssen«, schluchzte sie.

»Nun mal langsam. Du bist mit ihr nach oben in ihre Wohnung gegangen, als sie die Kleidung für die Spurensicherung zusammengepackt hat. Du hast darauf geachtet, dass sie keine Waffe einsteckt. Damit hast du deine Pflicht getan. Du bist nicht verpflichtet, eine Leibesvisitation durchzuführen. Von Schuld kann also gar keine Rede sein. Madame Christophe hat ihren Suizid genau vorbereitet. Ich denke, sie wusste, dass sie ein Geständnis ablegen würde, um ihr Gewissen zu erleichtern.«

»Trotzdem«, sagte Nadine, noch nicht völlig getröstet.

»Es wird ein vom Untersuchungsrichter eingeleitetes Ermittlungsverfahren geben, in das auch die Staatsanwältin eingeschaltet wird. Das ist üblich in einem solchen Fall. Aber wir haben das Geständnis und Madame Christophs Willensbekundung, aus dem Leben zu scheiden. Das wird jeder Richter anerkennen. Mach dir keine Sorgen, meine Kleine.«

»Auf jeden Fall war das das Schrecklichste, was ich bisher als Polizistin erlebt habe.«

»Aber wir haben die Mörderin von JPP gefasst, sieh es mal so.«

»Ja, Chef.« Nadine versuchte zu lächeln und erhob sich.

»Es war keine einfache Ermittlung, und du hast sehr gute Arbeit geleistet.«

Der Untersuchungsrichter, von Leblanc über die Ereignisse informiert, befand die Situation für so akut, dass er beschloss, seine Termine für den folgenden Tag abzusagen, und seinen Besuch im Präsidium ankündigte.

Dann rief Leblanc den Verleger Dufour an und teilte ihm mit, dass er sich auf eine Sensation gefasst machen solle, die schon bald in den Medien für Aufsehen sorgen würde. Sein Zugpferd JPP habe seine Romane nicht selbst geschrieben, der wahre Autor sei eine Autorin, eine Frau namens Camille Christophe, die aber nicht mehr am Leben sei. Die Tatsache sei im Laufe der Ermittlungen ans Tageslicht gekommen. Ob diese Enthüllung nicht sein Weltbild erschüttere, wollte Leblanc wissen.

»Ach, Herr Kommissar«, hob der Verleger mit fröhlicher Stimme an, »das kümmert mich wenig. Im Gegenteil, das könnte noch einmal einen Run auf JPPs Bücher geben. Die Leser werden versuchen, zwischen den Zeilen zu lesen, ob sie nicht eine weibliche Handschrift entdecken. Manche werden tönen, sie hätten es schon immer vermutet. Ich sage Ihnen etwas, Herr Kommissar, JPP war ein Auslaufmodell. Im Grunde habe ich es Ihnen zu verdanken, dass ich Auguste entdeckt habe. Sie haben mich aufgefordert, einen Tag länger in Deauville zu bleiben. Und da ist mir Auguste über den Weg gelaufen, knapp dreißig und ein Talent, gegen das JPP verblasst. Er hat mir ein Manuskript gegeben, das mich umgehauen hat. Cyberkriminalität, das ist die Zukunft des Kriminalromans. Ich werde aus Auguste eine Marke machen, die stärker ist, als JPP je war. Auguste Borel, den Namen sollten Sie sich merken. Im Herbst erscheint bei uns sein erster Roman. Frankreich wird einen neuen Superstar haben, und wir haben ihn erschaffen.«

Leblanc merkte, dass er keine Lust mehr hatte, den Worten des Verlegers zuzuhören. Er legte einfach auf. Die tragische Wendung des Falls hatte ihn mehr mitgenommen, als er nach außen hin zu erkennen gab. Wenn er überlegte, dass Jean-Paul Picard mehrere Menschen auf dem Gewissen und dazu das Leben einiger anderer zerstört hatte – und noch nicht einmal dafür hätte belangt werden können, selbst wenn er noch lebte, denn eine mittelbare Täterschaft bei Suizid nachzuweisen wäre so gut wie unmöglich –, dann zweifelte er daran, ob es so etwas wie Gerechtigkeit gab. Manchmal stimmte die Maxime, jeder Mensch sei für sich selbst verantwortlich, nicht oder wenigstens nicht ganz.

Er musste hier raus. Nadine hatte er schon nach Hause geschickt, ihn hielt nichts mehr im Büro.

# SIEBENUNDZWANZIG

Ohne Rücksicht auf seine Schuhe watete Leblanc durch den Sand bis zum Meeressaum, zu dem er bei Ebbe erst nach Durchquerung eines feuchten Priels vordrang. Möwen hatten sich zu einem Pulk zusammengeschlossen und suchten den nassen Sand nach Würmern und Schnecken ab. Lautes Geschrei ertönte, wenn ein Vogel einen Krebs erbeutet hatte und die eiweißreiche Nahrung für sich allein beanspruchte. Futterneid rief die Artgenossen auf den Plan, und sie attackierten den glücklichen Finder so lange, bis der den Krebs aus dem Schnabel fallen ließ. Dann machten sich die anderen darüber her. Hinter den Wolken verschwand die Sonne am Horizont und färbte den Himmel rosa. Leblanc lief am Meeressaum auf und ab, bis die Farbe in ein dunkles Violett überging. Seine Strümpfe fühlten sich feucht an, die Schuhsohlen waren durchnässt. Er atmete noch einmal tief durch, füllte seine Lunge mit der kräftigen, salzigen Luft, die der Ärmelkanal mitbrachte, und trat den Rückweg an. Rückweg hieß Einkehr bei Lulu.

»Wieder ganz auf dem Damm?«, fragte Lulu den Freund, den er seit jenem Abend mit zu viel Wein und Calvados nicht mehr gesehen hatte.

»Wie man's nimmt«, antwortete Leblanc ausweichend. »Der Fall ist gelöst.«

»Gratuliere. Wieso dann deine Leidensmiene?«

»Weil die Lösung ein Menschenleben gekostet hat.«

»Oh«, sagte Lulu und drückte seine Anteilnahme aus, indem er

Leblanc ein Glas Rosé hinstellte. »Das ist ein besonders guter. Ein Sandwich?

»Kann ich gebrauchen.«

»Rillettes oder Käse?«

»Rillettes.«

»Und sonst?«, fragte Lulu, als er den Teller mit dem Sandwich brachte. Leblanc wusste, worauf er anspielte, und zuckte mit den Schultern.

»Du hattest recht, es geht vorbei.«

»Sag ich doch.«

Eintreffende Gäste forderten Lulus Aufmerksamkeit, er eilte wieselflink zwischen den Tischen und dem Tresen hin und her und zwischendurch in die Küche. Alleinstehende Männer und solche, die es gern wären, suchten am Abend Gesellschaft von Gleichgesinnten, sie schätzten Lulus Wein und ließen sich von ihm das Abendessen, Sandwich Käse oder Sandwich Rillettes, servieren. Wenn sie bei Laune waren, spielten sie Karten, meistens hechelten sie nur die Ereignisse des Tages durch. Wer für sich bleiben wollte, hielt sich abseits, ein Signal, das von den anderen verstanden und respektiert wurde. Selten verirrte sich eine Frau in Lulus Bistro, und wenn, dann in männlicher Begleitung. Das Lokal hatte sich zu einem Männer-Refugium entwickelt, mit unausgesprochenen Gesetzen, die, als hätte es eine stille Übereinkunft gegeben, von allen eingehalten wurden. Leblanc misstraute jedem Gemeinschaftsgefühl, das auf Ausschluss beruhte, aber heute hätte er sich gewünscht, einer von diesen Männern zu sein, die hier in Lulus Bistro die Welt draußen vergaßen. Das mit dem Vergessen klappte nicht. Immer wieder sah er Madame Christophe gekrümmt am Boden liegen, das Bild wollte nicht aus seinem Kopf verschwinden. Der Mordfall JPP kam ihm, je länger er darüber nachdachte, wie eine antike Tragödie mit schicksalhaften Verstrickungen vor. Er hatte sich juristisch korrekt verhalten und sah der Unterredung mit dem Untersuchungsrichter gelassen entgegen. Und trotzdem lastete das selbst gewählte Ende Madame Christophes auf ihm. Hätte er den Suizid verhindern können? Aber wie? Hätte er ihre Absicht ahnen können? Aber selbst wenn, was hätte er tun können? Leblanc fand keine Antworten. Auch ein weiteres Glas Wein würde ihn nicht aufmuntern. Er winkte Lulu zu.

»Ich gehe nach Hause. Bis bald.«

»Bist du wirklich in Ordnung?«

»Es geht schon. Ich brauche ein bisschen Zeit.«

Lulu versuchte nicht, ihn zum Bleiben zu überreden.

Als Leblanc aus dem Fahrstuhl trat, schallte ihm laute Musik aus Renés Wohnung entgegen. Dieses Mal klingelte er nicht bei seinem Nachbarn. Aber bevor er den Schlüssel ins Schloss gesteckt hatte, verstummte die Musik, die Tür wurde aufgerissen, und ein gut gelaunter, lachender René erschien im Flur. Er war nicht allein. Hinter ihm tauchte ein Wesen auf: dunkelhaarige Locken, volle Lippen, olivfarbene Samthaut, riesige braune Augen, die sich jetzt auf ihn, Leblanc, hefteten. Er starrte das Wesen an.

René stellte ihn seiner Begleiterin vor. »Das ist unser Kommissar, Jacques Leblanc. Mit ihm musst du dich gut stellen, er ist unser Beschützer und löst die schwierigsten Mordfälle. Und das«, René wandte sich jetzt an seinen Nachbarn, »ist Mercedes Lambert. Sie ist die neue Managerin im Hôtel Normandie, ihre Mutter ist Spanierin. Stimmt doch, Mercedes, oder?«

»Ja«, sagte die angesprochene Schöne und brachte ihren Mund nah an Leblancs Wangen, um zwei Küsse daraufzuhauchen. »Es freut mich, dich kennenzulernen, Jacques.« Ihr bekräftigendes Lächeln enthüllte eine Reihe perlweißer, regelmäßiger Zähne. Bei dem Schritt auf ihn zu schwang ihr rotes Kleid um ein Paar wohlgestaltete Beine herum.

»Ganz meinerseits«, stammelte Leblanc verwirrt.

»Wir wollen gerade tanzen gehen, willst du nicht mitkommen?«, fragte René.

»Nein, auf keinen Fall«, antwortete Leblanc und merkte sofort, dass seine Ablehnung schroff geklungen haben musste. »Ich bin völlig erledigt heute«, fügte er deshalb erklärend hinzu.

»Ein anderes Mal musst du unbedingt mit uns ausgehen.« Mercedes Lambert legte ihre sanfte Hand auf Leblancs Arm. Es brannte wie Feuer.

»Ja, äh, nein, ich tanze nicht.«

»Ich werde es dir beibringen«, flüsterte Mercedes.

»Das solltest du dir nicht entgehen lassen, Jacques, Mercedes ist eine ausgezeichnete Salsa-Tänzerin«, versuchte René seinen Nachbarn umzustimmen.

Weg, weg, weg! Leblanc musste es schaffen, in seine Wohnung zu kommen. »Ich wünsche euch viel Spaß«, murmelte er und schloss endlich die Tür auf. Dann stand er in seinem dunklen Wohnzimmer, sah auf die Lichter von Trouville hinunter und redete leise vor sich hin. »Nein, nicht noch einmal, nicht für die schönste Frau der Welt.«

Das Handy, sein Rettungsanker. Er zog es aus der Tasche.

»Ja, hier Gästehaus Bertaux.« Maries Stimme drang wie aus großer Entfernung an sein Ohr.

»Ich bin's, Jacques. Ich wollte dich etwas fragen.«

»Ja?« Nichts weiter. Marie war die Überraschung anzumerken.

»Würdest du mit mir zur Hochzeit meiner Mutter nach Kamerun fliegen?«

»Nach Kamerun?«

»Sie heiratet im Juni, und ich dachte, vielleicht hättest du Lust, mich zu begleiten. Meine Mutter würde sich freuen.«

»Danke für die Einladung, Jacques. Das kommt etwas plötzlich. Ich habe für Juni einige Reservierungen und müsste jemanden finden, der sich um die Gäste kümmert. Aber das lässt sich vielleicht organisieren. Gibst du mir zwei Tage Bedenkzeit?«

»Natürlich.«

Die mitschwingende Enttäuschung strafte das Wort Lügen und entging auch Marie nicht. Was hatte er gedacht? Dass sie alles stehen und liegen ließ auf ein Wort von ihm? Kommst du mit mir nach Afrika? Ja, Liebster, sofort, auf der Stelle, wann immer du willst. Hatte er das erwartet? Aber sie wollte ihn auch nicht dieser Enttäuschung überlassen.

»Ich könnte mir das schon vorstellen, aber du musst verstehen, dass ich darüber nachdenken muss.«

»Ja, klar.«

Zur Wiedergutmachung wagte Marie einen Vorstoß. »Morgen kommt meine Tochter Elisabeth mit ihrem Freund zu Besuch, sie bleiben ein paar Tage. Du erinnerst dich an Elisabeth? Damals war sie fast noch ein Kind. Jetzt studiert sie in Straßburg. Möchtest du morgen Abend mit uns essen? Ich koche uns etwas Schönes.«

»Hm, ja, vielleicht.« Begeisterung klang anders.

»Oder würdest du gern am Sonntag mit uns nach Bayeux fahren? Elisabeth hat den Wunsch geäußert, den Teppich von Bayeux anzusehen.«

»Einen Teppich?«

»Weltkulturerbe, die Schlacht von Hastings, 11. Jahrhundert, Wilhelm der Eroberer.«

»Aha, Wilhelm der Eroberer.«

»Ja, er besiegte die Engländer und wurde der erste normannische König Englands.«

»Also, ich komme dann lieber zum Essen morgen Abend.«

»Ist gut, Jacques. Und Kamerun überlege ich mir, wirklich.«

Ohne Licht zu machen, zog sich Leblanc aus und legte sich ins Bett. Er fiel in einen traumgesättigten Schlaf. Auf einem fliegenden Teppich tanzte er mit der rehäugigen Mercedes Salsa. Hoch in die

Lüfte ging es da, unter ihnen lagen ausgebreitet die normannische Steilküste und das grüne, hügelige Hinterland. Und ganz da unten, in ihrer Küche, bereitete Marie einen Lammbraten mit grünen Bohnen zu. Der Duft stieg ihm in die Nase, und er, plötzlich Herr und Lenker des Teppichs, ließ sich vor Maries Tür absetzen und schickte die tanzende Mercedes wieder hinauf in die wolkigen Höhen. Ihr rotes Kleid leuchtete weithin.